EL CAMINO DEL SOL

Amor y Aventura

El camino del sol

Lisa Kleypas

Traducción de Jordi Vidal

VERGARA

Barcelona • Madrid • Bogotá • Buenos Aires • Caracas • México D.F. • Miami • Montevideo • Santiago de Chile

Título original: *Rainshadow Road*
Traducción: Jordi Vidal
1.ª edición: mayo 2012

© 2012 by Lisa Kleypas
© Ediciones B, S. A., 2012
   para el sello Vergara
   Consell de Cent 425-427 - 08009 Barcelona (España)
   www.edicionesb.com

Printed in Spain
ISBN: 978-84-15420-08-8
Depósito legal: B. 12.282-2012

Impreso por LIMPERGRAF, S.L.
Mogoda, 29-31 Polígon Can Salvatella
08210 - Barberà del Vallès (Barcelona)

A Jennifer Enderlin,
con mi gratitud
por tu perspicacia, paciencia y aliento...
Eres un regalo que nunca he sabido valorar.

Con todo mi afecto,
L. K.

1

Cuando Lucy Marinn tenía siete años, ocurrieron tres cosas: su hermana pequeña Alice enfermó, le asignaron su primer trabajo para la feria de ciencias y descubrió que la magia existía. Más concretamente, que tenía la capacidad de hacer magia. Y durante el resto de su vida, Lucy supo que la distancia entre lo ordinario y lo extraordinario no era más que un paso, un soplo, un latido.

Pero no era esa la clase de conocimientos que hacía a una valiente y atrevida. Por lo menos, no en el caso de Lucy. La hizo prudente. Discreta. Porque la revelación de una facultad mágica, sobre todo si no se podía dominar, significaba que una era distinta. Y hasta una niña de siete años comprendía que no deseaba encontrarse en el lado equivocado de la línea entre distinta y normal. Quería integrarse. El problema era que, por muy bien que guardara su secreto, el mero hecho de tenerlo bastaba para separarla de todos los demás.

Nunca supo con certeza por qué la magia surgió cuando lo hizo, qué sucesión de hechos habían llevado a su primera aparición, pero creía que todo empezó la mañana en que

Alice despertó con tortícolis, fiebre y un sarpullido rojo intenso. Tan pronto como la madre de Lucy vio a Alice, gritó a su padre que llamara al médico.

Asustada por el revuelo en la casa, Lucy se sentó en una silla de la cocina en camisón, con el corazón desbocado al ver cómo su padre colgaba el auricular del teléfono con tanta precipitación que se cayó del soporte de plástico.

—Ve a ponerte los zapatos, Lucy. Date prisa.

La voz de su padre, siempre tan tranquila, se resquebrajó al pronunciar la última palabra. Tenía la cara pálida como la de un cadáver.

—¿Qué pasa?

—Tu madre y yo nos llevamos a Alice al hospital.

—¿Yo también voy?

—Tú pasarás el día con la señora Geiszler.

Al oír mencionar a su vecina, que siempre gritaba cuando Lucy iba en bicicleta por su césped, protestó:

—No quiero ir. Da miedo.

—Ahora no, Lucy.

La mirada de su padre hizo que las palabras se secaran en la garganta de Lucy.

Fueron hasta el coche, y su madre subió al asiento de atrás sosteniendo a Alice como si fuera un bebé. Los sonidos que emitía Alice eran tan alarmantes que Lucy se tapó los oídos. Se acurrucó en el menor espacio posible, mientras las fundas húmedas de vinilo se adherían a sus piernas. Tras dejarla en casa de la señora Geiszler, sus padres se alejaron tan deprisa que los neumáticos del monovolumen dejaron marcas negras en el camino de entrada.

La señora Geiszler tenía la cara arrugada como una persiana cuando advirtió a Lucy que no tocara nada. La casa estaba llena de antigüedades. El agradable olor a humedad de los libros viejos y el perfume de limón del abrillantador de muebles impregnaban el aire. El lugar era silencioso como una iglesia, sin sonidos de televisión de fondo, ni música, ni voces, ni timbres de teléfono.

Sentada muy quieta en el sofá de brocado, Lucy observó un servicio de té que habían dispuesto con esmero sobre la mesilla. Era de una clase de vidrio que Lucy no había visto nunca. Las tazas y los platitos brillaban con una luminosidad multicolor y el vidrio estaba adornado con remolinos y flores pintados en oro. Hipnotizada por el modo en que los colores parecían cambiar en distintos ángulos, Lucy se arrodilló en el suelo e inclinó la cabeza de un lado a otro.

La señora Geiszler, de pie en el umbral, soltó una risita parecida al crujido de los cubitos de hielo cuando se les echa agua.

—Es vidrio tallado —dijo—. Hecho en Checoslovaquia. Ha pertenecido a mi familia durante cien años.

—¿Cómo metieron los arcos iris? —preguntó Lucy en voz baja.

—Disuelven el metal y los colores en vidrio fundido.

Lucy quedó asombrada por aquella revelación.

—¿Cómo se funde el vidrio?

Pero la señora Geiszler ya se había cansado de hablar.

—Los niños hacen demasiadas preguntas —dijo, y se retiró a la cocina.

Lucy no tardó en aprender la palabra que designaba la enfermedad de su hermana de cinco años. Meningitis. Significaba que Alice regresaría muy débil y cansada, y que Lucy debía ser una buena chica, ayudar a cuidarla y no dar problemas. Implicaba también que Lucy no debía discutir con Alice ni contrariarla en nada. «Ahora no» era la frase que los padres de Lucy le decían con mayor frecuencia.

El largo y tranquilo verano había sido una penosa desviación de la rutina habitual de citas de juegos, campamentos y puestos de limonada destartalados. La enfermedad había convertido a Alice en el centro de masa en torno al cual el resto de la familia giraba en órbitas angustiosas, como planetas inestables. En las semanas que siguieron a su regreso del hospital, su habitación se llenó de montones de juguetes y libros nuevos. Le permitían corretear alrededor de la mesa a la hora de las comidas, y no le exigían nunca que dijera «por favor» o «gracias». Alice no estaba nunca satisfecha con comerse la porción más grande del pastel o acostarse más tarde que los demás niños. Nada era demasiado para una niña que ya tenía demasiado.

Los Marinn vivían en el barrio de Ballard, en Seattle, originariamente poblado por escandinavos que trabajaban en la pesca del salmón y en las fábricas de conservas. Si bien la proporción de escandinavos había disminuido a medida que Ballard crecía y se desarrollaba, todavía quedaban numerosas huellas del legado del barrio. La madre de Lucy cocinaba con recetas que se habían ido transmitiendo desde sus antepasados escandinavos: *gravlax,* salmón curado en frío y sazonado con sal, azúcar y eneldo; cerdo asado con relleno de ciruelas pasas, o *krumkake,* galletas de cardamomo enrolladas en conos perfectos sobre el mango de cucharas de madera. A Lucy le gustaba ayudar a su madre en la cocina, sobre todo porque a Alice no le interesaba cocinar y nunca participaba.

Cuando el verano se convirtió en un otoño repentino y empezó la escuela, la situación en casa no dio muestras de cambio. Alice volvía a estar bien, y sin embargo la familia parecía seguir actuando según los principios de su enfermedad: no contrariarla. Dejar que se saliera con la suya. Pero cuando Lucy se quejaba, su madre la abofeteaba como no lo había hecho nunca.

«Debería darte *vergüenza* tener celos. Tu hermana ha estado a punto de morirse. Ha sufrido terriblemente. Tienes suerte de no haber pasado por lo que ella ha vivido.»

Durante los días sucesivos la culpabilidad aquejaba a Lucy y se renovaba en ciclos como una fiebre persistente. Hasta que su madre le habló con tanta aspereza, Lucy no había sido capaz de identificar el sentimiento continuo que había tensado su fuero interno como las cuerdas de un violín. Pero eran celos. Aunque no sabía cómo librarse de ellos, sabía que no debía decir ni media palabra al respecto.

Entretanto, Lucy solo podía esperar que las cosas volvieran a su estado anterior. Pero no lo hicieron. Y aunque su madre decía que quería a sus dos hijas por igual pero de formas distintas, Lucy creía que su manera de querer a Alice parecía ser más.

Lucy adoraba a su madre, a quien siempre se le ocurrían actividades interesantes que hacer en los días de lluvia y no le importaba que Lucy quisiera disfrazarse con los zapatos de tacón alto de su armario. Sin embargo, el cariño alegre de su madre parecía replegado en torno a una misteriosa tristeza. De vez en cuando Lucy entraba en una estancia y la encontraba con la mirada perdida en la pared y una expresión ausente en el rostro.

Algunas mañanas, temprano, Lucy iba de puntillas hasta el dormitorio de sus padres para meterse en el lado de la cama que ocupaba su madre, donde se acurrucaba hasta que se le pasaba el frío en los pies debajo de las calientes mantas. Su padre se irritaba cuando se daba cuenta de que Lucy estaba en la cama con ellos y le gruñía que regresara a su habitación. «Dentro de un ratito —murmuraba su madre abrazándola con firmeza—. Me gusta empezar el día así.» Y Lucy se arrebujaba contra ella con más fuerza.

Sin embargo, cuando Lucy no la complacía, había represalias. Si llegaba a casa una nota diciendo que habían pillado a Lucy hablando en clase, si sacaba una calificación baja en un examen de matemáticas o si no había practicado suficientemente sus lecciones de piano, su madre se mostraba fría y hermética. Lucy jamás entendió por qué tenía la impresión de que debía ganarse algo que Alice recibía gratuitamente. Después de su enfermedad casi mortal, Alice era una niña mimada. Tenía unos modales espantosos, interrumpiendo conversaciones, jugando con la comida de su plato, quitando cosas de las manos de los demás, sin que nadie se lo tuviera en cuenta.

Una noche que los Marinn se disponían a salir y a dejar a sus hijas con una canguro, Alice lloró y gritó hasta que sus padres anularon la reserva en el restaurante y se quedaron en casa para apaciguarla. Encargaron pizza y se la comieron a la mesa de la cocina, los dos todavía elegantemente vestidos. Las joyas de su madre chispeaban y proyectaban reflejos de luz en el techo.

Alice cogió una porción de pizza y se fue a la sala de estar a ver los dibujos de la tele. Lucy recogió su plato y se encaminó hacia el salón.

—Lucy —dijo su madre—, no te levantes de la mesa hasta que termines de cenar.

—Pero Alice está comiendo en el salón.

—Ella es demasiado pequeña para saberlo.

Sorprendentemente, el padre de Lucy se sumó a la conversación.

—Solo tiene dos años menos que Lucy. Y, que yo recuerde, nunca permitimos a Lucy que dejara la mesa durante la cena.

—Alice aún no ha recuperado el peso que perdió a consecuencia de la meningitis —replicó su madre con severidad—. Lucy, vuelve a la mesa.

Aquella injusticia oprimió la garganta de Lucy como un perno. Llevó el plato a la mesa lo más despacio posible, preguntándose si su padre intervendría a su favor. Pero el hombre, tras sacudir la cabeza, había vuelto a guardar silencio.

—Deliciosa —dijo alegremente la madre de Lucy, mordiendo su pizza como si fuera un manjar exquisito—. En realidad me apetecía esto. No estaba de humor para salir. No hay nada como quedarse en casa.

El padre de Lucy no respondió. Se terminó la pizza metódicamente, llevó su plato vacío al fregadero y se fue en busca del teléfono.

—Mi profesora me ha dicho que te diera esto —anunció Lucy, extendiendo un papel a su madre.

—Ahora no, Lucy. Estoy cocinando.

Cherise Marinn cortaba apio sobre la tabla de madera, seccionando limpiamente con el cuchillo los tallos en pequeños cortes en forma de U. Mientras Lucy esperaba pacientemente, su madre la miró y suspiró.

—Dime de qué se trata, cariño.

—Instrucciones para la feria de ciencias de segundo grado. Tenemos tres semanas para hacerlo.

Cuando terminó de cortar el tallo de apio, la madre de Lucy dejó el cuchillo y cogió el papel. Sus finas cejas se juntaron mientras lo leía.

—Parece un trabajo que requiere mucho tiempo. ¿Tienen que participar todos los alumnos?

Lucy asintió.

Su madre sacudió la cabeza.

—Ojalá estos profesores supieran cuánto tiempo debemos invertir los padres en estas actividades.

—Tú no tienes que hacer nada, mamá. Soy yo quien debe trabajar.

—Alguien tendrá que llevarte a la tienda de artesanía para conseguir el tríptico de cartulina y el resto de material. Además de supervisar tus experimentos y ayudarte a practicar para la exposición oral.

El padre de Lucy entró en la cocina con aspecto cansado, como de costumbre, después de una larga jornada. Phillip Marinn estaba tan ocupado enseñando astronomía en la Universidad de Washington y trabajando además como asesor de la NASA, que a menudo más parecía que estaba en su casa de visita que viviendo en ella. Por la noche, cuando llegaba a tiempo de cenar, terminaba hablando con sus colegas por teléfono mientras su esposa y sus dos hijas comían sin él. Los nombres de las amigas, los profesores y los entrenadores de las niñas, los pormenores de sus horarios, eran desconocidos para él. Por eso Lucy se sorprendió mucho al oír las siguientes palabras de su madre.

—Lucy necesita que la ayudes con su trabajo de ciencias. Yo me he ofrecido como madre voluntaria principal para la clase del parvulario de Alice. Tengo demasiadas cosas que hacer.

Le pasó la hoja y fue a echar el apio cortado en una olla puesta al fuego.

—Dios santo. —El padre examinó la información con el ceño fruncido—. No dispongo de tiempo para esto.

—Pues tendrás que encontrarlo —le espetó la madre.

—¿Y si pido a uno de mis alumnos que la ayude? —sugirió él—. Podría planteárselo como una actividad extracurricular.

La madre de Lucy frunció el entrecejo y tensó las comisuras de la boca.

—Phillip, la idea de endosar tu hija a un universitario...

—Era una broma —se apresuró a decir su padre, aunque Lucy no estaba muy convencida.

—¿Entonces estás de acuerdo con prestar la ayuda que necesita Lucy?

—Parece que no tengo elección.

—Será una experiencia vinculante para vosotros dos.

Phillip miró a Lucy con resignación.

—¿Necesitamos una experiencia vinculante?

—Sí, papá.

—Muy bien. ¿Has decidido qué clase de experimento quieres hacer?

—Será un informe —respondió Lucy—. Sobre vidrio.

—¿Y por qué no un trabajo de temática espacial? Podríamos hacer una maqueta del sistema solar, o describir cómo se forman las estrellas...

—No, papá. Tiene que ser sobre vidrio.

—¿Por qué?

—Porque sí.

Lucy sentía fascinación por el vidrio. Cada mañana, a la hora del desayuno, se maravillaba del material luminoso que formaba el vaso en el que tomaba su zumo. Cómo contenía perfectamente líquidos brillantes, la facilidad con que transmitía el calor, el frío, las vibraciones.

Su padre la llevó a la biblioteca y consultó libros para adultos sobre el vidrio y su fabricación, porque dijo que los libros infantiles sobre el tema no eran lo bastante detallados. Lucy aprendió que cuando se hacía una sustancia de moléculas ordenadas como ladrillos apilados, no se podía ver a través de ella. Pero cuando una sustancia se hacía de moléculas desordenadas al azar, como agua, azúcar hervido o vidrio, la luz podía pasar a través de los espacios entre ellas.

—Dime, Lucy, ¿es el vidrio un líquido o un sólido? —le

preguntó su padre mientras pegaban un diagrama en el tríptico de cartulina.

—Es un líquido que se comporta como un sólido.

—Eres una chica muy lista. ¿Crees que serás científico como yo cuando seas mayor?

La niña sacudió la cabeza.

—¿Qué quieres ser?

—Artista vidriera.

Últimamente Lucy había empezado a soñar con hacer cosas de vidrio. En su sueño contemplaba la luz resplandeciendo y refractándose a través de ventanas de color caramelo..., vidrio girando y curvándose como exóticas criaturas submarinas, pájaros o flores.

Su padre parecía turbado.

—Muy poca gente puede ganarse bien la vida como artista. Solo los famosos ganan dinero.

—Entonces seré una artista vidriera famosa —repuso Lucy alegremente, pintando las letras en el tríptico de cartulina.

El fin de semana, su padre la llevó a visitar un taller de soplado de vidrio, donde un hombre de barba rojiza le enseñó los rudimentos de su oficio. Lucy, hipnotizada, se acercó tanto como se lo permitió su padre. Después de fundir arena en un horno a alta temperatura, el vidriero introdujo una larga vara de metal en el horno y recogió vidrio fundido en una masa roja brillante. El aire estaba impregnado del olor a metal caliente, sudor, tinta quemada y ceniza de los fajos de papel de periódico húmedo que utilizaban en el taller para dar forma manualmente al vidrio.

Con cada recogida de vidrio, el soplador dilataba la masa de color naranja encendido, haciéndola girar sin parar y recalentándola a menudo. Añadió un revestimiento de frita azul, o polvos de cerámica, al palo y lo hizo rodar sobre una mesa de acero para repartir el color uniformemente.

Lucy observaba con los ojos como platos. Quería aprenderlo todo de aquel proceso misterioso, todas las formas posibles de cortar, fundir, colorear y moldear el vidrio. Nada le había parecido nunca tan importante o necesario.

Antes de dejar el taller, su padre le compró un adorno de vidrio soplado que semejaba un globo de aire caliente, pintado con franjas irisadas brillantes. Estaba colgado sobre un soporte hecho de alambre.

Lucy siempre recordaría aquel día como el mejor de toda su niñez.

Entrada la semana, cuando Lucy llegó a casa de su entrenamiento de fútbol, el anochecer había teñido el cielo de morado oscuro, con una capa superpuesta de nubes como la pelusa plateada de una ciruela. Con las piernas enfundadas en su armadura de espinilleras de plástico remetidas en las medias, Lucy entró en su habitación y vio que la lámpara de la mesilla de noche estaba encendida. Alice se encontraba allí de pie, sosteniendo algo.

Lucy frunció el ceño. Habían advertido a Alice en más de una ocasión que no podía entrar en su habitación sin permiso. Pero parecía que el hecho de que el dormitorio de Lucy fuera terreno prohibido lo convertía en el lugar donde a Alice más le apetecía estar. Lucy había sospechado que su hermana ya se había colado allí antes cuando comprobó que sus animales de peluche y sus muñecas no ocupaban sus sitios habituales.

Al oír la exclamación inarticulada de Lucy, Alice se volvió sobresaltada y se le cayó un objeto al suelo. El estrépito resultante asustó a las dos. Un rubor de culpabilidad se extendió por la carita de Alice.

Lucy observó sin habla los añicos esparcidos sobre el suelo de madera. Era el adorno de vidrio soplado que su padre le había comprado.

—¿Qué haces aquí? —inquirió con incrédula rabia—. Esta es *mi* habitación. Eso era *mío.* ¡Fuera!

Alice rompió a llorar, de pie en medio de los fragmentos de vidrio roto.

Alertada por el ruido, su madre irrumpió enseguida en la estancia.

—¡Alice! —Corrió y la levantó del suelo para alejarla de los cristales—. Nena, ¿estás herida? ¿Qué ha pasado?

—Lucy me ha asustado —sollozó Alice.

—Ha roto mi adorno de vidrio —dijo Lucy hecha una furia—. Ha entrado en mi habitación sin permiso y lo ha roto.

Su madre abrazaba a Alice y le alisaba el pelo.

—Lo que cuenta es que nadie se ha hecho daño.

—¡Lo que cuenta es que ha roto una cosa que era mía!

Su madre la miró exasperada y afligida.

—Tan solo curioseaba. Ha sido un accidente, Lucy.

Lucy miró irritada a su hermanita.

—Te odio. No vuelvas a entrar aquí si no quieres que te eche a patadas.

La amenaza provocó un nuevo chaparrón de lágrimas en Alice, a la vez que el rostro de su madre se ensombrecía.

—Ya basta, Lucy. Espero que seas amable con tu hermana, sobre todo después de haber estado tan enferma.

—Ya no lo está —replicó Lucy, pero sus palabras se perdieron entre el sonido del vehemente llanto de Alice.

—Voy a ocuparme de tu hermana —dijo su madre— y

después vendré a limpiar estos cristales. No los toques, esos fragmentos cortan como cuchillas. Por el amor de Dios, Lucy, ya te compraré otro adorno.

—No será igual —repuso Lucy hoscamente, pero su madre ya se había llevado a Alice del dormitorio.

Lucy se arrodilló delante de los añicos, que relucían con la delicada irisación de pompas de jabón sobre el suelo de madera. Se acurrucó sollozando y observó el adorno roto hasta que se le nubló la vista. La emoción la colmó hasta el punto que parecía emanar de su piel e impregnar el aire: furia, dolor y un anhelo persistente, angustioso y desesperado de amor.

En el tenue resplandor de la lamparilla, despertaron unos puntitos de luz. Conteniendo las lágrimas, Lucy se abrazó y respiró temblorosamente. Parpadeó cuando los destellos se elevaron del suelo y giraron a su alrededor. Atónita, se secó los ojos con los dedos y contempló cómo las luces daban vueltas y danzaban. Finalmente comprendió qué era lo que veía.

Luciérnagas.

Magia solo para ella.

Cada trozo de vidrio se había transformado en chispas vivas. Poco a poco, la procesión de luciérnagas danzantes se dirigió hacia la ventana abierta y se perdió en la noche.

Cuando su madre regresó al cabo de unos minutos, Lucy estaba sentada en el borde de la cama, con la mirada fija en la ventana.

—¿Qué ha pasado con el vidrio? —preguntó su madre.

—Se ha ido —contestó Lucy con expresión ausente.

Aquella magia era su secreto. Lucy no sabía de dónde había salido. Solo sabía que ocupaba los espacios que necesitaba y les insuflaba vida, como las flores que crecen en las grietas de un pavimento roto.

—Te he dicho que no los tocaras. Habrías podido cortarte los dedos.

—Lo siento, mamá.

Lucy cogió un libro de la mesilla de noche, lo abrió por una página al azar y se quedó mirándola obnubilada.

Oyó suspirar a su madre.

—Lucy, tienes que ser más paciente con tu hermanita.

—Ya lo sé.

—Todavía está débil después de lo que tuvo que pasar.

Lucy mantuvo la mirada fija en el libro que sostenía y aguardó en porfiado silencio hasta que su madre abandonó la estancia.

Después de una cena hosca, en la que solo la cháchara de Alice mitigó el silencio, Lucy ayudó a quitar la mesa. Su cabeza bullía de pensamientos. Había sido como si sus emociones fueran tan intensas que habían convertido el vidrio en una nueva forma. Pensó que tal vez los cristales habían querido decirle algo.

Fue al despacho de su padre, donde le encontró marcando el teléfono. No le gustaba que le molestaran cuando trabajaba, pero Lucy necesitaba preguntarle algo.

—Papá... —dijo dubitativa.

Supo que la interrupción le había importunado por el modo en que se tensaron sus hombros. Pero habló con voz amable mientras colgaba el teléfono:

—¿Sí, Lucy?

—¿Qué significa cuando ves una luciérnaga?

—Me temo que no verás ninguna en el estado de Washington. No aparecen tan al norte.

—¿Pero qué significan?

—¿Simbólicamente, te refieres? —Lo pensó un momento—. La luciérnaga es un insecto modesto durante el día. Si no supieras lo que es, creerías que no tiene nada de especial.

Pero, por la noche, la luciérnaga brilla con luz propia. La oscuridad despierta su don más hermoso. —Sonrió ante la expresión embelesada de Lucy—. Es un talento extraordinario para un ser de aspecto tan vulgar, ¿verdad?

A partir de entonces, la magia se presentó a Lucy cuando más la necesitaba. Y, algunas veces, cuando menos la requería.

2

—Tengo problemas de confianza —le había dicho Lucy en cierta ocasión a Kevin, no mucho tiempo después de haberse conocido.

Él la envolvió con sus brazos y susurró:

—No conmigo.

Después de dos años viviendo con Kevin Pearson, Lucy aún no daba crédito a su suerte. Él era todo lo que habría podido desear, un hombre que entendía el valor de los pequeños gestos, como plantar la flor favorita de Lucy en el jardín de la casa que compartían o llamarla durante el día sin ningún motivo. Era un hombre sociable, que solía sacar a Lucy de su estudio para asistir a una fiesta o cenar con amigos.

Los obsesivos hábitos laborales de Lucy le habían causado problemas en sus relaciones anteriores. Si bien confeccionaba piezas tan diversas como mosaicos, apliques e incluso pequeños muebles, lo que más le gustaba hacer eran vidrieras. Lucy no había conocido nunca a un hombre que la fascinara la mitad que su trabajo, con la consecuencia de que había sido mucho mejor artista que novia. Kevin había roto el molde. Había enseñado a Lucy sobre sensualidad, y confianza, y habían compartido momentos en los que ella se había sentido más unida a él que a cualquier otra persona que hubiera conocido. Pero aún ahora seguía existiendo una distancia exigua pero infranqueable entre ellos, que les impedía comprender las verdades plenas y esenciales del otro.

Una fresca brisa de abril se coló a través de la ventana medio abierta del garaje reconvertido. El estudio de arte de Lucy estaba repleto de herramientas de su oficio: una mesa de trabajo con luz incorporada, una mesa de soldar, estantes para colocar láminas de vidrio y un horno. Fuera había colgado un alegre rótulo hecho con un mosaico de cristal que mostraba la silueta de una mujer en un columpio antiguo sobre un fondo azul cielo. Debajo, había grabadas las palabras COLUMPIO SOBRE UNA ESTRELLA en caracteres dorados que se arremolinaban.

Le llegaban los sonidos del cercano Friday Harbor: las risueñas disputas de las gaviotas, la sirena de un transbordador que arribaba... Si bien la isla de San Juan formaba parte del estado de Washington, parecía otro mundo. Estaba protegida de las lluvias por las Cascade Mountains, de modo que incluso cuando Seattle estaba envuelta en nubes grises y llovizna, en la isla lucía el sol. La costa estaba bordeada de playas y el interior, repleto de exuberantes bosques de pinos y abetos. En la primavera y el otoño, unas columnas de vapor de agua hendían el horizonte cuando las manadas de orcas perseguían los bancos de salmones.

Lucy ordenaba y reordenaba cuidadosamente las piezas antes de sujetarlas a un tablero recubierto de una fina capa de masilla. La mezcla de mosaico era un batiburrillo de vidrios de la playa, fragmentos de porcelana, cristal de Murano y Millefiori, todo ello dispuesto alrededor de un remolino de vidrio cortado. Estaba haciendo un regalo de cumpleaños para Kevin, una mesa con un diseño que él había admirado en uno de sus bocetos.

Absorta en su trabajo, Lucy se olvidó de comer. Hacia media tarde, Kevin llamó a la puerta y entró.

—Hola —dijo Lucy con una sonrisa, al mismo tiempo que extendía una tela sobre el mosaico para que él no pudiera verlo—. ¿Qué haces aquí? ¿Quieres llevarme a comer un bocadillo? ¡Estoy muerta de hambre!

Pero Kevin no respondió. Tenía la cara tensa y apenas se atrevía a mirarla a los ojos.

—Tenemos que hablar —anunció.

—¿De qué?

Él soltó una exhalación vacilante.

—Creo que esto no funciona.

Deduciendo de su expresión que algo grave ocurría, Lucy sintió un escalofrío.

—¿Qué..., qué crees que no funciona?

—Lo nuestro. Nuestra relación.

Una oleada de pánico desconcertado le obnubiló la mente. Tardó unos instantes en recuperar la concentración.

—... no se trata de ti —estaba explicando Kevin—. Quiero decir que eres estupenda. Confío en que lo creas. Pero últimamente eso no ha sido suficiente para mí. No..., «suficiente» no es la palabra correcta. Quizá debería decir que eres *demasiado* para mí. Es como si no hubiera espacio para mí, como si estuviera hacinado. ¿Tiene esto algún sentido?

La mirada atónita de Lucy se posó en los trozos de vidrio cortado que había sobre la mesa de trabajo. Si se concentraba en otra cosa, algo que no fuera Kevin, tal vez él no continuaría.

—... debo ser muy claro en esto, para no acabar siendo el malo de la película. Nadie tiene que ser el malo. Resulta agotador, Luce, tener que convencerte siempre de que estoy tan comprometido con esta relación como tú. Si pudieras ponerte en mi lugar un momento, entenderías por qué necesito alejarme algún tiempo de esto. De nosotros.

—No vas a alejarte algún tiempo. —Lucy cogió con torpeza un cortavidrios y le untó la punta con aceite—. Estás rompiendo conmigo.

No podía creerlo. Al mismo tiempo que se oía a sí misma pronunciando esas palabras, no podía creerlo. Utilizando una regla en forma de L como guía, marcó un trozo de vidrio, apenas consciente de lo que estaba haciendo.

—¿Lo ves? A eso me refiero. El tono de tu voz. Sé lo que piensas. Siempre te ha preocupado que rompiera contigo, y ahora que lo hago crees que siempre tuviste razón. Pero no se trata de eso. —Kevin se interrumpió y la observó mientras sujetaba el vidrio marcado con unos alicates. Con un movimiento experto, la lámina se partió limpiamente por la línea marcada—. No digo que sea culpa tuya. Lo que digo es que no es culpa mía.

Lucy dejó el cristal y los alicates con excesivo cuidado. Tenía la sensación de caerse, aun estando sentada. ¿Era una tonta, sorprendiéndose tanto? ¿Qué señales le habían pasado por alto? ¿Por qué la pillaba desprevenida?

—Dijiste que me querías —declaró, y se encogió ante el patetismo de aquellas palabras.

—Y te quería. Todavía te quiero. Es por eso que me resulta tan difícil. Me duele tanto como a ti. Espero que lo entiendas.

—¿Hay alguien más?

—Si lo hubiera, no tendría nada que ver con mi decisión de tomarme un descanso.

Lucy oyó su propia voz, parecida al borde de algo rasgado.

—Dices «tomarte un descanso» como si fueras a tomarte un café con una rosquilla. Pero no es un descanso. Es permanente.

—Sabía que te fastidiaría. Sabía que sería una situación en la que ambos saldríamos perdiendo.

—¿Qué otra cosa puede ser?

—Lo siento. Lo siento. ¿Cuántas veces quieres que lo diga? No puedo sentirlo más de cuanto lo hago ahora. He hecho todo lo que he podido, y lamento que no haya sido suficiente para ti. No, ya sé que nunca has dicho que no era suficiente, pero lo he notado. Porque nada de lo que he hecho ha podido vencer tu inseguridad. Y finalmente he tenido que enfrentarme a la realidad de que esta relación no funcionaba para mí. Lo cual no ha sido divertido, créeme. Por si te hace sentir mejor, estoy hecho polvo. —Viendo la mirada de incomprensión de Lucy, Kevin soltó un breve suspiro—. Mira, hay algo que debes oír de mí antes de que te enteres por otro. Cuando me percaté de que nuestra relación estaba en crisis, tuve que hablar de ello con alguien. Recurrí a... una amiga. Y cuanto más tiempo pasábamos juntos, más unidos nos sentíamos. Ninguno de los dos pudo evitarlo. Simplemente ocurrió.

—¿Empezaste a salir con otra? ¿Antes de romper conmigo?

—Ya había roto contigo emocionalmente. Solo que aún no había hablado de ello contigo. Ya lo sé, debería haberlo manejado de otra forma. Lo cierto es que tengo que seguir esa nueva dirección. Es lo mejor para los dos. Pero lo que hace que resulte difícil para todos, incluido yo mismo, es que la persona con la que estoy es... cercana a ti.

—¿Cercana a mí? ¿Te refieres a una de mis amigas?

—En realidad se trata de... Alice.

Lucy notó cómo se tensaba toda su piel, como cuando

uno acaba de librarse de una caída pero todavía siente el aguijoneo de la adrenalina. No podía articular palabra.

—Ella tampoco quería que ocurriera —añadió Kevin.

Lucy parpadeó y tragó saliva.

—¿Qué ocurriera qué? ¿Tú... sales con mi hermana? ¿Estás enamorado de ella?

—No tenía esa intención.

—¿Te has acostado con ella?

Su avergonzado silencio fue la respuesta que sospechaba obtener.

—Vete —dijo.

—Está bien. Pero no quiero que la culpes de...

—Vete. *¡Fuera!*

Lucy ya había oído suficiente. No sabía muy bien qué haría a continuación, pero no quería que Kevin estuviera presente cuando lo hiciera.

Él se encaminó hacia la puerta del estudio.

—Ya seguiremos hablando más tarde, cuando hayas tenido ocasión de pensarlo, ¿de acuerdo? Pero, Luce, ocurre que... Alice va a instalarse aquí muy pronto. De manera que tendrás que buscarte algún sitio.

Lucy guardó silencio. Esperó inquieta durante varios minutos después de que él se fuera.

Se preguntó amargamente por qué estaba sorprendida. El patrón no había cambiado nunca. Alice siempre había conseguido lo que quería, había cogido lo que necesitaba, sin siquiera detenerse un instante a pensar en las consecuencias. Todos los miembros de la familia Marinn ponían primero a Alice, incluida la propia interesada. Habría sido fácil odiarla, salvo que en determinadas ocasiones Alice mostraba una mezcla de vulnerabilidad y melancolía que parecía el eco de la callada tristeza de su madre. Lucy siempre se había encontrado en la situación de cuidar de su hermana; pagar la cuenta cuando salían a cenar fuera; dejándole dinero que jamás recuperaba y permitiéndole tomar prestados ropa y zapatos que nunca le eran devueltos.

Alice era lista y expresiva, pero siempre le había costado trabajo terminar todo lo que empezaba. Cambiaba de empleo a menudo, dejaba proyectos sin acabar y rompía relaciones antes de que llegaran a alguna parte. Dejaba una primera impresión deslumbrante —carismática, sexy y divertida—, pero no tardaba en hartarse de la gente, aparentemente incapaz de soportar las interacciones mundanas del día a día que cimentaban una relación.

Durante el último año y medio, Alice había trabajado como guionista de una serie de televisión que llevaba mucho tiempo en antena. Era el empleo más largo que había tenido jamás. Vivía en Seattle y de vez en cuando viajaba a Nueva York para hablar con los autores principales sobre el argumento. Lucy le había presentado a Kevin y se habían encontrado en alguna ocasión, pero Alice no había demostrado nunca ningún interés por él. Ingenuamente, Lucy no había sospechado jamás que el préstamo de sus pertenencias llegaría hasta el punto de que le robara el novio.

¿Cómo había empezado la relación de Kevin y Alice? ¿Quién había dado el primer paso? ¿Se había mostrado Lucy tan necesitada que había espantado a Kevin? Si no era culpa de él, como había afirmado, entonces tenía que ser culpa suya, ¿no? Tenía que haber algún culpable.

Cerró los ojos con fuerza para combatir la presión de las lágrimas.

¿Cómo se podía pensar en algo que causaba tanto dolor? ¿Qué hacer con los recuerdos, los sentimientos y las necesidades que ya no correspondían a nada?

Lucy se puso en pie como pudo y se acercó a su vieja bicicleta de tres velocidades, que estaba apoyada junto a la entrada. Era una Schwinn antigua de color turquesa, con un cesto sujeto al manillar. Cogió el casco colgado de un gancho junto a la puerta y sacó la bici.

Había caído una neblina sobre la fría tarde de primavera, y las arboledas de pino Oregón perforaban una capa de nubes ligera como espuma de jabón. Se le puso carne de gallina en los brazos desnudos cuando la brisa le metió un frío húmedo dentro de la camiseta. Lucy pedaleó sin rumbo fijo, hasta que le ardían las piernas y le dolía el pecho. Se detuvo en un desvío, donde identificó un camino que llevaba a una bahía situada en el lado oeste de la isla. Empujando la bicicleta a pie por el pedregoso sendero, llegó a una serie de escarpados acantilados formados por basalto rojo erosionado y grietas de caliza pura. En la playa de abajo, cuervos y gaviotas picoteaban los restos de la marea baja.

La población indígena de la isla, una tribu de los Coast Salish, se dedicaba antiguamente a recoger almejas, ostras y salmones con sus redes. Creían que la abundancia de alimento en el estrecho era un regalo de una mujer que mucho tiempo atrás se había casado con el mar. Un día que se bañaba, el mar adoptó la forma de un apuesto joven que se enamoró de ella. Después de que su padre diera de mala gana su consentimiento al matrimonio, la mujer había desaparecido con su amante entre las olas. Desde entonces el mar, como agradecimiento, ofrecía a los isleños pródigas capturas.

A Lucy siempre le había gustado aquella leyenda, intrigada por la idea de un amor tan absorbente que a una no le importaba perderse en él. Darlo todo a cambio. Pero era un concepto romántico que solo existía en el arte, la literatura o la música. No tenía nada que ver con la vida real.

Por lo menos, no con la suya.

Tras dejar la bici apoyada sobre su soporte, Lucy se quitó el casco y bajó a la playa. El terreno era pedregoso y accidentado, con parcelas de arena gris erizada de maderas de deriva. Anduvo despacio, mientras trataba de dedidir qué hacer. Kevin quería que dejara la casa. Lucy había perdido su hogar, su novio y su hermana en una sola tarde.

Las nubes bajaron y atenuaron la capa vestigial de luz diurna. A lo lejos, un nubarrón descargaba lluvia sobre el océano en chaparrones que corrían como visillos de gasa sobre una ventana. Un cuervo se elevó sobre el agua, con las puntas de sus alas negras separadas en forma de dedos de plumas mientras seguía una corriente ascendente y se dirigía tierra adentro. La tormenta se aproximaba: Lucy debía buscar cobijo. Solo que no se le ocurría adónde ir.

A través de una mancha de sal, vio un destello verde entre los guijarros. Se inclinó a cogerlo. A veces el océano empujaba hasta la costa botellas arrojadas desde los barcos que pasaban por las inmediaciones, que las olas y la arena convertían en piedras esmeriladas.

Cuando cerró su mano alrededor del trozo de vidrio marino, miró hacia el agua que lamía la costa en forma de mantas de espuma. El océano era de un gris morado, el color de la pena, el rencor y la soledad más intensa. Lo peor de haber sido engañada de aquel modo era que le hacía perder la fe en sí misma. Cuando una tenía un juicio tan equivocado sobre algo, ya jamás podría estar segura de nada.

Le ardía el puño, hecho un nudo de fuego. Al notar un extraño hormigueo en la palma de la mano, abrió los dedos. El vidrio marino había desaparecido. En su lugar descansaba sobre su palma una mariposa, que desplegaba unas alas azules irisadas. Permaneció solo un momento, antes de alzar el vuelo temblorosa, un fulgor azul sobrenatural mientras se alejaba en busca de cobijo.

Los labios de Lucy dibujaron una sonrisa triste.

Nunca había revelado a nadie lo que era capaz de hacer con vidrio. A veces, cuando experimentaba emociones intensas, un trozo de cristal que había tocado se convertía en un ser vivo, o cuando menos en ilusiones extraordinariamente convincentes, siempre menudas, siempre efímeras. Lucy se había esforzado por entender cómo y por qué ocurría, hasta que leyó una cita de Einstein: uno tenía que vivir como si todo fuera un milagro, o como si no existieran los milagros. Y entonces comprendió, que tanto si atribuía su don a un fenómeno de la física molecular como a la magia, ambas definiciones eran ciertas y las palabras ya no importaban.

La triste sonrisa de Lucy se extinguió cuando vio desaparecer la mariposa.

Una mariposa simbolizaba la aceptación de cada fase nueva de la vida. Conservar la fe cuando todo alrededor cambiaba.

«Esta vez no», pensó, disgustada por su facultad y el aislamiento que imponía.

En el límite de su campo visual, vio un perro andando a la orilla del mar. Iba seguido por un desconocido de pelo oscuro, cuya viva mirada se posó en Lucy.

Al verle, se sintió incomodada al instante. Tenía la constitución fornida de un hombre que se ganaba el sustento trabajando a la intemperie. Y algo en él transmitía la sensación de conocer bien las penalidades más duras de la vida. En otras circunstancias Lucy quizás hubiera reaccionado de otro modo, pero no le importó encontrarse sola con él en una playa.

Se encaminó hacia el sendero que llevaba hasta lo alto del risco. Al mirar sobre el hombro se percató de que el hombre la seguía. Aquello le alteró los nervios. Cuando apresuró el paso, la punta de su zapatilla tropezó en el basalto erosionado por el viento. Se desequilibró hacia adelante y cayó al suelo, pero logró amortiguar el choque con las manos.

Lucy, aturdida, trató de reponerse. Para cuando consiguió levantarse, el hombre ya la había alcanzado. Se volvió hacia él con un respingo, y su enmarañado pelo castaño le obstaculizó en parte la visión.

—Tranquilízate, ¿quieres? —dijo él secamente.

Lucy se apartó el pelo de los ojos y le observó con cautela. Sus ojos emitían un vivo fulgor azul verdoso en un rostro bronceado. Era apuesto, sexy, con el atractivo de un pendenciero. Si bien no aparentaba más de treinta años, tenía la cara curtida por la madurez de un hombre que había vivido lo suyo.

—Me estabas siguiendo —le espetó Lucy.

—Yo no te seguía. Resulta que este es el único camino que lleva hasta la carretera, y querría regresar a mi camioneta antes de que descargue la tormenta. Así pues, si no te importa, sigue andando o hazte a un lado.

Lucy se apartó y le indicó con un gesto burlón que la precediera.

—No quisiera retrasarte.

El desconocido fijó la mirada en la mano de Lucy, donde se habían formado unas manchas de sangre en las arrugas de los dedos. Se le había clavado el canto de una piedra en la parte superior de la palma al caer. El hombre frunció el ceño.

—Llevo un botiquín de primeros auxilios en la camioneta.

—No es nada —repuso Lucy, aunque le dolía mucho la herida. Se limpió la sangre en los vaqueros—. Estoy bien.

—Aprieta la herida con la otra mano —le aconsejó el hombre. La observó y sus labios se tensaron—. Te acompañaré por el sendero.

—¿Por qué?

—Por si vuelves a caerte.

—No voy a caerme.

—Es una cuesta empinada. Y, por lo que he visto, no parece que conozcas muy bien el terreno que pisas.

Lucy soltó una carcajada incrédula.

—Eres muy... Yo... ni siquiera te conozco.

—Sam Nolan. Vivo en False Bay. —Se interrumpió un momento cuando un trueno amenazador retumbó en el cielo—. Más vale que nos movamos.

—Podrías mejorar tu manera de tratar a la gente —comentó Lucy.

Pero no puso ningún reparo a que la acompañara por el accidentado sendero.

—Aguanta, *Renfield* —dijo Sam al bulldog, que les seguía entre bufidos y resuellos.

—¿Vives todo el año en la isla? —preguntó Lucy.

—Sí. Nací y crecí aquí. ¿Y tú?

—Vine hace un par de años. —Y agregó sombríamente—: Pero es posible que me marche pronto.

—¿Cambias de trabajo?

—No. —Si bien Lucy solía ser reservada con su vida privada, un impulso temerario la llevó a añadir—: Mi novio acaba de romper conmigo.

Sam le dirigió una fugaz mirada de soslayo.

—¿Hoy?

—Hace cosa de una hora.

—¿Seguro que se ha terminado? Quizá solo ha sido una discusión.

—Estoy segura —afirmó Lucy—. Me ha estado engañando.

—Entonces que le den morcilla.

—¿No vas a defenderle? —preguntó Lucy cínicamente.

—¿Por qué iba a defender a un tipo así?

—Porque es un hombre, y al parecer los hombres no podéis evitar engañarnos. Forma parte de vuestra constitución. Un imperativo biológico.

—Y un cuerno. Un hombre no engaña. Si quieres ir detrás de otra persona, primero debes romper. Sin excepciones. —Siguieron andando por el sendero. Unas gruesas gotas de lluvia golpeaban el suelo cada vez con mayor insistencia—. Ya casi estamos —dijo Sam—. ¿Todavía te sangra la mano?

Cautelosamente, Lucy dejó de apretar con los dedos y echó un vistazo a la herida.

—Está parando.

—Si no se detiene pronto, quizá deberán ponerte un par de puntos de sutura.

Esto la hizo tropezar, y él la sujetó por el codo para impedir que se cayera. Viendo que había palidecido, preguntó:

—¿No te han puesto nunca puntos de sutura?

—No, y prefiero no empezar ahora. Tengo tripanofobia.

—¿Qué es eso? ¿Miedo a las agujas?

—Ajá. Te parece ridículo, ¿verdad?

Sam negó con la cabeza y sus labios esbozaron una sonrisa.

—Yo tengo una fobia peor.

—¿Cuál?

—Es algo estrictamente confidencial.

—¿A las arañas? —intentó adivinar ella—. ¿A las alturas? ¿A los payasos?

La sonrisa de Sam se ensanchó un breve instante.

—Frío, frío.

Llegaron al desvío y él le soltó el codo. Se dirigió a una desvencijada camioneta azul, abrió la puerta y empezó a rebuscar dentro. El bulldog avanzó pesadamente hasta el lado del vehículo, se sentó y se puso a observarles entre la masa de pliegues y arrugas de su cara.

Lucy esperó en las inmediaciones, observando a Sam discretamente. Tenía un cuerpo enjuto y fuerte bajo la descolorida camiseta de algodón, con los vaqueros algo caídos sobre las caderas. Los hombres de aquellos pagos tenían un aspecto especial, una dureza innata. El noroeste del Pacífico había sido poblado por exploradores, colonos y soldados que nunca sabían cuándo llegaría un barco con provisiones. Habían sobrevivido con lo que obtenían del océano y las montañas. Solo una amalgama especial de dureza y humor podía permitir a un hombre sobrevivir al hambre, el frío, la enfermedad, los ataques enemigos y los períodos de un aburrimiento casi mortal. Aún se podía ver en sus descendientes, hombres que vivían según las reglas de la naturaleza primero y las normas de la sociedad después.

—Debes decírmelo —insistió Lucy—. No puedes decir que tienes una fobia peor que la mía y luego dejarme colgada.

Sam sacó una caja blanca de plástico con una cruz roja pintada. Después de coger una gasa antiséptica del botiquín, rompió el envoltorio con los dientes.

—Acerca tu mano —dijo.

Lucy vaciló antes de obedecer. La suave presión de la mano de Sam fue electrizante y provocó una nítida impresión del calor y la fuerza de aquel cuerpo masculino tan próximo al suyo. Se le cortó la respiración cuando miró aquellos ojos azules intensos. Había hombres que poseían esa cualidad extra que podía dejar a una anonadada.

—Esto te escocerá —advirtió él mientras procedía a limpiar la herida con movimientos suaves.

Lucy dejó escapar el aire entre los dientes al sentir el escozor del antiséptico.

Aguardó en silencio, preguntándose por qué un desconocido se tomaba tantas molestias por ella. Cuando él inclinó la cabeza sobre su mano, Lucy contempló los espesos mechones de su pelo, de un tono castaño tan intenso y oscuro que parecía casi negro.

—A pesar de todo, se te ve bastante entera —le oyó murmurar.

—¿Te refieres a mi mano o a la ruptura?

—A la ruptura. Ahora mismo la mayoría de las mujeres estarían llorando.

—Todavía estoy conmocionada. La siguiente fase será llorar y mandar mensajes de texto indignados a todos mis conocidos. Y después vendrá la fase en la que querré restablecer la relación hasta que todos mis amigos empiecen a evitarme. —Lucy sabía que hablaba demasiado, pero no podía parar—. En la última fase, me haré un corte de pelo que no me favorecerá y me compraré un montón de zapatos caros que no me pondré jamás.

—En el caso de los chicos es mucho más sencillo —dijo Sam—. Bebemos mucha cerveza, no nos afeitamos en días y nos compramos un aparato.

—¿Como una tostadora, quieres decir?

—No, algo que haga ruido. Como un cortacésped o una sierra de cadena. Es muy terapéutico.

Este comentario arrancó a Lucy una breve sonrisa, a su pesar.

Debía regresar a casa y pensar en el hecho de que su vida era completamente distinta de como era cuando se había despertado aquella mañana. ¿Cómo podía volver al hogar que ella y Kevin habían creado juntos? No podía sentarse a la mesa de la cocina con la pata coja que ambos habían intentado arreglar en incontables ocasiones, ni escuchar el tictac del antiguo reloj de péndulo que Kevin le había regalado por su vigesimoquinto cumpleaños. Su cubertería era una colección de cucharas, cuchillos y tenedores desparejados de tiendas de antigüedades. Cubiertos con nombres maravillosos. Se habían deleitado en encontrar nuevos tesoros: un tenedor del rey Eduardo, una cuchara de Waltz of Spring. Ahora cada objeto de aquella casa se había convertido en la prueba de otra relación fracasada. ¿Cómo iba a afrontar aquella acumulación irrefutable?

Sam le puso una tirita en la mano.

—No creo que tengan que ponerte puntos de sutura —dijo—. La hemorragia casi se ha parado. —Le retuvo la mano una fracción de segundo más tiempo del necesario antes de soltarla—. ¿Cómo te llamas?

Lucy sacudió la cabeza, con la sombra de una sonrisa aún presente.

—No hasta que me digas cuál es tu fobia.

Él la miró. Ahora la lluvia caía más deprisa, y un tejido de gotitas resplandecía sobre su piel y le mojaba el pelo hasta hacer que los espesos mechones se oscurecieran y separaran.

—A la manteca de cacahuete —dijo.

—¿Por qué? —exclamó ella, confusa—. ¿Te provoca alergia?

Sam negó con la cabeza.

—Es por la sensación pegajosa que me deja en el paladar.

Lucy le dirigió una mirada escéptica.

—¿Es una fobia de verdad?

—Desde luego.

Sam inclinó la cabeza y la observó con aquellos ojos tan llamativos. Ella comprendió que él esperaba saber su nombre.

—Lucy —dijo.

—Lucy. —La voz de Sam adquirió un tono más dulce al

preguntar—: ¿Quieres que vayamos a algún sitio a charlar? ¿Te apetece un café?

Lucy se sorprendió de la intensidad de la tentación de aceptar. Pero sabía que si iba a cualquier parte con aquel desconocido apuesto y corpulento, terminaría por llorar y quejarse de su patética vida sentimental. Como agradecimiento por su amabilidad, decidió ahorrárselo.

—Gracias, pero tengo que irme —respondió, sintiéndose desesperada y vencida.

—¿Te llevo a casa? Podría poner tu bici en la parte trasera de la camioneta.

A Lucy se le obstruyó la garganta. Sacudió la cabeza y se alejó.

—Vivo al final de Rainshadow Road* —dijo Sam a su espalda—. En el viñedo de False Bay. Ven a verme y descorcharé una botella de vino. Hablaremos de lo que quieras. —Se interrumpió—. Cuando quieras.

Lucy le dirigió una sonrisa triste mientras lo miraba por encima del hombro.

—Gracias. Pero no puedo meterte en eso.

Llegó hasta su bicicleta, levantó el soporte y montó.

—¿Por qué no?

—El tipo que acaba de romper conmigo... era exactamente igual que tú, al principio. Encantador, y simpático. A todos les gustas al principio. Pero siempre acabo así. Y ya no lo soporto.

Se alejó pedaleando bajo la lluvia, con las ruedas dejando surcos en el suelo que se reblandecía. Y, aunque sabía que él la observaba, no se permitió volver la vista atrás.

* La traducción de *rainshadow* es sombra pluviométrica, expresión que designa un fenómeno meteorológico. Un área de sombra pluviométrica es una zona que por su conformación orográfica —a menudo un valle rodeado de montañas— recibe menos lluvias que las zonas circundantes.

3

Cuando Sam conducía por Westside Road hacia False Bay, el bulldog inglés empujó el hocico contra la ventanilla cerrada.

—Olvídalo —le dijo Sam—. No quiero que entre agua en la camioneta. Y te pesa tanto la cabeza que te caerías.

Volviendo a echarse en su asiento, *Renfield* le dirigió una mirada hosca.

—Si no tuvieras el hocico medio enterrado en la cabeza, podrías ayudarme a seguirle el rastro. ¿Para qué sirves exactamente?

Sujetando el volante con una mano, Sam alargó la otra y rascó suavemente la cabeza del perro.

Pensó en la mujer que acababa de conocer, en la triste gravedad de su expresión, en su hermoso pelo oscuro. Mirar aquellos ojos verdes como el océano había sido como sumergirse en la luz de la luna. No sabía qué pensar de ella, solo sabía que quería volver a verla.

Ahora llovía con más intensidad, obligándole a aumentar la velocidad del limpiaparabrisas. Hasta entonces la primavera había sido húmeda, lo que significaba que tendría que examinar el viñedo en busca de daños causados por el mildiu. Afortunadamente soplaba una brisa constante sobre la bahía. Sam había plantado sus filas en paralelo a los vientos dominantes, para permitir que el aire recorriera los pasillos y secara las vides con mayor eficiencia.

Cultivar uva era una ciencia, un arte, y para la gente como Sam, casi una religión. Había empezado en la adolescencia, leyendo todos los libros sobre viticultura que caían en sus manos, trabajando en viveros y haciendo de aprendiz en viñedos de la isla de San Juan y Lopez.

Después de licenciarse en viticultura en la Washington State University, Sam había empezado a trabajar en una bodega californiana como vinicultor ayudante. Con el tiempo invirtió la mayor parte de su dinero en la compra de seis hectáreas en False Bay, en la isla de San Juan. Había plantado dos hectáreas de Syrah, Riesling e incluso un poco de la temperamental Pinot Noir.

Hasta que el viñedo Rainshadow pudiera alcanzar niveles maduros de cosecha, Sam necesitaba ingresos. Algún día podría construir unas instalaciones de producción para procesar la uva de su propio viñedo. Pero era lo bastante realista como para comprender que la mayoría de los sueños requerían arreglos por el camino.

Había encontrado recursos para comprar vino al por mayor, lo llevó a una planta de embotellamiento y produjo cinco tintos y dos blancos para venderlos a detallistas y restaurantes. Y a la mayoría de ellos había puesto nombres náuticos, como «Three Sheets», «Down the Hatch» y «Keelhaul». Era un sustento modesto pero constante, con estupendas posibilidades. «Voy a ganar una pequeña fortuna con este viñedo», había dicho a su hermano mayor Mark, quien replicó: «Lástima que tuvieras que pedir prestada una gran fortuna para empezar.»

Sam llegó a la enorme hacienda victoriana que había adquirido con la finca. Flotaba sobre el lugar un aire de grandeza ruinosa, que invitaba a imaginarse el esplendor que había conocido en otros tiempos. Un carpintero de navío había construido la casa más de cien años atrás y la había dotado de gran profusión de porches, balcones y ventanas saledizas.

Sin embargo, con el transcurrir de las décadas, una serie de propietarios y arrendatarios habían estropeado el edificio. Habían derribado paredes para ampliar algunas estancias, mientras que otros espacios habían sido divididos con frágiles tabiques de madera aglomerada. Las cañerías del agua y los hilos eléctricos estaban mal instalados y apenas habían recibido mantenimiento, y, al asentarse la casa, parte del suelo se había inclinado. Las ventanas de vidrios de colores se habían sustituido por otras de aluminio, y las tejas de madera y las repisas habían sido recubiertas con tablas de vinilo.

Pese a su ruinoso estado, la casa conservaba un encanto cautivador. Persistían historias ignotas en rincones abandonados y escaleras desvencijadas. Los recuerdos habían penetrado en sus paredes.

Con la ayuda de sus hermanos Mark y Alex, Sam había efectuado reparaciones estructurales, remodelado algunas de las estancias principales y nivelado parte del suelo. Todavía faltaba mucho para terminar la restauración. Pero aquel lugar era especial. No podía librarse de la sensación de que de algún modo le necesitaba.

Para su sorpresa, Alex parecía tener un afecto semejante por la casa. «Una vieja hermosa», había dicho Alex la primera vez que Sam le había enseñado el lugar. Como promotor inmobiliario, estaba familiarizado con todas las posibles complicaciones de la construcción y la remodelación.

—Llevará mucho trabajo. Pero lo merece.

—¿Cuánto dinero será necesario para poner el lugar en condiciones decentes? —había preguntado Sam—. Solo quiero apuntalarlo lo suficiente como para que no me caiga encima mientras duermo.

Esta pregunta había provocado un brillo de diversión en los ojos de Alex.

—Si echas billetes de cien dólares al retrete sin parar durante una semana, esa cantidad debería bastar.

Sin dejarse intimidar, Sam había comprado la propiedad e iniciado las obras. Y Alex había llevado a sus albañiles para ayudarle con los trabajos más difíciles, como la sustitución de las vigas de encabezamiento del porche delantero y la reparación de las viguetas en mal estado.

«No lo hago por ti —había respondido Alex cuando Sam le expresó su gratitud—. Lo hago por Holly.»

Un año antes, una lluviosa noche de abril en Seattle, su única hermana, Victoria, había fallecido en un accidente de automóvil dejando una niña de seis años. Puesto que Victoria nunca había dado ninguna pista sobre la identidad del padre, Holly era huérfana. Sus parientes más cercanos eran sus tres tíos: Mark, Sam y Alex.

Mark, el mayor, había sido designado como tutor de Holly, y había pedido a Sam que le ayudara a criarla.

—No veo cómo puede funcionar —había dicho Sam a Mark—. No tengo la menor idea de cómo llevar una familia.

—¿Y crees que yo sí? Tuvimos los mismos padres, ¿recuerdas?

—No tenemos ningún derecho a intentar criar una niña, Mark. ¿Sabes cuántas formas existen de arruinar la vida de alguien? Sobre todo la de una chiquilla.

—Cállate, Sam.

Ahora Mark empezó a mostrarse preocupado.

—¿Qué me dices de las entrevistas con los profesores?

¿Y de llevarla al aseo para caballeros? ¿Cómo hacemos esa clase de cosas?

—Ya se me ocurrirá. Pero déjanos vivir aquí.

—¿Y mi vida sexual?

Mark le dirigió una mirada exasperada.

—¿De veras es esa tu prioridad, Sam?

—Soy superficial. Suplícamelo.

Pero finalmente, por supuesto, Sam había accedido al arreglo. Se lo debía a Mark, que lidiaba con una situación difícil que no se esperaba ni había pedido. Y, todavía más, se lo debía a Victoria. Nunca se había sentido unido a ella, nunca había estado a su lado, de modo que lo menos que podía hacer era ayudar a su hija huérfana.

Con lo que Sam no había contado era que Holly le robaría el corazón con tanta facilidad. Tenía algo que ver con los dibujos y los collares de pasta que la pequeña traía a casa de la escuela. Y los rasgos de Victoria que descubría en ella, la sonrisa arrugando la nariz, la mirada absorta cuando hacía una caja con palos de helado y pegamento o leía un libro sobre animales parlantes. Tener una niña en tu vida te cambiaba sin darte cuenta. Alteraba tus hábitos y opiniones. Transformaba tus preocupaciones e ilusiones.

Y te inducía a hacer cosas estúpidas como adoptar un feo bulldog con eczema y problemas de cadera que no quería nadie.

—Ya estamos en casa, chico —dijo Sam, sacando a *Renfield* de la camioneta y dejándolo suavemente en el suelo. El perro le siguió andando pesadamente hacia el porche delantero.

Alex estaba sentado en una desvencijada silla de mimbre, bebiendo una cerveza.

—Al —dijo Sam de pasada mientras vigilaba a *Renfield*, que subía con dificultad una rampa construida expresamente para él. Bulldogs y escaleras no eran nunca una buena combinación—. ¿Qué haces aquí?

Alex llevaba unos vaqueros deshilachados y una sudadera vieja, un atuendo muy distinto del que empleaba para ir al trabajo. Su cara sin afeitar presentaba la expresión hosca de un hombre que se ha pasado la mayor parte de la tarde bebiendo.

Un desagradable escalofrío recorrió la nuca de Sam al recordar con qué frecuencia habían mostrado sus padres aquella mirada vidriosa. Daba la impresión de que habían estado tomando un tipo de alcohol distinto a todos los demás. La bebida que hacía a otras personas alegres, relajadas y sexys había convertido a Alan y Jessica Nolan en monstruos.

Si bien Alex no había llegado nunca a caer tan bajo, no estaba en las mejores condiciones cuando bebía: se transformaba en el tipo de persona con la que Sam no habría tenido nada que ver si no fueran hermanos.

—Me he tomado la tarde libre —contestó Alex, antes de llevarse la botella a los labios y terminarse la cerveza.

Se estaba divorciando después de cuatro años de matrimonio con una mujer con la que no debería haberse enredado. Su esposa, Darcy, había conseguido roer un contrato prenupcial como un castor roe la madera de una balsa, y ahora estaba desmantelando la cuidadosamente ordenada vida que a Alex tanto esfuerzo le había costado construir.

—¿Te has reunido con tu abogado? —preguntó Sam.

—Ayer.

—¿Cómo fue?

—Darcy se queda con la casa y con la mayor parte del dinero. Ahora los abogados están negociando por mis riñones.

—Lo lamento. Esperaba que se resolviera a tu favor.

Lo cual no era del todo cierto. Sam nunca había podido

soportar a Darcy, cuya única ambición en la vida era casarse con un hombre de éxito. Sam habría apostado su viñedo a que ahora canjeaba a su hermano por un marido más rico.

—Cuando me casé con ella ya sabía que no iba a durar —confesó Alex.

—Entonces ¿por qué lo hiciste?

—Por las ventajas fiscales. —Alex miró socarronamente a *Renfield,* que le golpeaba la pierna con su cabeza, y se inclinó para rascarle el lomo—. La cuestión es que somos Nolan —añadió, devolviendo su atención a Sam—. Ninguno de nosotros tendrá jamás un matrimonio que dure más tiempo que una planta de interior media.

—Yo nunca me casaré —declaró Sam.

—Inteligente —dijo Alex.

—No tiene nada que ver con la inteligencia. Es solo que siempre me siento más próximo a una mujer si sé que puedo apartarme de ella en cualquier momento.

Ambos detectaron al mismo tiempo el olor de algo que se quemaba, procedente de las ventanas abiertas.

—¿Qué diablos es eso? —preguntó Sam.

—Mark está cocinando —respondió Alex.

La puerta de delante se abrió y Holly salió corriendo. Soltó un gritito al ver a Sam. Él rio y la cogió cuando la niña se le echó encima. Cuando se veían al final del día, Holly siempre actuaba como si hubieran estado separados durante semanas.

—¡Tío Sam!

—Hola, pelirroja. —Le dio un sonoro beso—. ¿Cómo ha ido la escuela?

—Hoy la señorita Duncan nos ha enseñado palabras en francés. Y yo le he dicho que ya me sabía algunas.

—¿Cuáles?

—*Rouge, blanc, sec* y *doux.* La señorita Duncan ha preguntado dónde he aprendido esas palabras, y le he dicho que de mi tío, que es vinicultor. Entonces ella ha dicho que no sabía cómo se dice en francés «vinicultor», así que la hemos buscado en el diccionario y no la hemos encontrado.

—Eso es porque no existe.

La pequeña se quedó pasmada.

—¿Por qué no?

—La palabra más parecida que tienen es *vigneron,* que significa viñador. Pero los franceses creen que el viticultor es la naturaleza, no el tipo que atiende el viñedo.

Holly le tocó la nariz con la suya.

—Cuando empieces a hacer vino de tus propias uvas, ¿le pondrás a uno mi nombre?

—Desde luego. ¿Tiene que ser tinto o blanco?

—Rosado —respondió Holly con decisión.

Sam fingió estar atónito.

—Yo no hago vino rosado.

—Rosado y espumoso —insistió Holly, riendo al ver su expresión.

Tras liberarse de los brazos de Sam, se agachó hacia *Renfield,* que se le había acercado.

—¿Qué está haciendo Mark para cenar? —preguntó Sam.

—No lo sé —dijo Holly, rascando a *Renfield* en el cuello—. Se está quemando.

—Hoy hay tacos de pescado en el Market Chef —anunció Sam—. ¿Por qué no entras y le preguntas si quiere salir a comer fuera esta noche?

Holly dirigió a Alex una mirada esperanzada.

—¿Tú también vendrás?

Alex negó con la cabeza.

—No tengo hambre.

La niña se mostró preocupada.

—¿Todavía te estás divorciando?

—Todavía —contestó Alex.

—Cuando se termine, ¿volverás a casarte?

—Solo si consigo olvidar cómo era estar casado la primera vez.

—No hagas caso al tío Alex —se apresuró a decir Sam—. El matrimonio es estupendo.

Hizo todo lo posible por parecer sincero.

—El matrimonio es como recibir una caja de pasas en Halloween —comentó Alex—. Alguien trata de convencerte de que es una golosina. Pero cuando abres la caja, no dejan de ser pasas.

—Me gustan las pasas —dijo Holly.

Sam le sonrió.

—A mí también.

—¿Sabías que si dejas uva debajo del sofá durante mucho tiempo se convierte en pasas?

La sonrisa de Sam se desvaneció, y frunció el entrecejo.

—¿Cómo lo has averiguado, Holly?

Una breve vacilación.

—No importa —dijo la niña alegremente, y desapareció dentro de la casa con *Renfield* detrás.

Sam miró a su hermano con el ceño fruncido.

—Alex, hazme un favor. No compartas tus opiniones sobre el matrimonio con Holly. Me gustaría conservar sus ilusiones hasta que tenga por lo menos ocho años.

—Claro. —Alex dejó la botella de cerveza vacía sobre la barandilla del porche y se levantó—. Pero yo, de ti, tendría cuidado con lo que le dices del matrimonio. En el peor de los casos es un rompecabezas, y en el mejor es una institución obsoleta. Lo cierto es que seguramente no hay nadie que sea adecuado para ti, y si das con esa persona, lo más probable es que no comparta tus sentimientos. De modo que si lo que pretendes es educar a Holly para que crea que la vida es un cuento de hadas, la estarás preparando para que reciba algunas lecciones dolorosas en la realidad.

Sam observó a su hermano mientras se dirigía hacia el BMW aparcado en el camino de grava. «Idiota», murmuró afectuosamente cuando el coche se alejaba. Apoyando la espalda contra una de las robustas columnas del porche, paseó la mirada desde la puerta cerrada de la casa a los campos plantados que se extendían detrás, donde un antiguo huerto de manzanos estaba ahora surcado por filas de vides jóvenes.

No podía evitar estar de acuerdo con la perspectiva que tenía Alex del matrimonio: era una propuesta perdedora para un Nolan. Fuera cual fuere la combinación genética para que una persona mantuviera una relación duradera, no estaba en el ADN de los Nolan, con la posible excepción de su hermano mayor, Mark. No obstante, en lo que concernía a Sam, los peligros de casarse pesaban mucho más que las potenciales ventajas. Le gustaban mucho las mujeres, disfrutaba de su compañía y se lo pasaba de miedo en la cama con ellas. El problema era que las mujeres tendían a vincular sentimientos al acto sexual, lo cual siempre enredaba la relación. Y hasta entonces incluso las que habían afirmado compartir el deseo de Sam de una simple aventura sin complicaciones con el tiempo llegaban hasta el punto de pedir un compromiso. Cuando se hacía evidente que Sam no podía darles lo que querían, rompían con él y seguían su vida. Y Sam hacía lo mismo.

Afortunadamente no había conocido nunca una mujer que le hubiera tentado a renunciar a su libertad. Y, si llegaba a conocerla, sabía muy bien qué hacer: salir huyendo en la dirección opuesta.

4

Mientras la lluvia arreciaba, Lucy se dirigió al lugar al que siempre acudía cuando no sabía adónde ir. Sus amigas Justine y Zoë Hoffman regentaban un *bed-and-breakfast* en Friday Harbor, a solo dos minutos a pie de la terminal de transbordadores del puerto. El establecimiento, llamado Artist's Point, era una mansión remozada con porches amplios y ventanas panorámicas con vistas a la cima roma del monte Baker, a lo lejos.

Aunque Justine y Zoë eran primas directas, no se parecían en nada. Justine era delgada y atlética, la clase de persona que gustaba de ponerse a prueba, ver cuánto podía aguantar en bicicleta, corriendo o nadando. Aun cuando estaba quieta, daba la impresión de no dejar de moverse. No era nada tímida ni deshonesta, y enfocaba la vida con una fortaleza jovial que algunos consideraban un tanto desagradable. Cuando afrontaba un problema, a Justine no le gustaba vacilar y pasaba a la acción, a veces antes de haberlo meditado a conciencia.

Zoë, en cambio, ponderaba sus decisiones con la misma precisión que los ingredientes que empleaba en sus recetas.

Nada le gustaba más que merodear por los mercadillos o los puestos de verduras, eligiendo los productos orgánicos más idóneos, comprando tarros de mermelada de bayas, miel de lavanda y mantequilla recién batida en una lechería de la isla. No había recibido lecciones formales de cocina, sino que había aprendido a base de experiencia e instinto. A Zoë le agradaban los libros de tapa dura, el cine clásico y escribir cartas a mano. Coleccionaba broches antiguos y los prendía con alfileres a un viejo maniquí de modista que tenía en su habitación.

Después de que Zoë se hubiera casado y divorciado al cabo de un año, se había dejado convencer por Justine para que la ayudara a regentar el *bed-and-breakfast*. Zoë siempre había trabajado en restaurantes y pastelerías y, si bien había acariciado la idea de poner una casa de comidas, no quería la responsabilidad de administrarla y llevar la contabilidad. Trabajar con Justine era la solución perfecta.

«Me gusta la vertiente empresarial —había dicho Justine a Lucy—. No me importa limpiar, y hasta puedo arreglar las cañerías, pero no sé cocinar para salvar el pellejo. Y Zoë es una diosa de las labores domésticas.»

Era cierto. A Zoë le gustaba estar en la cocina, donde creaba sin esfuerzo dulces como bollos de plátano recubiertos de queso mascarpone escarchado, o pastel de café y canela cocido en una sartén de hierro con una capa de azúcar moreno fundido. Todas las tardes, Zoë dejaba bandejas de café y dulces en las zonas comunitarias. Apilaba platos de galletas de calabaza rellenas de queso cremoso, pastelillos de chocolate y nueces pesados como pisapapeles y tartas coronadas con relucientes frutas escarchadas.

Varios tipos se habían interesado por Zoë, pero hasta entonces les había rechazado a todos. Todavía intentaba superar su desastroso matrimonio. Para su consternación, había sido la única sorprendida por la revelación de que su marido, Chris, era gay.

—Todo el mundo lo sabía —le había dicho Justine sin pelos en la lengua—. Te lo advertí antes de que te casaras con él, pero no me hiciste caso.

—No me parecía que Chris fuera gay.

—¿Qué me dices de su obsesión por Sarah Jessica Parker?

—A los hombres heterosexuales les gusta Sarah Jessica Parker —replicó Zoë a la defensiva.

—Sí, pero ¿cuántos de ellos usan Dawn de Sarah Jessica Parker como loción para el afeitado?

—Olía a limón —señaló Zoë.

—¿Y recuerdas cuando te llevó a esquiar a Aspen?

—Los hombres heterosexuales esquían en Aspen.

—Durante la semana blanca gay —insistió Justine.

Zoë tuvo que admitir que seguramente había sido una revelación involuntaria.

—¿Y recuerdas que Chris siempre decía que «todos tenemos un pequeño homosexual dentro»?

—Creía que estaba siendo sofisticado.

—Estaba siendo gay, Zoë. ¿Te parece que un tipo heterosexual diría algo así?

Por desgracia, el padre de Zoë se oponía al divorcio bajo cualquier concepto. Había insistido en que todo se habría arreglado si hubieran recurrido a orientación matrimonial, y hasta llegó a insinuar que Zoë habría tenido que hacer algo más para interesar a Chris. Y también la familia de este la había culpado a ella, argumentando que Chris no había sido nunca gay hasta que se casó. Por su parte, Zoë no censuraba a su ex marido por ser gay, sino por haberla convertido en una víctima involuntaria del descubrimiento de su propia sexualidad.

«Es muy humillante que tu marido te deje por otro hombre —había confesado Zoë a Lucy—. Te hace sentir como si hubieras fallado a todo tu sexo. Como si fuera yo la que finalmente le mandó a la acera de enfrente.»

Lucy reflexionó que el sentimiento de vergüenza solía ser consecuencia de un engaño. Aunque no era justo, una no podía evitar tomárselo como una señal de que adolecía de algo.

—¿Qué ocurre? —preguntó Justine con el ceño fruncido cuando franqueó la puerta de atrás a Lucy. Como de costumbre, vestía vaqueros y una sudadera y llevaba el pelo recogido en una cola oscilante—. Tienes muy mala cara. Anda, vamos a la cocina.

—Estoy empapada —repuso Lucy—. Os ensuciaré el suelo.

—Descálzate y entra.

—Lo siento. Debería haber llamado antes.

Lucy se quitó las zapatillas manchadas de barro.

—No pasa nada, no estamos ocupadas.

Lucy la siguió hasta la espaciosa y acogedora cocina. Las paredes estaban recubiertas de papel pintado estampado con alegres racimos de cerezas. El aire estaba impregnado de aromas deliciosos: harina, mantequilla caliente, chocolate fundido... Zoë sacaba del horno una bandeja de bollos, con el pelo recogido en la parte superior de la cabeza en un amasijo de rizos dorados. Parecía una chica de revista de las de antes, de silueta curvilínea y cintura estrecha, y las mejillas sonrojadas por el calor del horno. Sonrió.

—Lucy, ¿quieres hacer de catadora? Acabo de probar una nueva receta de bollos de chocolate con requesón.

Lucy sacudió la cabeza, aturdida. Por alguna razón, el reconfortante calorcillo de la cocina la hacía sentirse aún peor. Se llevó una mano al cuello para aliviarse una aguda punzada de pesar.

Justine la miró preocupada.

—¿Qué ocurre, Lucy?

—Algo muy malo —consiguió responder Lucy—. Una cosa terrible.

—¿Has discutido con Kevin?

—No. —Lucy inspiró temblorosamente—. Me ha dejado.

La condujeron enseguida a una silla junto a la mesa. Zoë le pasó un puñado de servilletas de papel para que se secara el pelo mojado y se sonara la nariz, a la vez que Justine le servía un poco de whisky. Cuando Lucy tomó un sorbo, Justine sacó otro vaso.

—Por el amor de Dios, Justine, ni siquiera se ha terminado el primero —señaló Zoë.

—Este no es para ella, sino para mí.

Zoë sonrió, sacudió la cabeza y trajo una bandeja repleta de bollos. Ocupó la silla al otro lado de Lucy.

—Cómete uno —dijo—. Casi no existe ningún problema que un bollo caliente no pueda mitigar.

—No, gracias, no me apetece nada.

—Es de chocolate —indicó Zoë, como si eso le aportara un valor medicinal.

Suspirando vacilante, Lucy cogió un bollo, lo abrió y dejó que su calor húmedo se filtrara a través de sus dedos.

—Así pues, ¿qué pasa con Kevin?—preguntó Justine, antes de morder un bollo.

—Me ha estado engañando —contestó Lucy en voz baja—. Acaba de decírmelo.

—Qué capullo —exclamó Zoë, atónita—. Qué gusano, qué..., qué...

—Creo que «cabrón» es la palabra que andas buscando —intervino Justine.

—Ojalá pudiera decir que me sorprende —prosiguió

Zoë—. Pero Kevin siempre me ha parecido la clase de hombre capaz de engañar.

—¿Por qué lo dices? —preguntó Justine.

—Por una parte, es un bombón.

—Solo porque sea guapo... —empezó a decir Justine, pero Zoë la interrumpió.

—Por otra parte, es un mirón indiscreto. Se fija demasiado en las mujeres. Siempre le sorprendo mirándome el pecho.

—Todo el mundo te mira el pecho, Zoë. No pueden evitarlo.

Zoë ignoró intencionadamente a su prima y continuó.

—Kevin no está hecho para una relación prolongada. Es como los perros que persiguen coches. En realidad no les interesa el coche, sino que les gusta perseguir.

—¿Y con quién te ha engañado? —preguntó Justine a Lucy.

—Con mi hermana Alice.

Las primas se miraron con los ojos desorbitados.

—No puedo creerlo —dijo Zoë—. ¿Estás segura de que Kevin dice la verdad?

—¿Por qué debería mentir sobre eso? —exclamó Justine.

Zoë miró a Lucy con preocupación.

—¿Has llamado a Alice para preguntárselo?

—¿Y si admite que es cierto? —preguntó Lucy con tristeza.

—Entonces que le aproveche. Dile que es una furcia, y que merece pudrirse en el infierno.

Lucy levantó el vaso de whisky y lo apuró.

—Detesto la confrontación.

—Ya la llamaré yo —se ofreció Justine—. A mí me encanta la confrontación.

—¿Qué piensas hacer esta noche? —preguntó Zoë amablemente a Lucy—. ¿Necesitas un sitio donde dormir?

—No lo sé. Supongo que sí. Kevin quiere que me vaya lo antes posible. Alice irá a vivir con él.

Justine estuvo a punto de atragantarse.

—¿Se mudará de Seattle? ¿A *tu* casa? Dios mío, eso es *atroz*.

Lucy tomó un bocado de su bollo y notó que el suave sabor acre del requesón combinaba perfectamente con la intensa complejidad del chocolate.

—Tengo que dejar la isla —dijo—. No podría soportar encontrármelos continuamente.

—Yo de ti no me iría —sugirió Justine—. Me quedaría para hacer que se sintieran terriblemente culpables. Me plantaría ante ellos a la menor oportunidad.

—Aquí es donde están tus amigos —recordó Zoë a Lucy—. Quédate con nosotros. Cuentas con un sistema de apoyo para ayudarte a superar esto.

—¿De veras?

—Claro que sí. ¿Por qué lo preguntas?

—Porque he conocido a la mayoría de mis amigos a través de Kevin. Incluso vosotras. ¿Volverán ahora todas mis amistades con él?

—Seguramente conservarás algunas —repuso Justine—. Pero nos tienes a nosotras, y nuestro formidable consejo, y un lugar donde pasar todo el tiempo que quieras.

—¿Tenéis alguna habitación libre?

—Solo una —contestó Zoë—. La habitación que *siempre* está disponible.

Lanzó a Justine una mirada siniestra.

—¿Cuál es? —inquirió Lucy.

Justine respondió un tanto avergonzada:

—La habitación de Edvard Munch.

—¿El artista que pintó *El grito?* —preguntó Lucy.

—Pintó otras cosas además de *El grito* —señaló Justine—. Pero sí, puse esa reproducción concreta en la habitación porque es su obra más famosa, pero también incluí otras muy bonitas, como *Mujeres sobre el puente.*

—No importa —dijo Zoë—. Lo único en que todo el mundo se fija en esa habitación es *El grito.* Te advertí que la gente no quiere dormir mirando eso.

—Yo sí —intervino Lucy—. Es la estancia ideal para una mujer que está pasando por una ruptura.

Justine le dirigió una mirada cariñosa.

—Puedes quedarte allí todo el tiempo que necesites.

—Y cuando se haya marchado —apuntó Zoë—, la redecoraremos con un nuevo artista.

Justine frunció el ceño.

—¿En quién has pensado?

—En Picasso —contestó Zoë con decisión.

—¿Tienes un problema con Munch, pero no con un hombre que pintaba mujeres con tres ojos y pechos cuadrados?

—Todos los que vienen al *bed-and-breakfast* preguntan si pueden hospedarse en la habitación de Picasso. Estoy harta de decirles que no tenemos ninguna.

Justine suspiró y devolvió su atención a Lucy.

—Cuando te hayas terminado el bollo, te llevaré a la casa a recoger tus cosas.

—Podemos toparnos con Kevin —objetó Lucy con tristeza.

—Está deseando encontrárselo —le aseguró Zoë.

Justine forzó una sonrisa.

—Preferiblemente con mi coche.

Un par de días después de instalarse en la habitación del Artist's Point, Lucy reunió por fin el valor necesario para llamar a su hermana. La situación le parecía irreal. Después de tantos años complaciendo a Alice, dándole todo aquello que quería o necesitaba, ¿había llegado a ese extremo? ¿Se había sentido Alice con derecho a robarle el novio a Lucy sin preocuparse por las consecuencias?

Lucy estaba sentada en la cama con el teléfono en la mano. La habitación de Munch era atractiva y acogedora, con las paredes pintadas de un marrón rojizo intenso que contrastaba perfectamente con la decoración blanca y la ropa de cama, estampada con figuras geométricas de colores. Y las reproducciones en giclée, como *Mujeres sobre el puente* o *Noche de verano en Asgardstrand*, eran bonitas. Solo el espeluznante *El grito*, con su angustiada boca abierta y su palpable sufrimiento, deprimía el ánimo. En cuanto una posaba los ojos en él, ya no podía concentrarse en nada más.

Mientras Lucy marcaba el teclado, miró al personaje boquiabierto que se sujetaba las orejas, el cielo rojo sangre sobre él y el fiordo azul oscuro de abajo. Sabía exactamente cómo se sentía.

Se le contrajo el estómago cuando Alice respondió.

—¿Diga?

El tono de su hermana era cauteloso.

—Soy yo. —Lucy respiró superficialmente—. ¿Está Kevin contigo?

—Sí.

Silencio.

Era un tipo de silencio distinto al que habían compartido anteriormente. Asfixiante, glacial. Lucy había ensayado muchas veces aquella conversación, pero ahora que había llegado no conseguía articular las palabras.

Alice fue la primera en hablar.

—No sé qué debería decir.

Lucy se refugió en la ira, aferrándose a ella como un superviviente con un salvavidas. ¿Qué *debería* decir?

—Podrías explicarme por qué lo has hecho —sugirió.

—Ocurrió sin más. Ninguno de los dos pudo controlar la situación.

—Es posible que no hayas podido controlar tus sentimientos —replicó Lucy—, pero habrías podido controlar tus actos.

—Ya lo sé. Sé todo lo que vas a decir. Y sé que no me sirve de nada decir que lo siento, pero es la verdad.

—Alice, cada vez que me has dicho «lo siento» en tu vida, siempre te he contestado que no pasaba nada. Pero ahora sí pasa algo, y muy gordo. ¿Cuándo empezó?

—¿Te refieres a salir, o a...?

—A tener sexo. ¿Cuándo empezasteis a mantener relaciones sexuales?

—Hace unos meses. Desde Navidades.

—Desde...

Lucy no pudo terminar la frase. No había suficiente aire en la habitación. Respiraba como un pez fuera del agua.

—No hemos estado juntos muy a menudo —se apresuró a decir Alice—. Costaba trabajo encontrar el momento de...

—¿De escabulliros a mi espalda?

—Kevin y yo deberíamos haber llevado esto de forma distinta. Pero yo no te he quitado nada, Lucy. Tú y Kevin os estabais distanciando. Era evidente que las cosas no iban bien entre vosotros.

—No era evidente para mí. Llevábamos tres años juntos. Compartíamos una casa. Tuvimos sexo la semana pasada. Así pues, desde mi punto de vista las cosas iban jodidamente bien.

Esa palabra no le salió fácilmente; Lucy no tenía costumbre de decir palabrotas. Pero ahora le sentó bien. Era adecuado para la ocasión. Y podía juzgar por el silencio de Alice que no había creído que Lucy y Kevin aún se acostaran juntos.

—¿Qué esperas que ocurra ahora? —preguntó Lucy—. ¿Debo perdonarte, olvidar toda mi relación con Kevin y conversar de nimiedades con vosotros dos durante las reuniones familiares?

—Sé que transcurrirá tiempo hasta que eso ocurra.

—No llevará tiempo. Ningún espacio de tiempo bastaría. Has hecho algo más que romperme el corazón, Alice. Has roto nuestra familia. ¿Qué pasará ahora? ¿Realmente ha merecido la pena robarme el novio?

—Kevin y yo nos queremos.

—Kevin solo se quiere a sí mismo. Y si me ha engañado a mí, ¿no crees que puede hacerte lo mismo? ¿Crees que puede salir algo bueno de una relación que ha empezado así?

—Conmigo tiene una relación distinta que contigo.

—¿En qué se basa?

—No te entiendo.

—Te estoy preguntando cuál es la diferencia. ¿Por qué tú sí y yo no?

—Kevin quiere alguien con quien pueda ser él mismo. Tú eres demasiado perfecta, Lucy. Tienes unas virtudes a las que nadie puede aspirar. Excepto, aparentemente, tú misma.

—Yo nunca he dicho que sea perfecta —replicó Lucy con vacilación.

—No tenías por qué hacerlo. Eres así.

—¿Acaso tratas de echarme la culpa de lo que has hecho?

—Bromeamos sobre lo obsesionada que estás con el orden —dijo su hermana despiadadamente—. Kevin dijo que no podías soportar que dejara un calcetín en el suelo. Estás tan ocupada controlando a todo el mundo y todas las cosas, que nunca te paras a fijarte en lo que tienes delante de las narices. No es culpa mía que Kevin me prefiera. Yo no le presiono como haces tú. Y, en el futuro, seguirás perdiendo novios si no cambias.

—No necesitaba tu ayuda para perder este —repuso Lucy con voz temblorosa, y colgó antes de que su hermana pudiera responder.

5

Los esfuerzos por los que pasaba la mente después de una ruptura eran agotadores. Había que recordar y analizar acontecimientos y reevaluar conversaciones pretéritas. Se emparejaban pistas como los calcetines salidos de la secadora. Después de todo este trabajo, lo extraño no era que se hubiera roto, sino que no se hubieran advertido todas las señales.

—La mayoría de la gente no tiene tiempo de contextualizar las cosas en el momento en que ocurren —comentó Justine—. La mayoría estamos demasiado ocupados pensando en la visita al dentista y tratando de no llegar tarde al trabajo, y acordándonos de limpiar la fuente del pescado antes de que empiece a pudrirse.

—No me puedo creer la facilidad con que me mintió Kevin —dijo Lucy—. Me parecía que le conocía muy bien, y resulta que no le conocía en absoluto.

—Así es como funciona la traición. Los demás no pueden hacerte daño a menos que logren que confíes en ellos.

—No creo que el objetivo fuera hacerme daño —repuso Lucy—. Pero en un momento dado los sentimientos de Kevin hacia mí cambiaron, y no me di cuenta. Quizá se enamoró de Alice y es así de sencillo.

—Lo dudo —dijo Justine—. Creo que Kevin utilizó a Alice para dejar la relación contigo, y ahora está atrapado por ella.

—Aunque eso sea cierto, necesito entender por qué se desenamoró de mí.

—Lo que tú necesitas es otro novio.

Lucy sacudió la cabeza.

—Voy a mantenerme alejada de los hombres hasta que averigüe por qué siempre me lío con los que no me convienen.

Pero su amiga no quiso saber nada.

—Conozco a muchos tipos estupendos. Puedo concertarte una cita con alguien.

Justine participaba activamente en muchos grupos y clubes de Friday Harbor. Se ofrecía voluntaria en la organización de campañas benéficas y carreras populares, y patrocinaba un curso de autodefensa para las mujeres de la ciudad. Si bien las relaciones de Justine con los hombres a menudo no duraban más tiempo que un cacheo de un agente de seguridad de los transportes públicos, tenía el don de conservar la amistad con todos los chicos con los que había salido.

—Desde luego —añadió pensativa—, quizá tendrás que rebajar un poco tus aspiraciones.

—Para empezar, mis aspiraciones no son elevadas —respondió Lucy—. Lo único que quiero es un hombre que se cuide sin ser narcisista, que trabaje sin estar obsesionado por su trabajo, que esté seguro de sí mismo sin ser arrogante, que no viva aún con sus padres una vez entrado en la treintena, y que no espere que invitarme a una cena romántica en un restaurante local llevará automáticamente a quitarme la ropa. ¿Es mucho pedir?

—Sí —dijo Justine—. Pero si te olvidas de esta lista de cualidades, podrías dar con un tipo bastante decente. Como Duane.

Se refería a su novio actual, un motero que vestía ropa de cuero y montaba una Harley Shovelhead del 81.

—¿Te he dicho que estoy haciendo algunos trabajos para Hog Heaven? —preguntó Lucy.

Era la iglesia de moteros que Duane frecuentaba.

—No, no lo mencionaste.

—Me encargaron que sustituyera el ventanal trasero del edificio. Estoy utilizando algunas sugerencias de la congregación. El brazo horizontal de la cruz se hará con manillares de moto estilizados.

—Muy original —observó Justine—. Pero no creo que puedan pagarte.

—No pueden —admitió Lucy con una sonrisa—. Pero son tan buenos chicos, que no supe decirles que no. Así pues, básicamente, hemos convenido un trueque. Yo les haré los vidrios y, si necesito algún favor en el futuro, debo llamarles.

Después de que Lucy se hubiera trasladado de la casa que compartía con Kevin a la habitación del Artist's Point, había trabajado en su estudio durante casi dos días seguidos. Solo salió para dormir unas pocas horas en el *bed-and-breakfast* y regresó al taller antes del amanecer. A medida que la vidriera de la iglesia de moteros empezaba a tomar forma, Lucy experimentaba una vinculación todavía más intensa con su trabajo.

La iglesia se congregaba en lo que había sido un antiguo cine. La sala era pequeña y sin ventanas, exceptuando la vidriera que se había instalado recientemente en el centro de la pared de delante, que antes ocupaba una pantalla. El edificio entero no debía de medir más de seis metros de ancho, con filas de seis asientos a ambos lados del pasillo. «Nos dirigimos hacia el cielo —le había dicho el pastor—, porque el infierno no podrá alcanzarnos.» Tras oír estas palabras, Lucy había sabido perfectamente cómo diseñar la ventana.

Combinó el método tradicional de engarce de plomo —sujetar cristales en un armazón de metal soldado— con una técnica moderna consistente en pegar piezas de vidrio soplado y coloreado sobre unas láminas más grandes. Esto confería a la ventana una mayor profundidad y dimensión. Después de dar una capa de barniz a los espacios entre el plomo y el vidrio, Lucy soldó una matriz de rejas de refuerzo a la ventana.

Cuando terminó el trabajo hacia las dos de la madrugada, se apartó de la mesa. Se estremeció de satisfacción al contemplar su obra. Había resultado tal como la había concebido: reverente y hermosa, un tanto peculiar. Exactamente como la congregación de la iglesia de moteros.

Le había sentado bien hacer algo productivo y concentrarse en algo que no fuera sus problemas personales. Su vidrio, pensó mientras pasaba las puntas de los dedos sobre el resplandeciente panel traslúcido, no la había abandonado nunca.

Lucy había demorado llamar a sus padres para anunciarles su ruptura con Kevin. No solo necesitaba tiempo para pensar en lo que acababa de suceder y en qué hacer a continuación, sino que además estaba segura de que para entonces Alice ya les habría llamado para contarles su propia versión de la situación. Y Lucy no estaba dispuesta a malgastar sus emociones ni su energía en una batalla inútil. Sus padres se pondrían de parte de Alice, y lo mejor que Lucy podía hacer era mantener la boca cerrada y desaparecer.

Los Marinn se habían mudado a un condominio próximo al Instituto de Tecnología de California, donde Phillip impartía clases a tiempo parcial. Volaban a Seattle cada dos o tres meses para ver a sus hijas y para no perder el contacto con sus amigos y colegas. En su última visita, se habían disgustado al enterarse de que Lucy se había gastado un generoso cheque que le habían regalado por su cumpleaños en una moto acuática nueva para Kevin.

—Esperaba que te compraras algo bonito para ti —la había regañado con delicadeza su madre en privado—. O que hicieras arreglar y repintar tu coche. Algo que te aprovechara.

—Si Kevin es feliz, me aprovecha.

—¿Cuánto tardó en decir que quería una moto acuática después de que recibieras ese cheque?

Aguijoneada por esta pregunta, Lucy contestó de pasada:

—Oh, no lo dijo. Se me ocurrió a mí.

Lo cual no era cierto, desde luego, y de todos modos su madre no se lo había creído. Pero a Lucy le molestó comprobar que su novio no les caía bien a sus padres. Ahora se preguntaba qué debían de pensar de él después de haber dejado a una hermana a cambio de la otra. Si era eso lo que Alice quería, si la hacía feliz, Lucy sospechaba que ya encontrarían algún modo de aceptarlo.

Sin embargo, cuando su madre la llamó desde Pasadena, su reacción fue distinta a la que Lucy se esperaba.

—Acabo de hablar con Alice. Me ha contado lo que ha ocurrido. No puedo creerlo.

—Yo tampoco pude, al principio —respondió Lucy—. Luego, cuando Kevin me pidió que me fuera, empecé a creerlo.

—¿Había alguna señal? ¿Tenías alguna idea de que iba a suceder?

—No, ningún indicio.

—Alice dice que tú y Kevin teníais problemas.

—Por lo visto, el problema que teníamos era Alice —espetó Lucy.

—Le he dicho a Alice que tu padre y yo estamos muy decepcionados con ella, y que no podemos apoyar semejante conducta. Por su propio bien.

—¿De veras? —preguntó Lucy al cabo de un momento.

—¿Por qué te extraña?

Lucy soltó una carcajada desconcertada.

—Mamá, en toda mi vida no recuerdo haberos oído decir a ti o a papá que estabais decepcionados por algo que hubiera hecho Alice. Creía que ibais a pedirme que aceptara la relación de Alice con Kevin y lo olvidara.

—Has vivido dos años con ese hombre. No sé cómo podrías «olvidarlo». —Siguió una larga pausa—. No puedo imaginarme de dónde has sacado la idea de que tu padre y yo aprobaríamos las acciones de Alice.

Su madre parecía tan sinceramente perpleja que Lucy no pudo contener una risa incrédula.

—Siempre habéis aprobado todo cuanto Alice quería hacer, estuviera bien o mal.

Su madre guardó silencio por un momento.

—Lo admito, siempre he tendido a consentir a tu hermana —dijo por fin—. Siempre ha necesitado más ayuda que tú, Lucy. Nunca ha sido tan capacitada como tú. Y nunca ha sido la misma después de la meningitis. Cambios de humor y depresiones...

—Eso bien podría haber sido provocado por estar tan mimada.

—Lucy.

El tono de su madre fue de reproche.

—También es culpa mía —admitió Lucy—. He consentido a Alice tanto como todos los demás. Todos la hemos tratado como si fuera una niña dependiente. No descarto la posibilidad de que tuviera que lidiar con algunos efectos a largo plazo de la meningitis. Pero... ha llegado un momento en el que Alice tiene que ser responsable de su conducta.

—¿Quieres venir a vernos a California? ¿Salir un par de días? Papá y yo te pagaremos el billete.

Lucy sonrió ante el evidente esfuerzo de su madre por cambiar el rumbo de la conversación.

—Gracias. Sois muy amables. Pero lo único que haría sería pasarme todo el día deprimida. Creo que será mejor que me quede aquí y me mantenga ocupada.

—¿Necesitas algo?

—No, estoy bien. Me lo estoy tomando día a día. Creo que lo peor será tropezarme con Kevin y Alice... Todavía no sé cómo voy a afrontarlo.

—Esperemos que Kevin tenga la decencia de pasar algún tiempo con ella en Seattle, en vez de insistir en que vaya a verle a la isla.

Lucy parpadeó, perpleja.

—Los dos estarán aquí, mamá.

—¿A qué te refieres?

—¿No te lo ha dicho Alice? Viene a vivir con Kevin.

—No, ella... —Su madre se interrumpió—. Dios mío. ¿En la casa que compartías con él?

—Sí.

—¿Y qué hará Alice con su piso en Seattle?

—No lo sé —contestó Lucy secamente—. Quizá me lo alquile.

—Lucy, esto no tiene ninguna gracia.

—Lo siento. Es solo que... Alice se ha metido en mi vida como si fuera un par de zapatos viejos. Y lo que me saca de quicio es que no se siente nada culpable. De hecho, creo que piensa que *tiene derecho* a quitarme el novio. Como si tuviera que cedérselo solo porque ella lo quería.

—Es culpa mía. Tal como la he criado...

—Espera —dijo Lucy, en un tono más tajante del que pretendía. Tomó aire y suavizó la voz—. Por favor, mamá, por una vez, ¿puede ser algo culpa suya? ¿Podemos convenir que Alice ha hecho algo mal sin buscar una docena de excusas para justificarla? Porque cada vez que pienso en ella durmiendo en mi casa, en mi cama, con mi novio, me dan ganas de echarle la culpa.

—Pero, Lucy, aunque seguramente es demasiado pronto para hablar de esto, sigue siendo tu hermana. Y un día, cuando te ofrezca una disculpa sincera, espero que la perdones. Porque la familia es la familia.

—Es demasiado pronto para hablar de esto. Oye, mamá, yo... tengo que irme.

Lucy sabía que su madre trataba de ayudar. Pero no era esa la clase de conversación que mejor se les daba. Podían hablar de cosas superficiales, pero siempre que se adentraban en territorio un poco más espinoso, su madre parecía que estaba obligada a decirle qué debía pensar y sentir. Como consecuencia, generalmente Lucy confesaba los detalles personales de sus relaciones a sus amigas en lugar de su familia.

—Sé que crees que no entiendo cómo te sientes, Lucy —dijo su madre—. Pero lo sé.

—¿Lo sabes?

Mientras Lucy esperaba que su madre continuara, sus ojos se posaron en una reproducción del cuadro de Munch *El baile de la vida*. La obra representaba varias parejas bailando en una noche de verano. Pero dos mujeres aparecían solas en la escena. La de la izquierda iba vestida de blanco y tenía un aspecto inocente y optimista. La mujer más mayor de la derecha, en cambio, vestía de negro, y los ángulos inflexibles de su cuerpo transmitían la amargura de una aventura amorosa frustrada.

—Algún tiempo antes de casarme —explicó su madre— estuve liada con un hombre, al que quería mucho, hasta que un día me dio la noticia de que estaba enamorado de mi mejor amiga.

Hasta entonces su madre no le había confesado nada parecido. Lucy aferró el teléfono, incapaz de emitir sonido alguno.

—Fue más que doloroso. Tuve..., bueno, supongo que lo llamarías una crisis nerviosa. No he olvidado nunca la sensación de no poder levantarme de la cama. La sensación de que te pesa demasiado el alma para moverte.

—Lo siento —dijo Lucy con voz queda—. Cuesta trabajo creer que hayas pasado por algo así. Debió de ser terrible.

—Lo más difícil fue que perdí a mi novio y a mi mejor amiga al mismo tiempo. Creo que ambos lamentaron el dolor que me habían causado, pero se querían tanto que no importaba nada más. Se casaron. Más tarde mi antigua amiga me pidió perdón, y se lo di.

—¿La perdonaste de corazón? —no pudo evitar preguntar Lucy.

Esto provocó una risa amarga.

—Pronuncié las palabras. Fue lo más que pude hacer. Y me alegré de haberlo hecho porque, un año después, murió de la enfermedad de Lou Gehrig.

—¿Y él? ¿Recuperaste el contacto con él?

—Tú lo has dicho. —La voz de su madre se tornó dulcemente árida—. Con el tiempo me casé con él, y tuvimos dos hijas.

Lucy abrió los ojos como platos ante aquella revelación. Ignoraba que su padre hubiera estado casado antes. Que hubiera amado y perdido a otra mujer. ¿Era ese el motivo de su eterno distanciamiento?

Cuántos secretos ocultos en la historia de una familia. En el corazón de un padre o una madre.

—¿Por qué me lo dices ahora...? —logró articular por fin.

—Me casé con Phillip porque le seguía queriendo, aunque sabía que él no sentía lo mismo por mí. Volvió conmigo porque estaba abatido y se sentía solo, y necesitaba a alguien. Pero eso no es lo mismo que estar enamorado.

—Pero él te quiere —protestó Lucy.

—A su manera. Y ha sido un buen matrimonio. Pero siempre he tenido que vivir sabiendo que yo era su segunda opción. Y no desearía nunca eso para ti. Quiero que encuentres un hombre que sienta que lo eres todo para él.

—No creo que ese tipo exista.

—Existe. Y, Lucy, aunque dijiste sí al hombre equivocado, espero que eso no te haga decir no al hombre adecuado.

6

Al cabo de dos meses viviendo en el Artist's Point, Lucy había confeccionado una lista de pisos posibles, pero todos tenían algún problema. Uno se hallaba en medio de la nada, otro resultaba demasiado caro, otro era deprimentemente oscuro, etcétera. Tendría que tomar una decisión pronto, pero Justine y Zoë la habían invitado a tomarse todo el tiempo que necesitara.

Alojarse con las dos primas le había hecho mucho bien a Lucy. Su compañía había sido el antídoto ideal para la depresión derivada de la ruptura. Cada vez que estaba baja de moral o se sentía sola, hacía compañía a Zoë en la cocina o salía a correr con Justine. Era casi imposible estar deprimida en proximidad de Justine, con su alocado sentido del humor y su inagotable energía.

—Tengo el tipo perfecto para ti —anunció Justine una tarde que ella, Zoë y Lucy preparaban la hostería para un evento mensual en el *bed-and-breakfast:* una fiesta de lectura en silencio.

Originariamente había sido idea de Zoë. Los participantes podían traer sus libros favoritos, o elegir entre los que había disponibles en el establecimiento. Se instalaban en los sofás y las sillas de la amplia sala comunitaria de la planta baja y tomaban queso con vino mientras leían en silencio. Al principio Justine se había mofado de la idea —«¿Por qué la gente debería ir a un sitio a leer cuando puede hacerlo en su casa?»—, pero Zoë perseveró. Al final había resultado todo un éxito, con largas colas delante de la puerta, incluso cuando hacía mal tiempo.

—Te lo recomendaría a ti, Lucy —continuó Justine—, pero Zoë lleva más tiempo sin un hombre. Es como el triaje: tengo que dar prioridad a las que se encuentran en peor estado.

Zoë sacudió la cabeza mientras dejaba una bandeja de queso sobre un enorme aparador antiguo de la sala comunitaria.

—Yo no necesito ningún triaje. Tarde o temprano conoceré a alguien, cuando sea el momento. ¿Por qué no puedes dejar que esas cosas ocurran de forma natural?

—Dejar que las cosas ocurran de forma natural lleva demasiado tiempo —replicó Justine—. Y tienes que empezar a salir otra vez. He visto los síntomas.

—¿Cuáles son? —inquirió Zoë.

—Por un lado, pasas demasiado tiempo con *Byron*. Le mimas en exceso.

Zoë destinaba la mayor parte de su tiempo libre a obsequiar a su gato persa, que tenía una caja de arena higiénica hecha de caoba, una colección de collares con diamantes de imitación y un lecho de terciopelo azul. *Byron* era bañado y acicalado con regularidad, y tomaba su comida para gatos de diseño en platos de porcelana.

—Ese gato vive mejor que yo —prosiguió Justine.

—Sin duda tiene mejores joyas —intervino Lucy.

Zoë frunció el ceño.

—Prefiero la compañía de un gato a la de un hombre.

Justine le dirigió una mirada socarrona.

—¿Has salido alguna vez con un tipo que arrojara una bola de pelo?

—No. Pero, a diferencia de un hombre, *Byron* siempre llega a tiempo a la cena y no se queja nunca de mis compras.

—Pese a tu debilidad por los machos castrados —dijo Justine—, creo que te llevarías estupendamente con Sam. A ti te gusta cocinar, y él hace vino: es perfecto.

Zoë pareció dudar.

—¿Es el mismo Sam Nolan que era tan cretino en la escuela primaria?

Lucy estuvo a punto de dejar caer una pila de libros al oír ese nombre. Manoseando con torpeza, amontonó los pesados volúmenes sobre una mesilla delante de un sofá tapizado con flores.

—No era tan malo —protestó Justine.

—Por favor. Siempre andaba por ahí jugando con un cubo de Rubik. Como Gollum acariciando su anillo.

Justine se echó a reír.

—Sí, me acuerdo de eso.

—Y era tan delgaducho que teníamos que sujetarle cuando soplaba aire. ¿Ha crecido lo suficiente como para ser guapo?

—Ha crecido lo suficiente para estar como un *tren* —contestó Justine enfáticamente.

—En tu opinión —matizó Zoë—. Pero tú y yo tenemos gustos distintos en lo que a hombres se refiere.

Justine le dirigió una mirada perpleja.

—Duane te parece guapo, ¿no?

Zoë se encogió de hombros, incomodada.

—No lo sé. Va siempre tapado.

—¿Qué quieres decir?

—No puedo verle la cara porque lleva unas patillas del tamaño de mis sartenes de hierro. Y todos esos tatuajes.

—Solo tiene tres —protestó Justine.

—Tiene muchos más que esos tres —insistió Zoë—. He podido leerlo como un Kindle.

—Bueno, pues a mí me gustan los tatuajes. Pero puedes estar tranquila, Sam no tiene ninguno. Ni tampoco piercings. —Cuando Zoë abrió la boca, Justine añadió—: Ni patillas. —Chasqueó la lengua, exasperada—. Te conseguiré pruebas fotográficas.

—Justine tiene razón —dijo Lucy a Zoë—. Yo me lo he encontrado, y está como un tren.

Los ojos de las dos primas convergieron en ella.

—¿Te encontraste con Sam Nolan y no nos lo dijiste? —preguntó Justine.

—Bueno, solo en una ocasión, y fue muy breve. No tenía ni idea de que le conocías.

—He sido amiga de Sam desde siempre.

—¿Por qué no se ha dejado caer nunca por aquí? —inquirió Zoë.

—Sam lleva un par de años muy atareado, desde que plantó el viñedo. Tiene un equipo, pero se ocupa personalmente de muchos trabajos. —Justine devolvió su atención a Lucy—. Cuéntame cómo le conociste.

Lucy colocó copas de vino sobre un aparador mientras respondía.

—Yo iba en mi bici y... me paré un momento. Mantuvimos una breve conversación. No fue gran cosa.

—Justine, ¿por qué no sales tú con él? —preguntó Zoë.

—Lo hice en el instituto, después de que tu familia se mudara a Everett. Fue uno de esos romances de verano. En cuanto empezó la escuela, se evaporó. Desde entonces Sam y yo hemos sido amigos. —Justine se interrumpió—. El problema de Sam es que no está hecho para una relación a largo plazo. No busca nada serio con nadie. Es un alma libre. Y siempre dice abiertamente que no quiere casarse nunca. —Otra pausa estratégica—. Pregúntaselo a Denise Rausman.

Lucy identificó el nombre de una despampanante reportera rubia de televisión que hacía poco tiempo había sido elegida como la Periodista Más Atractiva de Seattle.

—¿Salió con *ella*?

—Sí, Denise tenía una casa de vacaciones cerca de Roche Harbor, y ella y Sam estuvieron liados casi un año. Estaba *loca* por él. Pero no consiguió que se comprometiera y al final se rindió. Y también está Laura Delfrancia.

—¿Quién es? —quiso saber Zoë.

—La directora de Pacific Mountain Capital..., invierte en todas esas empresas incipientes de alta tecnología y energía ecológica. Es sofisticada y está forrada, pero tampoco pudo cazar a Sam.

—Cuesta trabajo imaginarse a una mujer como esa persiguiendo a Sam Nolan —observó Zoë—. Era demasiado cretino para pasarlo por alto.

—En defensa de los cretinos —dijo Justine—, son estupendos en la cama. Tienen mucha fantasía, por lo que son muy creativos. Y les encanta jugar con accesorios. —Mientras las otras dos se echaban a reír, Justine les pasó sendas copas de vino—. Toma. Digas lo que digas sobre Sam, hace un vino excelente.

—¿Este es suyo? —preguntó Lucy, haciendo girar el caldo de color granate intenso en su copa.

—Se llama «Keelhaul» —explicó Justine—. Una mezcla de Shiraz y Cabernet.

Lucy tomó un sorbo. El vino era sorprendentemente suave, afrutado pero sedoso, con un acabado que sabía a moca.

—Está bueno —dijo—. Merecería la pena salir con él solo para conseguir botellas gratis de esto.

—¿Diste a Sam tu número de teléfono? —preguntó Justine.

Lucy negó con la cabeza.

—Kevin acababa de dejarme.

—No pasa nada, ahora puedo ponerte en contacto con él. Siempre y cuando Zoë no tenga inconveniente.

—Ninguno —repuso Zoë con rotundidad—. No me interesa.

Justine soltó una carcajada exasperada.

—Tú te lo pierdes, Lucy se lo lleva.

—A mí tampoco me interesa —declaró Lucy—. Solo han pasado dos meses desde mi ruptura. Y la regla es que hay que esperar exactamente la mitad de lo que ha durado tu relación..., que en mi caso vendría a ser un año y medio.

—¡Esa no es la regla! —exclamó Justine—. Solo tienes que esperar un mes por cada año de relación.

—Yo creo que todas esas reglas son absurdas —terció Zoë—. Lucy, deberías dejarte guiar por tu instinto. Ya sabrás cuándo vuelves a estar preparada.

—No confío en mi instinto en lo que respecta a los hombres —declaró Lucy—. Es como un artículo que leí el otro día sobre el descenso de la población de luciérnagas. Uno de los motivos por los que desaparecen es la iluminación artificial moderna. Las luciérnagas no pueden detectar las señales de sus parejas porque están demasiado distraídas por las luces de los porches, las farolas, los rótulos luminosos...

—Pobrecillas —dijo Zoë.

—Exacto —continuó Lucy—. Crees que has dado con la pareja ideal y te diriges hacia él, parpadeando lo más rápido que puedes, y entonces descubres que es un mechero Bic. No quiero volver a pasar por eso.

Justine movió la cabeza despacio mientras miraba a las dos.

—La vida es un banquete, y vosotras dos deambuláis con indigestión crónica.

Después de ayudar a las Hoffman con los preparativos de la fiesta de lectura, Lucy subió a su habitación. Sentada en la cama con las piernas cruzadas, consultó su correo electrónico en el ordenador portátil y encontró un mensaje de un antiguo catedrático y mentor, el doctor Alan Spellman. Hacía poco le habían nombrado coordinador de artes e industria en el mundialmente célebre Mitchell Art Center de Nueva York.

Querida Lucy:

¿Te acuerdas del programa Artista Residente que mencioné la última vez que hablamos? Un año entero, con todos los gastos pagados, trabajando con artistas de todo el mundo. Serías una candidata idónea. Creo que posees un sentido único del vidrio como medio, mientras que demasiados artistas modernos pasan por alto sus posibilidades ilusorias. Esta beca te daría la libertad para experimentar de maneras que te resultarían difíciles, si no imposibles, en tus circunstancias actuales.

Dime si te decides a probar. Te adjunto la hoja de solicitud. Ya les he hablado de ti, y están entusiasmados ante la posibilidad de que algo ocurra.

Atentamente,

ALAN SPELLMAN

La oportunidad de su vida: un año en Nueva York para estudiar y experimentar con vidrio.

Después de hacer clic en un vínculo al pie del mensaje, Lucy echó un vistazo a los requisitos para presentar la solicitud: una propuesta de una página, una carta de explicación y veinte imágenes digitales de su obra. Por un momento tentador, se permitió pensar en ello.

Un sitio nuevo..., un nuevo comienzo.

Pero la probabilidad de que la eligieran entre todos los demás solicitantes era tan remota que se preguntó para qué tomarse la molestia.

«¿Quién eres tú para creer que tienes alguna posibilidad en esto?», se dijo.

Pero entonces le vino a la mente otra idea: «¿Quién eres tú para no intentarlo por lo menos?»

7

«Necesito hablar contigo, Lucy —había dicho su madre en el contestador automático—. Llámame cuando tengas un momento de intimidad. Por favor, no lo aplaces, es importante.»

Pese a la urgencia en la voz de su madre, Lucy aún no había devuelto la llamada. No dudaba de que aquel mensaje tenía algo que ver con Alice, y quería un solo día sin pensar ni hablar de su hermana pequeña. En su lugar había pasado la tarde empaquetando sus últimas piezas terminadas y llevándolas a un par de tiendas de Friday Harbor.

—Maravilloso —exclamó Susan Seburg, administradora del comercio y amiga suya, al ver la selección de piezas de mosaico de vidrio que había traído Lucy. Era una serie de calzados de señora: escarpines, sandalias de tacón alto, zapatos de tacón de aguja e incluso un par de zapatillas. Todos estaban hechos de vidrio, azulejo, cristales y cuentas—. ¡Oh, cómo me gustaría ponérmelos! Alguien entrará y comprará el juego entero, ¿sabes? Últimamente no puedo conservar tus obras en los estantes: se venden nada más ponerlas.

—Me alegra oír eso —repuso Lucy.

—Tus últimos trabajos tienen algo tan encantador y..., no sé, especial... Un par de clientes están pensando en hacerte un encargo.

—Estupendo. Siempre me ayuda trabajar.

—Sí, es bueno mantenerse ocupada. —Dejando la lámpara ornamental, Susan le dirigió una mirada compasiva—. Me imagino que te ayuda a alejar tu mente de lo que ocurre. —Viendo la expresión de asombro de Lucy, aclaró—: Con Kevin Pearson y tu hermana.

Lucy bajó la mirada hacia su teléfono.

—¿Te refieres a que los dos vivan juntos?

—Eso, y la boda.

—¿Boda? —repitió Lucy con voz queda.

Parecía como si se hubiera formado de repente una placa de hielo bajo sus pies. Fuera cual fuere la dirección en la que quisiera andar, tenía la certeza de que resbalaría y se caería.

A Susan le cambió la cara.

—¿No lo sabías? Mierda. Lo siento, Lucy. No quería ser la primera en decírtelo.

—¿Están prometidos?

Lucy no podía creerlo. ¿Cómo había logrado Alice convencer a Kevin para que accediera a semejante compromiso? «No me importa la idea de casarme algún día —había dicho Kevin a Lucy en una ocasión—, pero no es algo que me corra prisa. Es decir, estoy dispuesto a vivir con alguien, por propia elección, durante mucho tiempo. Pero ¿qué diferencia hay exactamente entre eso y el matrimonio?»

«Es otro nivel», había respondido Lucy.

«Tal vez. O quizás es un objetivo que nos han marcado los demás. ¿De veras debemos apoyarlo?»

Al parecer, ahora lo apoyaba. Por Alice. ¿Significaba que la quería de verdad?

No era que Lucy sintiera celos. Kevin la había engañado, y seguramente engañaría en sus relaciones futuras. Pero la noticia le hizo preguntarse en qué fallaba. Quizás Alice tenía razón: Lucy era una maniática del orden. Tal vez ahuyentaría a cualquier hombre que fuera lo bastante bobo para quererla.

—Lo siento —repitió Susan—. Tu hermana ha estado recorriendo la isla con una organizadora de bodas. Están buscando lugares.

El teléfono temblaba en su mano. Lucy se lo guardó en el bolso e intentó una sonrisa que resultó ser una mueca.

—Bueno —dijo—, ahora ya sé por qué mi madre me ha dejado un mensaje esta mañana.

—Has perdido todo el color. Acompáñame a la trastienda: tengo refrescos, o puedo prepararte un café...

—No. Gracias, Susan, voy a dejarlo por hoy.

La masa de emoción había empezado a dividirse en capas. Tristeza, desconcierto, rabia.

—¿Puedo hacer algo? —oyó preguntar a Susan.

Lucy negó con la cabeza al instante.

—Estoy bien. De veras.

Reajustándose la correa del bolso sobre el hombro, se encaminó hacia la puerta del establecimiento. Se detuvo cuando Susan volvió a hablar.

—No conozco demasiado a Kevin, y no sé prácticamente nada sobre tu hermana. Pero por lo que he visto y oído hasta ahora... se merecen uno al otro. Y eso no es un cumplido para ninguno de los dos.

Las yemas de los dedos de Lucy encontraron el cristal de la puerta, y por un momento sintió alivio en aquel contacto, en su lisura fría y tranquilizadora. Dedicó a Susan una frágil sonrisa.

—No pasa nada. La vida sigue.

Cuando llegó a su coche, Lucy se sentó y puso la llave en el contacto. Cuando la hizo girar, no sucedió nada. Se le escapó una risa incrédula.

—¿Te ríes de mí? —dijo, y volvió a intentarlo.

Clic, clic, clic, clic. El motor se negaba a arrancar. Puesto que las luces aún funcionaban, no podía ser cosa de la batería.

Regresar a la hostería no sería ningún problema, ya que estaba relativamente cerca. Pero la idea de tener que vérselas con un mecánico y pagar una reparación que le reventaría el presupuesto era demasiado. Lucy recostó la cabeza sobre el volante. Esa era la clase de cosas que Kevin siempre le había arreglado. «Una de las ventajas», habría bromeado, después de cambiar el aceite y sustituir los limpiaparabrisas.

Sin lugar a dudas, reflexionó Lucy con desaliento, lo peor de ser una mujer soltera consistía en tener que ocuparse de su coche. Necesitaba una copa, un trago de algo fuerte y anestésico.

Tras apearse del coche inerte, se dirigió a un bar próximo al muelle, donde la gente podía contemplar los barcos y ver la carga y descarga de los transbordadores. El bar había sido una taberna en el siglo XIX, fundada para atender a los buscadores de oro que iban de camino a British Columbia durante la fiebre de Fraser. Para cuando los buscadores se fueron, el establecimiento adquirió una nueva clientela de soldados, pioneros y empleados de Hudson Bay. Con el transcurrir de las décadas, se había convertido en un bar viejo y venerable.

Una melodía de notas musicales surgió del interior de su bolso cuando sonó el móvil. Hurgando entre los diversos objetos —una barra de labios, monedas sueltas, un paquete de chicles—, Lucy consiguió dar con el teléfono. Al reconocer el número de Justine, respondió lánguidamente.

—Hola.

—¿Dónde estás? —preguntó su amiga sin preámbulos.

—Deambulando por la ciudad.

—Acaba de llamarme Susan Seburg. No me lo puedo creer.

—Yo tampoco... —admitió Lucy—. Kevin será mi cuñado.

—Susan está hecha polvo por haber sido la primera en decírtelo.

—No debería. Iba a enterarme tarde o temprano. Mi madre me ha dejado un mensaje esta mañana; estoy segura de que tenía que ver con el compromiso.

—¿Estás bien?

—No. Pero tomaré un trago y después lo estaré. Puedes reunirte conmigo, si quieres.

—Ven a casa y prepararé unas margaritas.

—Gracias —dijo Lucy—, pero hay demasiada tranquilidad en la hostería. Quiero estar en un bar con gente. Muchas personas ruidosas con problemas.

—De acuerdo —repuso Justine—, entonces ¿dónde...?

El teléfono emitió un pitido y cortó la frase de su amiga. Lucy miró la pequeña pantalla, que mostraba el símbolo de una batería roja parpadeando. Se le había acabado la gasolina.

—Lógico —murmuró.

Tras dejar caer el teléfono agotado dentro del bolso, accedió al oscuro interior del bar. El establecimiento olía ostensiblemente a edificio viejo, a humedad y a cerrado.

Puesto que era solo media tarde, aún no había aparecido la gente que salía del trabajo. Lucy se dirigió al extremo de la barra donde las sombras eran más oscuras y examinó la carta de bebidas. Pidió un *lemon drop,* hecho con vodka, limón revuelto y Triple Sec y servido en una copa con el borde azucarado. Le bajó por la garganta con un agradable escalofrío.

—Como el beso de un iceberg, ¿verdad? —preguntó sonriendo la camarera, una rubia llamada Marty.

Después de vaciar la copa, Lucy asintió y la dejó a un lado.

—Otro, por favor.

—Vas muy deprisa. ¿Quieres algo para picar? ¿Nachos o jalapeños, tal vez?

—No, solo otra copa.

Marty la miró dubitativa.

—Espero que no conduzcas después de esto.

Lucy soltó una carcajada amarga.

—No. Mi coche acaba de estropearse.

—Un día aciago, ¿eh?

—Un año aciago —contestó Lucy.

La camarera se tomó su tiempo para traerle la siguiente copa. Girando sobre el taburete de la barra, Lucy echó una ojeada a los demás clientes del bar, algunos alineados en la otra punta, otros sentados en mesas. En una de ellas, media docena de moteros bebían cerveza y charlaban animadamente.

Demasiado tarde, Lucy se percató de que pertenecían a la iglesia de moteros, y que entre ellos estaba el novio de Justine, Duane. Antes de poder apartar los ojos, este miró en su dirección.

Desde el otro lado del local, Duane le hizo un gesto para que se uniera a ellos.

Lucy sacudió la cabeza y le saludó levemente con la mano antes de devolver su atención a la barra.

Pero el corpulento y bondadoso motero se le acercó y le plantó una mano amigable entre los hombros.

—Hola, Lucy —dijo—. ¿Cómo te va?

—He entrado a tomar una copa rápida —respondió Lucy con una tímida sonrisa—. ¿Cómo estás, Duane?

—No puedo quejarme. Ven a sentarte conmigo y los chicos. Todos somos de Hog Heaven.

—Gracias, Duane. Te agradezco la invitación, pero ahora mismo me apetece mucho estar sola.

—¿Qué ocurre? —Al advertir su vacilación, dijo—: Sea cual sea tu problema, nos ocuparemos nosotros, ¿recuerdas?

Cuando Lucy levantó la mirada hacia aquel rostro ancho y enmarcado por unas patillas desmesuradas, su sonrisa se volvió sincera.

—Sí, lo recuerdo. Vosotros sois mis ángeles custodios.

—Entonces cuéntame tu problema.

—Dos problemas —dijo Lucy—. En primer lugar, mi coche está muerto. O, por lo menos, está en coma.

—¿Es la batería?

—No creo. No lo sé.

—Nos ocuparemos de él —prometió Duane en el acto—. ¿Cuál es el otro problema?

—Me siento el corazón como una porquería que tengo que recoger con un periódico doblado y echarlo al cubo de la basura.

El motero le dirigió una mirada compasiva.

—Justine me contó lo de tu novio. ¿Quieres que los chicos y yo le demos un escarmiento?

Lucy dejó escapar una risita.

—No querría induciros a cometer un pecado mortal.

—Oh, pecamos sin parar —repuso Duane alegremente—. Es por eso que fundamos una iglesia. Y me parece que a tu ex le convendría una buena azotaina. —Una sonrisa conectó sus extensas patillas mientras citaba—: «Ascuas de fuego acumularás sobre su cabeza, y el Señor te recompensará.»

—Me conformaré con que me arregléis el coche —dijo Lucy.

A instancias de Duane, le explicó dónde estaba el automóvil y le entregó las llaves.

—Lo llevaremos al Artist's Point en un par de días —prometió Duane—, arreglado y funcionando.

—Gracias, Duane. No sabes cuánto os lo agradezco.

—¿Seguro que no quieres tomar algo con nosotros?

—Gracias, pero estoy segura.

—Como quieras. Pero los chicos y yo te vigilaremos. —Señaló hacia el rincón del bar, donde se estaba instalando un reducido grupo musical—. Esto no tardará en llenarse.

—¿Qué ocurre? —preguntó Lucy.

—Es el día de la Guerra del Cerdo.

Abrió unos ojos como platos.

—¿Es hoy?

—El quince de junio, como todos los años.

Le dio un golpecito amistoso en el hombro antes de regresar con sus colegas.

—Tengo que salir de aquí —murmuró Lucy.

Cogió su segunda copa y tomó un trago. Decididamente, no estaba de humor para celebrar la Guerra del Cerdo.

Esta tradición provenía de un suceso acaecido en 1859, cuando un cerdo perteneciente a la factoría de Hudson Bay, de propiedad británica, se había adentrado en el campo de patatas de Lyman Cutler, un agricultor americano. Al encontrarse con el enorme cerdo escarbando en sus tierras y comiéndose sus cultivos, el labriego mató al animal de un disparo. Este incidente ocasionó una guerra de trece años entre los británicos y los americanos. Ambos bandos establecieron campamentos militares en la isla. Finalmente la contienda terminó en un arbitraje, que concedió la propiedad de la isla a Estados Unidos. Durante todo el conflicto entre las unidades militares americanas y británicas, la única baja registrada fue la del cerdo. Aproximadamente un siglo y medio después, se festejaba el comienzo de la Guerra del Cerdo con carne a la barbacoa, música y suficiente cerveza para mantener a flote una flota de embarcaciones de mástiles altos.

Para cuando Lucy apuró la copa, el grupo ya tocaba, se servían platos de costillas de cerdo gratis en la barra y el local estaba atestado de gente alborotada. Hizo un ademán para pedir la cuenta, y la camarera asintió con la cabeza.

—¿Puedo invitarte a otra? —le preguntó el tipo sentado en el taburete vecino al suyo.

—Gracias, pero ya he terminado —dijo Lucy.

—¿Te apetece una de estas?

Intentó pasarle un plato de costillas de cerdo.

—No tengo hambre.

—Son gratis —insistió el tipo.

Cuando Lucy le miró con el ceño fruncido, le identificó como uno de los empleados de arquitectura paisajista de Kevin. No recordaba bien su nombre. Paul, acaso. Con los ojos vidriosos y el aliento amargo, daba la impresión de que había empezado la celebración muchas horas antes.

—Oh —exclamó incomodado al reconocerla—. Tú eres la novia de Pearson.

—Ya no —replicó Lucy.

—Es verdad, eres la vieja.

—¿La *vieja*? —repitió Lucy, ofendida.

—Quería decir la antigua novia... Esto... tómate una cerveza.

Cogió un vaso grande de plástico de una bandeja que descansaba sobre la barra.

—Gracias, pero no.

Lucy retrocedió cuando él empujó el rebosante vaso hacia ella.

—Es gratis. Cógela.

—No quiero cerveza.

Apartó el vaso al mismo tiempo que el hombre se lo ofrecía. Alguien de la muchedumbre que tenía a su espalda le dio una sacudida. Como a cámara lenta, todo el vaso de cerveza topó contra el pecho de Lucy y se derramó sobre ella. Se quedó sin resuello cuando el helado líquido le empapó la blusa y el sujetador.

Hubo un breve momento de estupefacción mientras la gente de su alrededor reparaba en lo ocurrido. Multitud de miradas se volvieron inquisitivas hacia Lucy, algunas compasivas, otras frías de desagrado. No cabía duda que más de uno entendía que aquella mujer se había echado la cerveza encima.

Humillada y furiosa, Lucy tiró de la blusa empapada de cerveza, que se le pegaba por todas partes.

Dirigiendo una mirada a Lucy, la camarera extendió un rollo entero de servilletas de papel sobre el mostrador. Lucy procedió a secarse la blusa.

Entretanto Duane y los demás moteros se habían acercado. La manaza de Duane cogió a Paul por la parte de atrás del cuello de la camisa y casi lo levantó del suelo.

—¿Tú has derramado la cerveza sobre nuestra Lucy? —inquirió Duane—. Te arrepentirás, gilipollas.

La camarera reclamó con urgencia:

—¡No empecéis una bronca aquí dentro!

—Yo no he hecho nada —balbuceó Paul—. Ella iba a coger la cerveza y se me ha escapado involuntariamente de la mano.

—Yo no iba a coger nada —dijo Lucy, indignada.

Alguien se abrió paso entre el gentío y una mano delicada se posó sobre su espalda. Lucy se puso tensa y empezó a regañarle, pero sus palabras se apagaron cuando vio un par de ojos de color azul verdoso.

Sam Nolan.

De toda la gente que podía verla en aquellas circunstancias, ¿tenía que ser precisamente él?

—Lucy —dijo en voz baja, mientras evaluaba rápidamente la situación—. ¿Alguien te ha hecho daño?

Dirigió una mirada afilada como una navaja a Paul, que se encogió de miedo.

—No —murmuró Lucy, cruzando los brazos sobre el pecho. La tela de su blusa estaba pegajosa y era casi transparente—. Solo estoy... mojada. Y tengo frío.

—Salgamos de aquí. —Tras coger su bolso de la barra, Sam se lo entregó y dijo por encima de su cabeza—. ¿Qué se debe, Marty?

—Sus copas van a cuenta de la casa —respondió la camarera.

—Gracias. —Sam miró a los moteros—. No mutiles al chico, Duane. Está demasiado borracho para darse cuenta de lo que pasa.

—Nada de mutilaciones —convino Duane—. Tan solo lo lanzaré al muelle. Es posible que lo meta bajo el agua un par de veces. Le provocaré un caso leve de hipotermia. Nada más.

—No me encuentro bien —balbuceó Paul.

Lucy casi empezaba a compadecerse de él.

—Deja que se vaya, Duane.

—Me lo pensaré. —Duane entrecerró los ojos mientras Sam comenzaba a guiar a Lucy entre la multitud—. Nolan. Ten cuidado con ella, o serás el siguiente.

Sam le dirigió una sonrisa socarrona.

—¿Quién te ha convertido en carabina, Duane?

—Es amiga de Justine —dijo el motero—. Lo que significa que te patearé el culo si intentas algo con ella.

—Tu no podrías patearme el culo —replicó Sam, y sonrió al añadir—: En cambio, Justine...

Al salir del edificio, Lucy se detuvo en la acera y se volvió hacia Sam. Parecía tan vital y apuesto como lo recordaba.

—Puedes volver a entrar —dijo bruscamente—. No necesito ayuda de nadie.

Sam sacudió la cabeza.

—Iba a marcharme de todos modos. Está demasiado lleno.

—Entonces ¿por qué has entrado?

—Iba a tomar una copa con mi hermano Alex. Hoy ha terminado su divorcio. Pero se ha ido nada más enterarse de que había la fiesta de la Guerra del Cerdo.

—Yo debería haber hecho lo mismo. —Una suave brisa sopló sobre el pecho empapado de la blusa de Lucy y la hizo estremecerse—. Uf. Tengo que ir a casa a cambiarme.

—¿Dónde está tu casa?

—En el Artist's Point.

—El establecimiento de Justine Hoffman. Te acompañaré andando.

—Gracias, pero prefiero ir sola. No queda lejos.

—No puedes ir andando por Friday Harbor de esa guisa. La tienda de recuerdos de al lado aún está abierta. Déjame comprarte una camiseta.

—Ya me la compraré yo.

Lucy sabía que se estaba mostrando ingrata y descortés, pero se sentía demasiado fastidiada para que le importara. Entró en la tienda, y Sam la siguió.

—¡Dios mío! —exclamó la anciana dependienta de pelo azul al ver a Lucy—. ¿Ha habido un accidente?

—Un gilipollas borracho me ha derramado una cerveza encima —explicó Lucy.

—Oh, vaya. —La cara de la mujer se iluminó cuando vio a Sam detrás de ella—. Sam Nolan. Supongo que no has sido tú, ¿verdad?

—Debería conocerme mejor, señora O'Hehir —la reprendió él con una sonrisa—. Siempre soy prudente con el alcohol. ¿Tiene algún sitio donde mi amiga pueda ponerse una blusa nueva?

—En la trastienda —contestó la anciana, señalando una puerta a su espalda. Miró a Lucy compasivamente—. ¿Qué clase de blusa buscas, querida?

—Una simple camiseta.

—Yo encontraré algo —se ofreció Sam—. ¿Por qué no entras ahí y empiezas a lavarte mientras echo un vistazo?

Lucy vaciló antes de asentir.

—No elijas nada extraño —le advirtió—. Nada con calaveras, frases estúpidas ni palabrotas.

—Tu desconfianza me hiere —dijo Sam.

—No te conozco lo suficiente para confiar en ti.

—La señora O'Hehir responderá de mí. —Sam se acercó a la anciana, apoyó las manos sobre el mostrador y se inclinó hacia ella con complicidad—. Vamos, dígale lo buen chico que soy. Un ángel. Un rayo de sol.

La mujer reveló a Lucy:

—Es un lobo con piel de cordero.

—Lo que la señora O'Hehir trataba de decir —le informó Sam— es que soy un cordero con piel de lobo.

Lucy reprimió una sonrisa, más animada mientras aquella mujer diminuta le dirigía una mirada elocuente y sacudía la cabeza despacio.

—Estoy segura de que ha entendido perfectamente lo que he dicho.

Entró en el exiguo baño, se quitó la blusa húmeda y la dejó caer en la papelera. Como también tenía el sujetador empapado, lo echó a su vez. Era una prenda vieja, con la goma gastada y los tirantes algo deshilachados. Usando agua caliente y toallas de papel, procedió a lavarse los brazos y el pecho.

—¿Por qué estabas rodeada por un séquito de moteros? —oyó preguntar a Sam desde el otro lado de la puerta.

—Me encargaron hacer una vidriera para su iglesia. Y ahora son como mis..., bueno, supongo que me han tomado bajo su protección.

—¿Es así cómo te ganas la vida? ¿Eres vidriera?

—Sí.

—Parece interesante.

—Puede serlo, a veces.

Lucy tiró un fajo de toallas de papel empapadas.

—Te he encontrado una camiseta. ¿Estás lista para que te la pase?

Lucy se acercó a la puerta y la abrió unos cinco centímetros, procurando mantenerse bien oculta. Sam introdujo la mano para pasarle una camiseta marrón oscuro. Tras cerrar la puerta, Lucy extendió la camiseta para examinarla con ojo crítico. El pecho estaba decorado con un diagrama de símbolos químicos de color rosa.

—¿Qué es esto?

La voz de Sam se filtró a través de la puerta cerrada.

—Es un diagrama de una molécula de teobromina.

—¿Qué es la teobromina? —preguntó Lucy, desconcertada.

—La sustancia química del chocolate que te alegra la vida. ¿Quieres que busque otra cosa?

A pesar del asqueroso día que estaba teniendo, Lucy no pudo evitar sonreírse.

—No, me quedo con esta. Me gusta el chocolate.

El elástico tejido de punto era suave y cómodo al posarse sobre su torso húmedo. Lucy abrió la puerta y salió del baño.

Sam la estaba esperando, y la miró de arriba abajo.

—Te sienta bien.

—Parezco una cretina —replicó Lucy—. Huelo como una fábrica de cerveza. Y necesito un sujetador.

—Mi cita soñada.

Conteniendo una sonrisa con cara seria, Lucy se dirigió al mostrador.

—¿Qué le debo? —preguntó.

La señora O'Hehir señaló a Sam con un gesto.

—Ya me ha pagado.

—Considéralo un regalo de cumpleaños —dijo Sam al ver la expresión de Lucy—. ¿Cuándo es?

—En noviembre.

—Un regalo de cumpleaños muy tempranero.

—Gracias, pero no puedo...

—Sin compromiso alguno. —Sam hizo una ligera pausa—. Bueno, quizá con una condición.

—¿Cuál?

—Podrías decirme tu nombre completo.

—Lucy Marinn.

Sam le tendió la mano, y ella vaciló antes de estrechársela. Su apretón era cálido, los dedos algo ásperos por las callosidades. La mano de un hombre trabajador. El calor le subió por el brazo, como si su piel cobrara vida, y deshizo el contacto enseguida.

—Déjame acompañarte a casa —pidió Sam.

Lucy negó con la cabeza.

—Deberías ir a buscar a tu hermano y hacerle compañía. Si finalmente ha terminado de divorciarse hoy, lo más probable es que esté deprimido.

La señora O'Hehir, que había estado escuchando desde detrás del mostrador, intervino:

—Dile a Alex que le irá mejor sin ella. Y dile que la próxima vez se case con una chica simpática de la isla.

—Creo que a estas horas todas las chicas simpáticas de la isla ya le conocen bien —repuso Sam, y siguió a Lucy fuera de la tienda—. Escucha —dijo una vez en la calle—, no quiero ser un pelmazo, pero tengo que cerciorarme de que llegas a casa sin ningún percance. Si lo prefieres, te seguiré de lejos.

—¿A qué distancia? —inquirió Lucy.

—La media que establece una orden de restricción, unos cien metros más o menos.

Se le escapó una risa involuntaria.

—No será necesario. Puedes andar conmigo.

Sam le siguió el paso obedientemente.

De camino hacia el Artist's Point, Lucy se fijó en el comienzo de una espectacular puesta de sol, con el cielo teñido de naranja y rosa y las nubes bordeadas de oro. Era una vista que, en otras circunstancias, habría disfrutado.

—¿En qué fase estás ahora? —preguntó Sam.

—¿Fase? Ah, te refieres a mi calendario posruptura. Supongo que me estoy acercando al final de la primera fase.

—Sarah MacLachlan y mensajes de texto airados.

—Sí.

—No te cortes el pelo.

—¿Qué?

—La siguiente fase. Corte de pelo y zapatos nuevos. No te toques el pelo, es precioso.

—Gracias. —Lucy se retiró tímidamente un mechón largo y oscuro detrás de la oreja—. En realidad, el corte de pelo es la tercera fase.

Se detuvieron en una esquina, esperando que cambiara el semáforo.

—Ahora mismo —comentó Sam— estamos delante de una vinatería que sirve el mejor atún dorado del noroeste del Pacífico. ¿Qué te parece si paramos a cenar?

Lucy miró a través del escaparate de la vinatería, en cuyo interior había gente sentada a la luz de las velas que parecía pasar un rato muy agradable. Devolvió su atención a Sam Nolan, que la observaba fijamente. Debajo de su aire despreocupado se ocultaba algo, no muy distinto al efecto de un cuadro en claroscuro. *Clair-obscur*, lo llamaban los franceses. Claroscuro. Tenía la sensación de que Sam Nolan no era el personaje sencillo que Justine había pintado de él.

—Gracias —contestó—, pero eso no me llevaría a ningún sitio al que quiera ir.

—No tiene que llevar a ninguna parte. Solo será una cena. —Advirtiendo su vacilación, Sam añadió—: Si me dices que no, acabaré calentando en el microondas cualquier lata que encuentre por casa. ¿Podrás seguir viviendo después de hacerme eso?

—Sí.

—¿Sí vas a cenar conmigo?

—Sí podré seguir viviendo después de que cenes una lata.

—Qué cruel —la acusó en voz baja, pero había un fulgor de diversión en la viveza de sus ojos.

Siguieron caminando hacia la hostería.

—¿Hasta cuándo te alojarás en el Artist's Point? —preguntó Sam.

—No mucho más tiempo, espero. He estado buscando un piso. —Lucy soltó una carcajada de autocensura—. Por desgracia, los pisos que puedo permitirme no son tan bonitos como los que no me puedo permitir.

—¿Qué hay en tu lista de deseos?

—Una habitación es todo cuanto necesito. Algo tranquilo pero no demasiado aislado. Y me gustaría tener vista al mar, si es posible. Entretanto, me alojo en casa de Justine. —Hizo una pausa—. Supongo que tú y yo tenemos una amiga en común.

—¿Te ha dicho que somos amigos?

—¿No es verdad?

—Eso depende de lo que te haya contado de mí.

—Dijo que eres un chico estupendo y que debería salir contigo.

—En tal caso, somos amigos.

—Añadió que eres perfecto para una transición, porque eres divertido y prefieres evitar cualquier compromiso.

—¿Y qué le dijiste tú?

—Que no me interesaba. Estoy harta de cometer errores estúpidos.

—Salir conmigo sería un error muy inteligente —le aseguró Sam, y ella se echó a reír.

—¿Por qué?

—No soy celoso, ni hago promesas que luego no puedo cumplir. Soy diáfano como el agua.

—Un buen rollo publicitario —observó Lucy—. Pero sigue sin interesarme.

—El rollo publicitario incluye una prueba en carretera gratis —dijo Sam.

Lucy sonrió y sacudió la cabeza.

Llegaron al Artist's Point y se detuvieron ante los escalones de la entrada.

Tras volverse hacia él, Lucy dijo:

—Gracias por la camiseta nueva. Y por ayudarme a salir del bar. Has sido... un buen final de un día aciago.

—De nada. —Sam se interrumpió—. Acerca de ese piso

que buscas... se me ocurre una idea. Mi hermano Mark ha estado alquilando su casa, un condominio frente al mar, desde que él y Holly vinieron a vivir conmigo.

—¿Quién es Holly?

—Mi sobrina. Tiene siete años. Mi hermana Victoria murió el año pasado, y Mark fue designado como tutor. Le estoy ayudando durante una temporada.

Lucy lo miró fijamente, intrigada por aquella revelación.

—Le ayudas a criarla —aclaró.

Sam asintió.

—Y les has dejado instalarse en tu casa —afirmó Lucy en lugar de preguntar.

Sam se encogió de hombros, incomodado.

—Es una casa grande. —Su rostro se volvió impenetrable y su voz, intencionadamente despreocupada—. En lo que se refiere al condominio... el último inquilino se ha ido y, que yo sepa, Mark aún trata de arrendarlo. ¿Quieres que lo consulte? ¿Quizá te gustaría verlo?

—Yo..., tal vez. —Lucy se percató de que se estaba mostrando excesivamente cauta. Un condominio frente al mar no era algo fácil de encontrar, y merecería la pena echarle un vistazo—. Estoy segura de que se escapa de mis posibilidades. ¿Cuánto pide?

—Se lo preguntaré y te lo diré. —Sam sacó su teléfono móvil y la miró con expectación—. ¿Cuál es tu número? —Sonrió al ver su vacilación—. Juro que no acoso a las mujeres. Sé aceptar un rechazo.

Poseía un encanto relajado que le parecía difícil de resistir. Lucy le dio su número, miró sus ojos azul verdoso y notó una sonrisa involuntaria dibujándose en sus labios. Era una verdadera lástima que no fuera capaz de soltarse lo suficiente para divertirse con él.

Solo que Lucy era una mujer con experiencia. Estaba harta de esperar, confiar y perder. Más adelante, al cabo de unos meses, o más probablemente años, la necesidad de compañía volvería a aparecer, y entonces se arriesgaría a relacionarse con alguien de nuevo. Pero no ahora. Y menos con aquel hombre, que mantendría una relación estrictamente superficial.

—Gracias —dijo Lucy, observando cómo Sam se guardaba el teléfono en el bolsillo trasero. Le tendió la mano con un torpe gesto formal—. Espero noticias tuyas si el condominio está libre.

Sam le estrechó la mano con gravedad, aunque con los ojos chispeantes.

La calidez de su mano, la seguridad con que sus dedos se doblaban en torno a los suyos, le proporcionaron una sensación indescriptiblemente agradable. Había transcurrido mucho tiempo desde que alguien la había tocado o abrazado de alguna manera. Lucy prolongó aquel momento algo más de lo necesario, al mismo tiempo que un rubor del color de la vergüenza le subía desde los pies hasta el cuero cabelludo.

Sam la observó, y su expresión se tornó inescrutable. Aprovechó el apretón de manos para acercarla un poco, con la cabeza inclinada sobre la de ella.

—En cuanto a esa prueba en carretera... —murmuró.

Lucy no podía seguir sus propios pensamientos. Había empezado a latirle el corazón. Miró sin ver hacia la puesta de sol, que se fundía en una fresca oscuridad azul. Sam la sorprendió atrayéndola contra su hombro y pasándole una mano por la espalda con un movimiento relajante. Sus cuerpos se tocaron a intervalos; la presión del de Sam era cálida e intensa y hacía que le temblaran las piernas.

Desorientada, Lucy no dijo nada cuando Sam le puso

una mano en el costado de la cara y la sujetó con firmeza mientras su boca descendía. Fue delicado, invitándola al beso. Ella se abrió a él instintivamente, los malos instintos imponiéndose sobre los buenos.

Aquel beso la indujo a pensar, solo por un momento, que ya no tenía nada que perder. «Esto es una locura», pensó, pero la lengua de Sam tocó la suya y su mano subió buscándole la nuca. Un torrente de sensación fluyó por los intervalos entre los latidos de Lucy.

Fue Sam quien puso fin al beso. Mantuvo los brazos alrededor de Lucy hasta que esta recobró el equilibrio. Desconcertada y desarmada, finalmente Lucy logró apartarse de él. Se encaminó hacia los escalones de la entrada.

—Te llamaré pronto —le oyó decir.

Se detuvo y le miró por encima del hombro.

—No sería buena idea —dijo en voz baja.

Ambos sabían que no se refería al condominio.

—Nadie va a precipitarte en nada —declaró Sam—. Tú llevas la voz cantante, Lucy.

A ella se le escapó una risita.

—Si tienes que decir a alguien que lleva la voz cantante, significa que en realidad no la lleva.

Y terminó de subir los escalones sin mirar atrás.

8

—Es demasiado pronto —había protestado Kevin cuando Alice sacó a colación la idea de casarse—. Acabas de mudarte.

Ella le había dirigido una mirada prolongada y penetrante.

—¿Qué plazo consideras?

—¿Plazo? —repitió él, asombrado.

—¿Seis meses? ¿Un año? No voy a esperar eternamente, Kevin. Muchos hombres ya están casados a tu edad. ¿Cuál es el problema? Dijiste que estás enamorado de mí.

—Y lo estoy, pero...

—¿Qué más necesitas saber de mí? ¿Para qué esperar? No tengo ningún inconveniente en marcharme, si crees que esta relación no es la adecuada.

—Nunca he dicho eso.

Pero Alice había decidido que tenía que ocurrirle algo gordo, sobre todo después de perder su empleo de guionista. Había recibido una llamada de su agente, quien acababa de hablar con el autor principal de *What the Heart Knows*. La serie se había suspendido. Los índices de audiencia habían sido tan bajos que ni siquiera terminarían el argumento. Ya lo habían sustituido por un par de concursos. La distribuidora estaba tratando de vender el programa a una televisión por cable, pero entretanto Alice tendría que quedarse cruzada de brazos y vivir de sus limitados ahorros.

Casarse con Kevin resolvería tres problemas. Le daría derecho a su apoyo económico, lo cual demostraría a Lucy que Kevin quería muchísimo a Alice. También obligaría a sus padres a aceptar el enlace. Alice y su madre organizarían la boda juntas y todo el mundo se dejaría llevar por la agitación. Volvería a unir la familia. Y Lucy tendría que tragarse su orgullo herido y superarlo.

Tan pronto como recibió el diamante de compromiso en el dedo, Alice llamó a sus padres con aire triunfal. Se quedó atónita al comprobar que, en lugar de felicitarla, se mostraban muy críticos.

—¿Ya habéis puesto fecha? —había preguntado su madre.

—Todavía no. He pensado que tú y yo barajaríamos juntas algunas ideas y...

—No es necesario que me impliques en tus planes —le espetó su madre—. Papá y yo asistiremos a la boda, si quieres. Pero organizarla y pagarla es cosa tuya.

—¿*Qué*? Soy vuestra primera hija que se casa... ¿y no pensáis regalarme una celebración?

—Pagaremos una boda con mucho gusto cuando nuestra familia se haya curado. Pero, tal como están ahora las cosas, has obtenido tu felicidad a costa de la de tu hermana. Y por respeto a sus sentimientos, eso significa que no podemos apoyar tu relación con Kevin. También implica que dejaremos de complementar tus ingresos mensuales.

—¡Me siento repudiada! —exclamó Alice con estupefacta furia—. ¡No me puedo creer lo injusto que es esto!

—Tú has creado una situación que es injusta para todos, Alice. Incluida tú misma. Nos aguardan muchos acontecimientos: fiestas, nacimientos, enfermedades..., cosas que debemos vivir como una familia. Y eso no será posible hasta que hayas resuelto tus diferencias con Lucy.

Ofendida, Alice había repetido esa conversación a Kevin, quien se encogió de hombros y dijo que seguramente deberían aplazar la boda.

—¿Hasta que Lucy haya superado el hecho de perderte? Se quedará soltera durante los próximos cincuenta años, solo para fastidiar.

—No puedes obligarla a volver a salir —observó Kevin.

Alice estaba absorta en sus pensamientos.

—Tan pronto como Lucy conozca a otro tipo, ya no podrá hacerse la víctima. Mis padres deberán admitir que ha rehecho su vida. Entonces tendrán que regalarme una boda, y las cosas volverán a ser como antes.

—¿De dónde sacarás ese tipo?

—Tú conoces a mucha gente en la isla. ¿A quién sugieres?

Kevin la miró sorprendido.

—Esto se está volviendo muy extraño, Alice. No pienso resarcir a mi ex novia con uno de mis amigos.

—No tiene que ser un amigo íntimo. Solo un chico normal y de aspecto decente que la atraiga.

—Aunque se me ocurra alguien, ¿cómo vas a...? —Kevin dejó la pregunta en suspenso al ver su expresión terca—. No lo sé. Tal vez uno de los Nolan. He oído decir que Alex está en trámites de divorcio.

—Nada de divorciados. Lucy no querrá saber nada.

—El hermano mediano, Sam, está soltero. Tiene un viñedo.

—Perfecto. ¿Cómo los juntamos?

—¿Quieres que los presente?

—No, tiene que ser secreto. Lucy no aceptaría nunca salir con alguien que cualquiera de nosotros le hubiera sugerido.

Kevin meditó cómo lograr que dos personas salieran juntas sin revelar que él estaba detrás.

—Alice, ¿de verdad tenemos que...?

—Sí.

—Supongo que Sam me debe una —dijo Kevin pensativamente—. Le hice una prospección un par de años atrás, y no le cobré nada.

—Bien. Entonces pídele que te devuelva el favor. Haz que Sam Nolan salga con Lucy.

Holly soltó una risita cuando Sam se cargó su cuerpo larguirucho sobre los hombros para llevarla al viñedo.

—¡Soy alta! —exclamó—. ¡Miradme!

Pesaba como una pluma y se sujetaba suavemente con sus delgados brazos a la frente de su tío.

—Te he dicho que te lavaras las manos después de desayunar —dijo Sam.

—¿Cómo sabes que no lo he hecho?

—Porque las tienes pringosas, y están en mi pelo.

Una risita flotó sobre su cabeza. Habían hecho galletas S'mores, una receta de su invención, cosa que Mark casi seguramente no les habría permitido de haber estado allí. Pero Mark había pasado la noche en casa de su prometida, Maggie, y en su ausencia Sam tendía a ser menos severo con las normas.

Sujetando los tobillos de Holly con las manos, Sam llamó a los trabajadores del viñedo, que estaban arrancando el tractor Caval. El vehículo estaba equipado con una enorme bobina de malla que cubría cuatro o cinco hileras de vides a la vez.

Holly se aferró con más fuerza a la cabeza de Sam, hasta casi cegarle.

—¿Cuánto me pagarás por ayudarte esta mañana?

Sam sonrió, encantado con su peso ligero sobre los hombros, su aliento azucarado y su inagotable energía de torbellino. Antes de que Holly entrara en su vida, las niñas habían sido criaturas ajenas a él, con su devoción por el rosa y el morado, la purpurina, los animales de peluche y los cuentos de hadas.

En nombre de la igualdad de género, los dos tíos solteros habían enseñado a Holly a pescar, lanzar una pelota y clavar clavos. Pero su afición a los lazos, las chucherías y los peluches seguía inalterable. Su tocado favorito, que llevaba en ese momento, era una gorra de béisbol rosa con una diadema plateada bordada en la parte de delante.

Hacía poco tiempo que Sam había comprado ropa nueva para Holly y había metido la que le había quedado pequeña en una bolsa para beneficencia. Se le había ocurrido pensar que el pasado de Holly con su madre se iba desvaneciendo. La ropa, los juguetes viejos, incluso las frases y los hábitos de antaño estaban siendo sustituidos poco a poco, de forma inevitable. De modo que había apartado algunas cosas para guardarlas dentro de una caja en el desván. Y estaba anotando sus propios recuerdos de Vick, cosas curiosas o entrañables, para compartirlos algún día con Holly.

A veces Sam deseaba poder hablar con Vick sobre su hija, decirle lo mona y lista que era Holly. Contarle las maneras en que Holly iba cambiando y el modo en que alteraba todo lo que la rodeaba. Ahora Sam entendía cosas sobre su hermana en las que nunca había pensado cuando vivía: lo duro que debía de resultarle ser madre soltera, los problemas que padecería a la hora de salir de casa para un recado. Porque cada vez que tenía que ir a algún sitio con Holly, se requerían no menos de quince minutos para encontrar sus zapatos.

Pero había recompensas que Sam no se había esperado. Era él quien había enseñado a Holly a atarse los cordones. Todos los zapatos de la niña tenían cierres de Velcro, y cuando se los compraron con cordones, no sabía atárselos. Desde que Holly tenía seis años, Sam pensó que ya había llegado la hora de que aprendiera. Le había enseñado a hacer lazos en forma de orejas de conejito y a unirlos.

Lo que Sam no se esperaba era el sentimiento que había tenido al ver la frente arrugada de Holly concentrándose en aquella tarea. Un sentimiento paternal, suponía. Hasta se le empañaron los ojos observando a la pequeña atándose los zapatos. Ojalá hubiera podido contárselo a su hermana. Y decirle cuánto sentía haber hecho tan poco por ella o por su hija cuando había tenido la ocasión.

Pero era el temperamento de los Nolan.

Las zapatillas con luces de Holly le golpeaban suavemente el pecho.

—¿Cuánto me pagarás? —insistió la niña.

—Tú y yo trabajamos gratis hoy —contestó Sam.

—Va contra la ley que trabaje gratis.

—Holly, Holly... No irás a denunciarme por infringir un par de miserables leyes sobre el trabajo infantil, ¿verdad?

—Sí —respondió ella alegremente.

—¿Qué te parece un dólar?

—Cinco dólares.

—¿Qué te parece un dólar y una excursión a Friday Harbor esta tarde para tomar un helado?

—¡Trato hecho!

Era domingo por la mañana, el viñedo seguía envuelto en la neblina y la bahía era una pátina plateada. Sin embargo, el ambiente fue alterado por el estruendo del Caval cuando arrancó y empezó a avanzar lentamente entre las hileras.

—¿Por qué tenemos que cubrir las vides con redes? —preguntó Holly.

—Para proteger los frutos de los pájaros.

—¿Por qué no hemos tenido que hacerlo hasta ahora?

—Las uvas aún estaban en la parte inicial, cuando las flores se convierten en bayas. Ahora están en la siguiente fase, que es la *versaison.*

—¿Qué significa?

—Los granos aumentan de tamaño y comienzan a acumular azúcar, de modo que se vuelven cada vez más dulces mientras maduran. Como yo.

Se pararon, y Sam bajó a Holly con cuidado.

—¿Por qué se llama *versaison* en vez de llamarse simplemente crecimiento de la uva? —preguntó la niña.

—Porque los franceses le pusieron ese nombre antes que nosotros. Lo cual es bueno, porque hacen que todo suene más bonito.

Tardarían de dos a tres días en cubrir todo el viñedo, lo cual lo protegería de los depredadores al mismo tiempo que facilitaría el acceso al equipo, provisto de tijeras de podar para cortar los frutos demasiado verdes.

Después de tender los primeros paneles de malla, Sam volvió a subir a Holly sobre sus hombros, y uno de los trabajadores le enseñó a pasar un hilo por el borde de la red con una clavija corta de madera.

Las manitas de Holly trabajaban con destreza cosiendo los paneles de malla. Su gorra rosa resplandeció al sol matutino cuando levantó la vista hacia su obra.

—Estoy cosiendo el cielo —dijo, y Sam sonrió.

Cuando llegó la hora de comer, la brigada se tomó un descanso y Sam mandó a Holly al interior de la casa para que se lavara. Dio un paseo solitario por el viñedo, escuchando el susurro de las hojas y deteniéndose de vez en cuando para posar los dedos sobre una cepa o un tallo. Podía percibir la sutil vibración de salud en las vides, el agua subiendo desde las raíces, las hojas absorbiendo la luz del sol, las uvas empezando a ablandarse y a cargarse de azúcar.

Cuando su mano quedó suspendida junto al tallo que crecía en la parte superior de la planta, las hojas se movieron hacia él visiblemente.

La afición de Sam a cultivar se había manifestado en su infancia, cuando trabajó en el jardín de un vecino.

Fred y Mary Harbison eran una pareja de ancianos sin hijos que vivían en el barrio. Cuando Sam tenía unos diez años, estaba jugando con un bumerán que le habían regalado por su cumpleaños cuando el objeto fue a atravesar la ventana de la salita de los vecinos.

Fred salió cojeando. Su cuerpo era alto y nudoso como un roble, pero su cara seria y sencilla rezumaba una bondad innata. «No huyas», dijo cuando Sam se disponía a salir corriendo. Y Sam se quedó allí, mirándole con cautelosa fascinación.

«Podrás recuperar tu juguete —le informó Fred— en cuanto termines algunas tareas para ayudarme a pagar esa ventana. Para empezar, la señora Harbison necesita que le arranquen los hierbajos del jardín.»

Mary le había caído simpática enseguida. Era tan bajita y oronda como su marido era alto y enjuto. Después de que le mostrara cuáles de las plantas verdes eran hierbajos y cuáles eran flores, Sam se puso manos a la obra.

Arrodillado mientras arrancaba hierbas y cavaba hoyos para plantar bulbos y semillas, sintió como si las plantas se comunicaran con él, diciéndole en su lenguaje sin palabras qué necesitaban. Sin tan siquiera pedir permiso, Sam cogió una pala pequeña del cobertizo de los Harbison y replantó prímulas allí donde recibirían más sol, y colocó las semillas de consuelda y de margarita en las distintas partes del jardín que Mary le había indicado.

Desde entonces Sam acudía a casa de los Harbison casi todos los días al salir de la escuela, incluso después de que Fred le devolviera el bumerán. Mientras Sam hacía los deberes a la mesa de la cocina, Mary siempre le servía un vaso de leche fría y un puñado de galletitas saladas. Le permitió hojear sus libros de jardinería y le suministró todo aquello que él le dijo que necesitaba el suelo: kelp y harina de semilla, cáscara de huevo molida, cal y dolomía, incluso cabezas de pescado traídas del mercado. A consecuencia de los cuidados de Sam, el jardín estalló en flores y colores exuberantes, hasta el punto de que la gente detenía su coche en la calle para admirarlo.

«Vaya, Sam —comentó Mary complacida, con la cara arrugada en una sonrisa que le encantaba—, tienes una mano excelente para las plantas.»

Pero Sam sabía que era algo más que eso. De algún modo él y el jardín habían sintonizado. Y se había dado cuenta, como poca gente lo hacía, de que el mundo entero era sensible y estaba vivo. Sabía instintivamente qué semillas había que plantar cuando la luna menguaba y cuáles cuando crecía. Sabía sin que se lo dijeran cuánta agua y cuánto sol necesitaban las plantas, qué añadir al suelo, cómo librarse de los hongos con una rociada de agua y jabón y cómo controlar la población de áfidos plantando maravillas.

Detrás de la casa, Sam había puesto un huerto para Mary que producía verduras grandes y sabrosas y toda clase de hierbas. Había intuido que a las calabazas les gustaba crecer al lado de los pepinos, y que las judías soportaban la proximidad del apio pero no la de las cebollas, y que había que evitar a toda costa plantar coliflores junto a los tomates. Cuando Sam cuidaba de las plantas, las abejas nunca le picaban y las moscas jamás le molestaban, y los árboles extendían sus ramas todo lo que podían para suministrarle sombra.

Fue Mary quien animó un día a Sam a tener un viñedo. «El vino no solo consiste en beberlo —le dijo—. El vino consiste en vivir y amar.»

Absorto en sus cavilaciones, Sam fue a una esquina del viñedo para examinar una vid distinta a todas las demás. Era grande y nudosa, viva pero sin flor. Tampoco tenía fruto, tan solo capullos bien cerrados. Pese a los denodados esfuerzos de Sam, aún no había descubierto la manera de hacerla crecer. Y no existía comunicación silenciosa, ni ninguna percepción de qué necesitaba, sino solo vacío.

Cuando Sam había comprado la finca de Rainshadow Road y recorrió su perímetro, encontró aquella parra creciendo silvestre en una esquina. Parecía el tipo de vid vinífera que los colonos habían traído al Nuevo Mundo... pero era imposible. Todas las viníferas habían sido exterminadas por insectos desconocidos, enfermedades y el clima. Los franceses habían desarrollado híbridos con especies autóctonas que daban fruto sin necesidad de ser injertadas a un rizoma resistente a la enfermedad. Tal vez esta planta fuera uno de aquellos antiguos híbridos. Pero no se parecía a nada que Sam hubiera visto o leído nunca. Hasta entonces nadie había podido identificarla, ni siquiera un especialista que había estado examinando las fotos y las muestras que Sam le había mandado.

—¿Cómo puedo ayudarte? —murmuró Sam, pasando suavemente una mano por las hojas grandes y planas—. ¿Cuál es tu secreto?

Normalmente podía sentir la energía del suelo y de las raíces, así como las señales de qué se requería: un cambio de temperatura, humedad, luz o nutrientes. Pero aquella vid permanecía en silencio, traumatizada, insensible a la presencia de Sam.

Tras dejar el viñedo, Sam se dirigió a la cocina para hacer la comida. Sacó una jarra de leche y un pedazo de queso del frigorífico. Mientras preparaba sándwiches de queso a la parrilla, llamaron a la puerta.

El visitante era Kevin Pearson, a quien Sam no había visto en un par de años. No eran amigos, pero ambos habían crecido en la isla, lo que les había imposibilitado evitarse. Kevin siempre había sido guapo y conocido, un deportista que se había desarrollado antes que los demás y que atraía a las mejores chicas.

Sam, en cambio, había tenido la constitución física de una judía verde y había andado siempre enfrascado en el último número de *Popular Science* o en una novela de Tolkien. Había crecido siendo el hijo menos favorito de su padre, el bicho raro que prefería estudiar los bivalvos, las gambitas y los poliquetos que quedaban atrapados en los charcos de la marea en False Bay. Se le daban bien los deportes, pero nunca había disfrutado tanto de ellos como Mark ni los había afrontado con la feroz energía de Alex.

El recuerdo más vivo que Sam tenía de Kevin Pearson se remontaba a séptimo grado, cuando les habían emparejado para hacer un trabajo sobre alguien del campo de la medicina o de la ciencia. Tuvieron que entrevistar a un farmacéutico local, hacer un póster y escribir una redacción sobre la historia de la farmacología. Ante la indecisión y la pereza de Kevin, Sam había terminado haciéndolo todo él solo. Sacaron un sobresaliente, que Kevin compartió a partes iguales. Pero cuando Sam se quejó de que no era justo que Kevin se llevara la mitad del mérito por un trabajo que no había hecho, este le lanzó una mirada de desprecio.

—No lo he hecho porque mi padre no quería —le explicó Kevin—. Dijo que tus padres son unos borrachos.

Y Sam no había podido rebatirlo ni negarlo.

—Habrías podido invitarme a tu casa —señaló Sam hoscamente—. Habríamos podido hacer el póster allí.

—¿No lo entiendes? No te habrían dejado entrar. Nadie quiere que sus hijos sean amigos de un Nolan.

A Sam no se le ocurrió ninguna razón para que alguien quisiera ser amigo de un Nolan. Sus padres, Jessica y Alan, se habían peleado sin ningún pudor ni sentido del decoro, gritándose delante de sus hijos o sus vecinos, en presencia de cualquiera. No vacilaban en divulgar secretos sobre dinero, sexo, asuntos personales. A medida que se despedazaban uno al otro y se rebajaban al mismo tiempo, sus hijos aprendieron algo sobre la vida familiar: que no querían tener nada que ver con ella.

No mucho tiempo después del trabajo de ciencia con Kevin, cuando Sam tenía unos trece años, su padre se ahogó en un accidente en barca. Desde entonces la familia se había desmoronado, sin horarios regulares para comer o dormir ni norma alguna. No extrañó a nadie que Jessica falleciera de un coma etílico en los cinco años siguientes a la muerte de su marido. Y, en medio del dolor, llegó un momento en el que los retoños de los Nolan se sintieron aliviados por el hecho de que se hubiera ido. Ya no habría más llamadas en mitad de la noche para que fueran a buscar a una madre que estaba demasiado borracha para conducir después de ponerse en evidencia en el bar. No más bromas o comentarios humillantes de los demás, no más crisis surgidas de la nada.

Años después, cuando Sam compró las tierras de False Bay para el viñedo, tuvo que alquilar material pesado para remodelar el paisaje y se enteró de que Kevin había fundado su propia empresa. Hablaron tomando unas cervezas, compartieron cuatro bromas e incluso algunos recuerdos. Como favor, Kevin había hecho algunos trabajos para Sam por una parte del precio habitual.

Incapaz de adivinar qué traía ahora a Kevin hasta la puerta de su casa, Sam le tendió la mano.

—Pearson. Cuánto tiempo.

—Me alegro de verte, Nolan.

Se midieron uno al otro con una breve mirada. Sam estaba asombrado en secreto por la idea de que Kevin Pearson, cuya familia jamás había permitido que un insignificante Nolan cruzara su umbral, fuera ahora a verle en su casa. El antiguo matón del patio de la escuela ya no podía patearle el culo ni burlarse de su inferioridad social. En todos los aspectos cuantificables, eran iguales.

Con las manos metidas en los bolsillos de su pantalón corto de color caqui, Kevin entró y miró el vestíbulo con una sonrisa aturdida.

—Este sitio prospera.

—Me mantiene ocupado —repuso Sam afablemente.

—He oído decir que tú y Mark cuidáis de vuestra sobrina. —Kevin vaciló—. Lamento lo de Vickie. Era una chica estupenda.

«Aunque fuera una Nolan», pensó Sam, pero se limitó a decir:

—Holly y yo nos disponíamos a comer. ¿Quieres tomar algo?

—No, gracias, no puedo entretenerme.

—¿Quieres esperar en la cocina mientras preparo unos sándwiches?

—Claro. —Kevin siguió a Sam—. He venido a pedirte un favor, aunque finalmente quizá termines dándome las gracias por ello.

Sam sacó una sartén del armario, la puso a calentar sobre el fogón y le echó un chorrito de aceite de oliva. Desde que se percató de que Holly no iba a crecer con una dieta de soltero a base de pizza y cerveza, Sam había aprendido a cocinar. Aunque todavía le quedaban muchas cosas por aprender, había alcanzado un nivel de competencia básica que hasta ahora les había impedido morirse de hambre.

Mientras vertía la sopa de tomate en un plato, preguntó:

—¿Cuál es el favor?

—Hace un par de meses rompí con mi novia. Y ha resultado algo más complicado de lo que me esperaba.

—¿Te está acosando?

—No, nada de eso. En realidad apenas sale.

Los sándwiches de queso crepitaron suavemente cuando Sam los puso en la sartén caliente.

—Eso es normal después de una ruptura.

—Sí. Pero tiene que seguir viviendo. He estado pensando en alguien que presentarle, alguien con quien pueda divertirse. Y, que yo sepa, ahora mismo tú no sales con nadie... ¿verdad?

Sam abrió los ojos como platos al comprender qué era lo que Kevin se proponía. Entonces se echó a reír.

—No me interesan tus sobras. Y estoy completamente seguro de que no voy a agradecértelas.

—No es eso —protestó Kevin—. Es estupenda. Y está

buena. En fin, en realidad no es que esté buena, pero es bonita. Y dulce. Dulcísima.

—Si es tan estupenda, ¿por qué rompiste con ella?

—Bueno, tengo una relación con su hermana pequeña.

Sam se quedó mirándole.

Kevin adoptó una expresión defensiva.

—¿Qué quieres? El corazón es dueño de sus actos.

—Cierto. Pero no voy a ocuparme de tus residuos tóxicos.

—¿Residuos tóxicos? —repitió Kevin socarronamente.

—Cualquier mujer tendría problemas gordos después de algo así. Es probable que sea radiactiva.

Sam volteó los sándwiches con destreza.

—Se encuentra bien. Está preparada para seguir adelante. Solo que aún no lo sabe.

—¿Por qué no dejamos que sea ella quien decida cuándo está preparada? ¿Por qué estás tan interesado en encontrarle otro tipo?

—Esta situación ha causado ciertos problemas en la familia. Acabo de prometerme con Alice.

—¿Es esa la hermana pequeña? Felicidades.

—Gracias. De todos modos... los padres de Alice están jodidos por la situación. No quieren pagar la boda, ni ayudar a organizarla, ni nada que tenga que ver con ella. Y Alice quiere reunir a la familia. Pero ese momento entrañable no se producirá hasta que su hermana me olvide y empiece a salir con alguien.

—Buena suerte, entonces.

—Me lo debes, Nolan.

Con el ceño fruncido, Sam metió la sopa en el microondas y lo encendió.

—Maldita sea —murmuró—. Ya sabía que me saldrías con eso.

—Todo aquel trabajo sucio que hice por ti, prácticamente a cambio de nada. Por no hablar de cuando te ayudé a trasplantar esa parra silvestre.

Era cierto. La parra habría caído víctima del proyecto de construcción de una carretera si no la hubieran trasplantado. Kevin no solo había hecho un buen trabajo en aquel proceso esmerado y difícil, sino que además había cobrado a Sam una parte de lo que habría pagado cualquiera.

Pues sí. Se lo debía a Kevin.

—¿Cuántas veces quieres que la saque a pasear? —preguntó Sam secamente.

—Solo un par. Quizás una para tomar algo, y luego para cenar.

Sam puso los humeantes sándwiches en platos y cortó el de Holly en cuatro triángulos exactos.

—En cuanto haya sacado a esa mujer, si es que logro convencerla de ir a alguna parte conmigo, estaremos en paz, Pearson. No más favores. Habremos terminado.

—Por supuesto —se apresuró a decir Kevin.

—¿Cuándo quieres presentarnos?

—Bueno, la cuestión es que... —Kevin pareció incómodo—. Tendrás que encontrar la forma de conocerla por tu cuenta. Porque si supiera que tengo algo que ver con esto, se cerraría en banda.

Sam le miró incrédulo.

—¿De modo que quieres que siga el rastro de tu ex novia amargada y cínica y la convenza de que salga conmigo?

—Sí, básicamente es eso.

—Olvídalo. Prefiero pagarte por el trabajo sucio.

—No quiero tu dinero. Quiero que saques a mi ex. Una vez a tomar algo y otra a cenar.

—Me siento como un prostituto —comentó Sam agriamente.

—No tienes que acostarte con ella. En realidad...

—¿Qué es un prostituto, tío Sam? —dijo la voz de Holly mientras entraba en la cocina.

Se acercó a Sam y le abrazó por la cintura, sonriéndole.

—*Sustituto* —se apresuró a corregir él, al mismo tiempo que le giraba la gorra rosa sobre la cabeza para que la visera quedara detrás—. Es alguien que hace el trabajo de otro. Pero no uses esa palabra, o el tío Mark me arrancará los labios.

Se inclinó obedientemente cuando la niña levantó el brazo para bajarle la cabeza.

—¿Quién es? —susurró.

—Es un viejo amigo mío —contestó Sam.

Le dio el plato con su sándwich, la hizo sentarse a la mesa y sirvió sopa con un cucharón. Mirando a Kevin con los ojos entrecerrados, preguntó:

—¿Tienes alguna foto suya?

Kevin se sacó un teléfono móvil del bolsillo de atrás y fue pasando fotografías.

—Aquí tengo una. Te la mandaré a tu móvil.

Sam le cogió el teléfono y observó la mujer de la foto. Se le cortó la respiración al reconocerla.

—Es artista —oyó decir a Kevin—. Se llama Lucy Marinn. Se aloja en el Artist's Point y tiene un estudio en la ciudad. Trabaja con vidrio: ventanas, pantallas de lámpara, mosaicos... Es guapa, ¿no?

La situación era interesante, por no decir otra cosa. Sam se planteó mencionar que ya conocía a Lucy, que la había acompañado al Artist's Point la víspera. Pero decidió callárselo por el momento.

En el tenso silencio que siguió, Holly dijo desde la mesa:

—Tío Sam, ¿y mi sopa?

—Aquí la tienes, pelirroja.

Sam dejó el cuenco delante de la pequeña y le puso una servilleta de papel al cuello. Después se volvió hacia Kevin.

—¿Qué? ¿Lo harás? —preguntó este.

—Sí, lo haré. —Sam señaló despreocupadamente hacia la puerta—. Te acompaño afuera.

—Si Lucy te gusta, tendrías que ver a su hermana —comentó Kevin—. Es más joven y está más buena.

Lo dijo como para tranquilizarse de que él, Kevin, volvía a llevarse la mejor tajada.

—Estupendo —repuso Sam—. Yo quiero esta.

—De acuerdo. —Kevin parecía más perplejo que aliviado—. Te confesaré que no me esperaba que lo aceptaras tan fácilmente.

—Ningún problema. Pero hay algo que no entiendo.

—¿Qué?

—¿Cuál es la verdadera razón de que rompieras con Lucy? Y no me vengas con chorradas sobre querer a alguien más joven o que esté más buena, porque lo que esta mujer no tiene, no lo necesitas. ¿De qué se trata?

Kevin tenía la expresión confusa de quien da un traspié y se vuelve a mirar un obstáculo invisible en la acera.

—Descubrí todo lo que se podía saber sobre ella, y... se volvió aburrido. Llegó el momento de dar un paso adelante. —Frunció el ceño al ver la leve sonrisa de Sam—. ¿Por qué te parece gracioso?

—No lo es.

Sam no estaba dispuesto a explicar que su diversión derivaba de la incómoda percepción de que él no era mejor que Kevin en el trato con las mujeres. En realidad, no había logrado mantener ninguna relación que se acercara a los dos años, ni tampoco lo había querido.

—¿Cómo me enteraré de lo que ocurra? —preguntó

Kevin mientras Sam le acompañaba a través del vestíbulo y abría la puerta de la calle.

—Te enterarás, tarde o temprano.

Sam no creyó necesario decirle que llamaría a Lucy aquella misma noche.

—Preferiría saberlo de primera mano. Mándame un mensaje de texto cuando salgas con ella.

Con un hombro apoyado en el marco de la puerta, Sam le dirigió una mirada burlona.

—Ni mensajes de texto, ni e-mails, ni presentaciones en PowerPoint. Sacaré a tu ex, Pearson. Pero cuándo lo haga, y qué ocurra después, es asunto mío.

9

Por la mañana, Lucy consultó su buzón de voz y escuchó un mensaje que Sam Nolan le había dejado la noche anterior.

«El condominio aún está libre. Tiene una magnífica vista del puerto, y dista solo dos minutos a pie del Artist's Point. Llámame si quieres ir a verlo.»

Llegó casi la hora de comer cuando Lucy reunió el valor suficiente para devolverle la llamada. Nunca había sido propensa a vacilar cuando quería algo. Pero desde la ruptura con Kevin, ponía en duda cosas que antes generalmente no cuestionaba, sobre todo a sí misma.

Durante los dos últimos años había estado demasiado absorta en su relación con Kevin. Había abandonado amistades y había dejado de lado sus opiniones y deseos personales. ¿Era posible que hubiera tratado de compensarlo fastidiando y controlando a Kevin? No sabía cómo retomar el buen rumbo, cómo reencontrarse consigo misma. Pero una cosa estaba clara: no era cuestión de andar tonteando con Sam Nolan, que era un callejón sin salida en lo que respectaba a relaciones serias.

—¿Tienen que ser serias todas las relaciones? —le preguntó Justine cuando Lucy así lo había manifestado la noche anterior.

—¿Para qué molestarse si no llevará a ninguna parte?

—He aprendido cosas estupendas de relaciones que no iban a ninguna parte. ¿Qué es más importante, el destino o la travesía?

—Ya sé que debería contestar la travesía —repuso Lucy con tristeza—. Pero, ahora mismo, prefiero el destino.

Justine se echó a reír.

—Piensa en Sam como una de esas atracciones junto a la carretera que resultan inesperadamente divertidas —dijo.

Lucy la miró con escepticismo.

—¿Como la madeja más grande del mundo? ¿O Carhenge?

Si bien estas preguntas eran sarcásticas, Justine reaccionó con entusiasmo sin límites.

—Exactamente. O quizás una de esas ferias ambulantes con emocionantes viajes en la montaña rusa.

—Odio los emocionantes viajes en la montaña rusa —replicó Lucy—. Parece que vayas a alguna parte, pero cuando termina, estás en el mismo punto de partida, mareada y con el estómago revuelto.

Aquella tarde, a invitación de Lucy, Sam pasó por su estudio. Llevaba unos vaqueros gastados y un polo negro. Sus ojos relucían con un asombroso tono turquesa en marcado contraste con su bronceado. Cuando le hizo pasar, Lucy notó un cosquilleo nervioso en la boca del estómago.

—Bonito lugar —comentó Sam, mirando a su alrededor.

—Antes era un garaje, pero el dueño lo reconvirtió —explicó Lucy.

Le mostró las mesas de soldar y de luz, y montones de bandejas con vidrio cortado y listo para montar en ventanas. Una parte de los estantes estaba llena de latas de compuesto impermeable y yeso blanco, junto a hileras ordenadas de herramientas y pinceles. La mayor parte del taller, sin embargo, estaba ocupada por anaqueles verticales de vidrio que llegaban hasta el techo.

—Recojo toda clase de vidrio que encuentro —dijo Lucy—. A veces guardo alguna pieza antigua que podría utilizar en trabajos de restauración histórica.

—¿Qué es esto? —Sam se acercó a un tesoro hallado de vidrio azul verdoso oscurecido con plata—. Es precioso.

Lucy se reunió con él y alargó la mano para pasar los dedos sobre una lámina de vidrio.

—Oh, esto ha sido el hallazgo del año, créeme. Iban a utilizarlo para una gran exposición pública de arte en Tacoma, pero no alcanzaron los fondos, de modo que todo este maravilloso vidrio experimental pasó más de veinte años encerrado en un cobertizo. Entonces el tipo quiso deshacerse de él, y un amigo mutuo me lo dijo. Conseguí el lote entero por cuatro chavos.

—¿Qué vas a hacer con él? —preguntó Sam, sonriendo ante su entusiasmo.

—Todavía no lo sé. Mira cómo reluce el color dentro del cristal... todos esos azules y verdes. —Antes de que pudiera evitarlo, levantó la vista hacia él y añadió—: Como tus ojos.

Sam arqueó las cejas.

—No estaba coqueteando —se apresuró a aclarar Lucy.

—Demasiado tarde. Ya lo he interpretado así. —Sam se dirigió hacia un enorme horno eléctrico que ocupaba un rincón—. Un horno. ¿Qué temperatura alcanza?

—Puede llegar hasta 260 grados centígrados. Lo uso para fundir o dar textura al vidrio. A veces forjo piezas de vidrio en un molde.

—¿No lo soplas?

Lucy sacudió la cabeza.

—Eso requeriría un tipo de horno sólido que hay que mantener caliente todo el tiempo. Y aunque en el pasado soplé algo de vidrio, no es mi fuerte. Me gusta trabajar en ventanas más que cualquier otra cosa.

—¿Por qué?

—Es... crear arte con luz. Una forma de compartir tu visión del mundo. Emoción hecha visible.

Sam señaló con la cabeza un juego de altavoces instalado sobre la mesa de trabajo.

—¿Sueles poner música mientras trabajas?

—La mayor parte del tiempo. Si tengo que cortar vidrio con precisión, necesito silencio. Pero, las demás veces, pongo lo que me apetece según mi humor.

Sam siguió indagando, curioseando entre botes de bastones y varas de vidrio de colores.

—¿Cuándo te interesaste por primera vez por el vidrio?

—En segundo grado. Mi padre me llevó a ver un taller de vidrio soplado. Desde entonces fue una obsesión. Cuando paso demasiado tiempo alejada de mi trabajo, empiezo a necesitarlo. Es como una especie de meditación: me mantiene centrada.

Sam se acercó a su mesa y miró un boceto que había hecho Lucy.

—¿Crees que el vidrio es femenino o masculino?*

---

* En inglés, los sustantivos no tienen género, lo cual da lugar a la subsiguiente discusión abstracta entre los dos protagonistas. (N. del T.)

Lucy soltó una carcajada de sorpresa, pues nunca le habían hecho semejante pregunta. Lo pensó detenidamente. Había que dejar que el vidrio hiciera lo que quisiera, acompañarlo más que dominarlo, tratarlo con delicadeza y energía.

—Femenino —respondió—. ¿Y qué me dices del vino? ¿Es femenino o masculino?

—La palabra francesa que designa vino —*vin*— es masculina. Pero, en mi opinión, depende del vino. Desde luego —Sam le dirigió una sonrisa—, hay objeciones al uso del lenguaje sexista en el mundo del vino. Como decir de un Chardonnay que es femenino si es suave y delicado, o que un potente Cabernet es masculino. Pero a veces no hay otro modo de definirlo. —Siguió examinando el boceto—. ¿Alguna vez te arrepientes de desprenderte de una de tus obras?

—Me arrepiento de desprenderme de todas mis obras —respondió Lucy con una carcajada de autocensura—. Pero estoy mejorando en eso.

Finalmente abandonaron el estudio y se dirigieron hacia el condominio, andando por las calles de Friday Harbor. Heladerías y cafeterías antiguas se hacían sitio entre elegantes galerías de arte y restaurantes de moda. La sirena ocasional de un transbordador que arribaba no alteraba para nada aquel ambiente húmedo y apacible. Los intensos olores a filtro solar y marisco frito se superponían a la mezcla de agua de mar y gasoil.

El condominio formaba parte de una urbanización multiusos en West Street, con un paseo peatonal que bajaba escalonadamente hasta Front Street. Una azotea y grandes ventanas intervenían en un diseño moderno y de líneas puras. Estaba equipado con algunos muebles contemporáneos, y las habitaciones estaban decoradas con madera natural y colores de cielo y tierra.

—¿Qué te parece? —preguntó Sam, observando cómo Lucy evaluaba la vista desde todas las ventanas de la sala principal.

—Me encanta —dijo ella con tristeza—. Pero me temo que no puedo permitírmelo.

—¿Cómo lo sabes? Todavía no hemos hablado de cifras.

—Porque esto es más bonito que todos los pisos en los que he vivido hasta ahora, y ni siquiera podía permitírmelos.

—Mark está impaciente por tener un inquilino. Y este sitio no se adapta a todo el mundo.

—¿A quién no le gustaría?

—A la gente que detesta las escaleras. O a la que quiere mucha más intimidad de la que permiten todas estas ventanas.

—A mí me parece perfecto.

—Entonces ya se nos ocurrirá algo.

—¿Qué significa eso? —preguntó Lucy con cautela.

—Significa que me aseguraré de que el alquiler sea asequible para ti.

Lucy sacudió la cabeza.

—No quiero estar en deuda contigo.

—No lo estarás.

—Desde luego que sí, si dejo que empieces a hacerme favores. Sobre todo favores económicos.

Sam frunció las cejas.

—¿Crees que trataría de aprovecharme de ti? —Se le acercó, y Lucy retrocedió instintivamente hasta que notó el borde de la encimera de granito contra su espalda—. ¿Esperas que un día me presente atusándome el bigote y llevando una chistera negra, exigiendo sexo en lugar del dinero del alquiler?

—Claro que no lo espero. —Lucy se removió inquieta cuando Sam plantó las manos a ambos lados de ella, apoyando las palmas sobre la encimera—. Solo que... esta situación me incomoda.

Sam se inclinó hacia ella sin llegar a tocarla. Estaba lo bastante cerca para que Lucy se sorprendiera mirándole fijamente el cuello liso y bronceado.

—Lucy —dijo—, actúas como si tratara de obligarte a algo. No es así. Si resulta que estás interesada en algo más que amistad, me alegraré tanto como un maldito pájaro con una patata frita. Pero, hasta entonces, te agradecería que no me incluyeras en la misma categoría que los gilipollas como Kevin Pearson.

Lucy parpadeó asombrada. Cada respiración empezó a golpear la siguiente, como una hilera de fichas de dominó.

—¿Cómo..., cómo sabes su nombre?

—Ayer vino al viñedo y dijo que debía pedirme un favor. Relacionado contigo.

—¿Que él...? ¿Conoces a Kevin?

—Desde luego que le conozco. Le hice los deberes de ciencias durante todo el séptimo grado para que no me partiera la cara en el aparcamiento de la escuela.

—Y... ¿qué te dijo? ¿Qué quería?

—Dijo que va a casarse con tu hermana. Añadió que tus padres no soltarán ni un centavo para la boda hasta que Alice arregle las cosas contigo.

—No me había enterado de esto último. Alice debe de alucinar. Mis padres le han estado dando dinero durante años.

Sam se apartó de ella, se encaminó hacia un taburete alto y se sentó despreocupadamente.

—Al parecer Kevin y Alice creen que la solución es emparejarte con alguien. Quieren que un tipo te seduzca hasta que estés tan llena de endorfinas, que ya no te importe lo más mínimo que se casen.

—¿Y serás tú ese tipo? —preguntó Lucy, incrédula—. ¿El señor Endorfinas?

—El mismo.

Una sofocante nube de indignación se cernió sobre ella.

—¿Qué debería hacer ahora?

Sam respondió encogiéndose de hombros con indolencia.

—Haz lo que quieras hacer.

—Aunque quisiera, ahora es imposible que salga contigo. Se reirían a mi espalda y comentarían lo ingenua que he sido.

—Pero tú te reirías de ellos —señaló Sam.

—No me importa. Prefiero evitar toda esta situación.

—Bien —repuso él—. Les diré que no has caído en la trampa, que no soy tu tipo. Pero no te extrañe que intenten emparejarte con alguien más.

Lucy no pudo contener una carcajada de incredulidad.

—Es lo más ridículo que he... ¿Por qué no me dejan en paz?

—Por lo visto —contestó Sam—, tus padres solo aprobarán la boda de Alice, y volverán a darle dinero, cuando se haya cumplido una condición.

—¿Qué condición?

—Tu felicidad.

—¡Dios mío! —exclamó Lucy, exasperada—. Qué familia tan extraña tengo.

—No se parecen a los Nolan en nada, créeme.

Ella apenas le oyó.

—¿Ahora se preocupan por mi felicidad? —inquirió—. Mil veces en el pasado han podido apoyarme y no lo han hecho, y ahora, de repente, ¿quieren que sea feliz? ¡Que se vayan al cuerno! Y tú también.

—Eh, no dispares al mensajero.

—Oh, claro —dijo Lucy, mirándole irritada—. Tú no eres el problema, sino la solución. Tú eres mi proveedor de endorfinas. Muy bien, estoy lista. Dámelas.

Sam parpadeó.

—¿Qué debo darte?

—Endorfinas. Si todo el mundo quiere que sea feliz, estoy dispuesta. Así pues, dame una dosis de tus mejores endorfinas que levantan el ánimo.

Él la miró dubitativo.

—Quizá deberíamos comer primero.

—No —repuso Lucy, furiosa—. Acabemos con esto. ¿Dónde está el dormitorio?

Sam parecía dividido entre la diversión y la preocupación.

—Si es sexo por despecho lo que buscas, te ayudaré con mucho gusto. Pero antes ¿te importaría decirme exactamente con quién estás enfadada?

—Con todos. Incluida yo misma.

—Bueno, acostarte conmigo no va a resolver los problemas de nadie. —Sam hizo una pausa—. Excepto quizá los míos. Pero eso no viene al caso. —Se le acercó, la sujetó por los hombros y le dio una sacudida cariñosa—. Respira hondo. Vamos. Exhala.

Lucy obedeció. Respiró otra vez, y otra, hasta que el halo rojo que tenía delante de los ojos se disipó. Bajó los hombros, derrotada.

—Vamos a comer —propuso Sam—. Descorcharemos una botella de vino y hablaremos. Si luego sigues queriendo endorfinas, veré qué puedo hacer.

10

Salieron del condominio, cruzaron Front Street y fueron al Downrigger's, una conocida marisquería. En un cálido día de verano, no había en Friday Harbor un sitio mejor para comer que la terraza exterior que daba a Shaw Island. Sam pidió una botella de vino blanco y un aperitivo de veneras de Alaska envueltas en bacon, asadas a la parrilla y servidas con salsa de maíz. La melosa dulzura de las veneras era perfectamente equilibrada por el bacon salado y el maíz ahumado.

Tomando una copa de Chardonnay bien frío y sosegada por el encanto natural de Sam, Lucy notó que empezaba a relajarse. Habló a Sam acerca de la meningitis que Alice padeció en su infancia y sus consecuencias, y cómo se había desequilibrado la dinámica de la familia a partir de entonces.

—Siempre tuve celos de Alice —confesó Lucy—. Pero con el tiempo me di cuenta de que no había ningún motivo para sentirme así. Porque ella creció esperando que se lo dieran todo, y esa es una forma terrible de vivir. Jamás termina nada de lo que empieza. Creo que mi madre empieza a arrepentirse de haberla mimado tanto, pero es demasiado tarde. Alice ya no cambiará.

—Nunca es demasiado tarde para cambiar.

—No dirías eso si conocieras a Alice. Lo tiene interiorizado. Francamente, no sé qué ve Kevin en ella.

Sam tenía los ojos oscurecidos por unas gafas de sol de aviador.

—¿Qué viste tú en Kevin?

Lucy se mordió despacio el labio inferior.

—Al principio era muy atento —contestó por fin—. Afectuoso. Formal.

—¿Y en el sexo?

Lucy se sonrojó y miró a su alrededor para comprobar si alguien lo había oído.

—¿Qué tiene que ver eso?

Sam se encogió levemente de hombros.

—El sexo es el canario en la mina de carbón. —Al ver la cara de asombro de Lucy, continuó—. Los mineros llevaban un canario enjaulado bajo tierra. Si había una fuga de dióxido de carbono en la mina, el pájaro era el primero en caer muerto, y entonces sabían que tenían que salir de allí. Así pues... ¿cómo era?

—No quiero hablar de eso —dijo Lucy con remilgo.

La sonrisa de Sam estaba teñida de socarronería amistosa.

—No importa. Ya conozco la respuesta.

Ella abrió los ojos como platos.

—¿Te ha hablado Kevin de nuestra vida sexual?

Sam entrecerró los ojos fingiendo que se esforzaba por recordar.

—Algo sobre mantequilla, cables de arranque, una escafandra...

—Era del todo normal —susurró Lucy abruptamente,

con la cara colorada como un tomate—. Sexo normal, ordinario, anticuado y aburrido.

—Era era mi segunda suposición —dijo él muy serio.

Lucy frunció el ceño.

—Si vas a reírte de mí durante toda la comida...

—No me estoy riendo de ti. Me estoy burlando. Es distinto.

—No me gusta que se burlen de mí.

—Es justo —repuso Sam con una voz más dulce—. No lo haré más.

Después de que la camarera les tomara nota de los platos principales, Lucy contempló a Sam con cauteloso interés. Era un manojo de contradicciones: un reputado mujeriego que parecía haber pasado mucho más tiempo trabajando en su viñedo que persiguiendo mujeres; un hombre que se jactaba de ser despreocupado al mismo tiempo que compartía la responsabilidad de criar una niña.

—Me extraña que no te haya conocido antes —dijo—. Sobre todo teniendo en cuenta que ambos conocemos a Justine.

—No he tenido demasiada vida social desde que empecé con el viñedo. Requiere mucho trabajo, sobre todo al principio. No es la clase de empleo que se pueda dejar los fines de semana. Y durante este año pasado, Holly ha necesitado toda la atención que Mark y yo podíamos dedicarle.

—Los dos os habéis sacrificado mucho por ella, ¿verdad?

—No ha sido ningún sacrificio. Holly es lo mejor que me ha ocurrido nunca. Con los niños, se recibe mucho más de lo que se da. —Sam se detuvo, pensativo—. Y de paso también conseguí un hermano.

—¿No estabais unidos antes Mark y tú?

Sam negó con la cabeza.

—Pero durante este último año hemos llegado a conocernos. Hemos tenido que depender uno del otro. Y resulta que el chico me cae bien.

—Me da la impresión —dijo Lucy, vacilante— que quizá procedéis de una... ¿familia conflictiva?

—No era una familia. Lo parecía desde fuera, pero no era más una familia de como las reses muertas colgadas en una cámara frigorífica son una manada de vacas.

—Lo siento —dijo Lucy en voz baja—. ¿Había problemas con alguno de tus padres?

Sam vaciló durante un momento tan prolongado que Lucy creyó que no iba a responder.

—Siempre hay un borracho en una comunidad pequeña —respondió por fin—. En el caso de mis padres, había dos por el precio de uno. —Su boca hizo una mueca—. Una pareja de alcohólicos casados se apoyan uno al otro hasta el infierno.

—¿Intentó buscar ayuda alguno de ellos?

Sam sacudió la cabeza.

—Aunque uno de ellos lo hubiera hecho, es casi imposible dejar la bebida conviviendo con otro alcohólico.

La conversación había adquirido un tono cauteloso, de tanteo de límites, terreno resbaladizo.

—¿Eran siempre así? —preguntó Lucy.

—La mayor parte del tiempo que puedo recordar. A medida que los hijos íbamos creciendo, fuimos huyendo de aquel infierno. Hasta que solo quedó Alex. Y ahora...

—¿Es alcohólico?

—No sé dónde trazar esa línea. Pero si aún no la ha cruzado, no tardará en hacerlo.

Lucy pensó que no era de extrañar que Sam rehuyera el compromiso. No era de extrañar que tuviera un problema con las relaciones que trascendían el plano físico. Tener un progenitor alcohólico ya bastaba para destrozar una familia. Los hijos siempre tenían que estar en alerta, enfrentándose a una manipulación constante y a malos tratos. Pero cuando ambos bebían... no había escapatoria. No se podía confiar en nadie.

—Dados los problemas de tus padres —planteó Lucy—, ¿no te dio miedo entrar en el sector del vino?

—En absoluto. El hecho de que mis padres bebieran no significa que no pueda gustarme el vino. Además, no soy tanto vinicultor como viticultor. Agricultor.

A Lucy le hizo gracia. Con su atractivo sexual despreocupado y aquellas gafas oscuras de aviador, Sam no podía parecerse menos a un agricultor.

—¿Qué es lo que más te gusta de ser viticultor?

—Que es una mezcla de ciencia, trabajo duro... y un toque de magia.

—Magia —repitió Lucy, mirándole fijamente.

—Claro. Un viticultor puede cultivar el mismo tipo de vid en el mismo pedazo de tierra, pero resulta distinta cada año. El sabor de las uvas te habla de la composición del suelo, el tiempo de insolación, la frescura de las brisas nocturnas, la cantidad de lluvia caída. Es la expresión única de un lugar y una temporada. *Terroir,* lo llaman los franceses.

La conversación se interrumpió momentáneamente cuando la camarera les trajo los platos principales y les volvió a llenar las copas de agua. Mientras el almuerzo discurría sin prisas, Lucy sintió que se relajaba y disfrutaba incluso más de lo que habría podido esperar. Sam tenía una manera de centrarse en una persona que era sumamente aduladora, sobre todo en el caso de una mujer con el ego magullado. Era inteligente, autocrítico y tan encantador que la habría inducido fácilmente a una falsa sensación de seguridad.

Pero Lucy no podía permitirse olvidar que era la clase

de hombre que sabía pillar desprevenida a una mujer, tomar lo que quería y convencerla de que era también lo que ella quería. La hacía girar, ponía distancia entre ellos y pasaba a su siguiente conquista sin mirar atrás. Y una no podía quejarse, porque él no había fingido ser más que lo que era en realidad.

Finalmente la camarera trajo la cuenta, y Sam puso una mano sobre la de Lucy cuando hizo ademán de coger su bolso.

—Ni se te ocurra —le dijo, y entregó a la camarera su tarjeta de crédito.

—Los amigos pueden pagar a escote —protestó Lucy.

—Es un precio pequeño por el placer de tu compañía.

—Gracias —contestó ella con sinceridad—. He pasado un rato estupendo. Estoy de tan buen humor que no creo que nada pueda estropearlo.

—No seas gafe.

Sam golpeó la mesa.

Lucy se echó a reír.

—¿Eres supersticioso?

—Sí. Soy isleño. Me he criado entre supersticiones.

—¿Por ejemplo? —preguntó Lucy, distraída.

—Las piedras de los deseos de South Beach. Las conoces, ¿verdad? ¿No? La gente siempre anda buscándolas. Son lisas y tienen franjas blancas. Si das con una, formulas un deseo y la lanzas al mar.

—¿Lo has hecho?

—Un par de veces.

—¿Se hicieron realidad tus deseos?

—Todavía no. Pero los deseos no tienen fecha de caducidad.

—Yo no soy supersticiosa —declaró Lucy—. Pero sí creo en la magia.

—Yo también. Se llama ciencia.

—Yo creo en la magia de verdad —insistió Lucy.

—¿Como qué?

Antes de que Lucy pudiera contestar, vislumbró una pareja que accedía a las sillas de la terraza exterior. Palideció de repente.

—Mierda —susurró, a la vez que el aura de bienestar se desvanecía rápidamente. Una sensación de náusea la dominó por completo—. Tenías razón. He sido gafe.

Siguiendo su mirada, Sam vio a Kevin y Alice. Frunció el ceño y le cogió una mano entumecida.

—Mírame, Lucy.

Ella desvió los ojos hacia los de él y forzó una tenue sonrisa.

—No podemos evitarles, ¿verdad?

—No. —Su apretón era firme y tranquilizador—. No hay necesidad de asustarse.

—No estoy asustada. Solo que aún no estoy preparada para afrontar esto.

—¿Qué piensas hacer?

Dirigiéndole una mirada desesperada, Lucy tomó una decisión espontánea.

—Bésame —pidió con urgencia.

Sam parpadeó, un tanto sorprendido.

—¿Ahora?

—Sí.

—¿Qué clase de beso?

—¿Qué quieres decir con qué clase de beso? Un beso normal.

—¿Un beso amistoso o un beso romántico? ¿Se supone que salimos juntos, o...?

—Oh, por el amor de Dios —exclamó Lucy, y le atrajo la cabeza hacia la suya.

11

Sam reaccionó sin vacilación al notar la mano de Lucy sujetándole por la nuca. La había deseado durante todo el almuerzo, fascinado por su enojadiza vulnerabilidad, por el modo en que sus sonrisas casi nunca le llegaban a los ojos. No podía dejar de pensar en lo radiante que estaba cuando le había hablado de su trabajo, acariciando con los dedos con aire ausente una lámina de vidrio como si fuera la piel de un amante.

Quería llevar a Lucy a la cama y mantenerla allí, hasta que toda la tensión recelosa hubiera desaparecido y estuviera relajada y satisfecha entre sus brazos. Ávido de su sabor, Sam intensificó la presión del beso y le tocó la lengua con la punta de la suya. La lisa blandura le excitó al instante y le llenó de un calor sofocante. Lucy tenía un cuerpo enjuto pero fuerte, que no cedía al suyo. Ese indicio de firmeza resistente le hizo desear aferrarla y atraerla hasta moldearla contra él.

Percatándose de que aquella demostración pública de afecto podía descontrolarse —cuando menos por su parte—, Sam deshizo el beso y levantó la cabeza solo lo suficiente para mirar sus aturdidos ojos verdes. Su piel de porcelana estaba imbuida de color. Su respiración le acariciaba los labios con oleadas calientes y le aguijoneaba los sentidos.

Lucy desvió la mirada.

—Nos han visto —susurró.

Todavía absorto en sus pensamientos de qué deseaba hacer con ella, Sam experimentó una ola de fastidio. No quería tener nada que ver con aquel par de idiotas, no quería hablar, no le apetecía hacer nada que no fuera llevarse a su mujer a la cama.

Le invadió un escalofrío de alarma. *¿Su* mujer...? No había pensado en nada semejante en su vida. No era un tipo posesivo. La necesidad de reclamar una mujer concreta, de insistir en sus derechos exclusivos a ella, no era propia de él. Y nunca lo sería.

Así pues, ¿por qué diablos había cometido ese desliz?

Pasó un brazo sobre los hombros de Lucy y se volvió hacia Kevin y Alice, que mostraban una expresión de consternación casi cómica.

—Nolan —dijo Kevin, incapaz de mirar a Lucy.

—Pearson.

Kevin hizo una torpe presentación.

—Sam Nolan, te presento a mi... amiga, Alice.

Alice extendió un brazo delgado, y Sam le estrechó la mano entre un tintineo de pulseras. Era tan enjuta como Lucy y tenía el pelo del mismo color oscuro intenso. Pero era delgada como un palillo y angulosa, se tambaleaba sobre unos tacones de cuña de corcho y tenía los pómulos prominentes como pretiles. Una gruesa capa de maquillaje realzaba sus ojos de mapache y le confería un brillo desconcertante. Aunque Sam estaba predispuesto a que Alice no le cayera bien, sintió una pizca de compasión. Le daba la impresión de una mujer que se extralimitaba un poco, una mujer cuya inseguridad se manifestaba en sus celosos esfuerzos por ocultarla.

—Soy su prometida —anunció Alice en un tono arisco.

—Felicidades —dijo Lucy.

Si bien hacía todo lo posible por mostrarse inescrutable, el dolor, la rabia y la vulnerabilidad se sucedieron sobre sus facciones a la velocidad del rayo.

Alice la miró.

—No sabía cómo decírtelo.

—Ya he hablado de eso con mamá —repuso Lucy—. ¿Ya habéis puesto fecha?

—La estamos buscando para finales de verano.

Sam decidió que la conversación ya había durado lo suficiente. Era el momento de terminarla antes de que estallaran los fuegos artificiales.

—Buena suerte —dijo enérgicamente, al mismo tiempo que invitaba a Lucy a levantarse con él—. Tenemos que irnos.

—Que aproveche —añadió Lucy con voz monótona.

Sam cogió la mano de Lucy mientras salían del restaurante. En su cara había aparecido una expresión extraña y distante. Por algún motivo tenía la sensación de que, si soltaba a Lucy, quizás ella se alejaría rápidamente sin rumbo fijo, como un carrito de la compra abandonado rodando por el aparcamiento de un hipermercado.

Cruzaron la calle y se encaminaron hacia el estudio de arte.

—¿Por qué he dicho eso? —preguntó Lucy de repente.

—¿Qué?

—«Que aproveche.» No era esa mi intención. Espero que la comida les siente como un tiro. Espero que se les atragante.

—Nadie ha pensado que lo decías de verdad, créeme —respondió Sam secamente.

—Alice está muy flaca. No parecía feliz. ¿Qué impresión te ha causado?

—Creo que tú vales cien veces más que ella.

Sam se cambió de sitio para andar por el lado del bordillo.

—¿Entonces por qué Kevin...?

Lucy se interrumpió, sacudiendo la cabeza con impaciencia.

Sam tardó un momento en contestar. No porque tuviera que pensar un motivo; ya sabía por qué. Pero Lucy le producía un efecto de lo más curioso, que provocaba extraños torrentes de ternura y aprecio y al mismo tiempo *algo* indescriptible... No sabía qué era, pero no le gustaba.

—Kevin fue a por tu hermana porque se cree superior a ella —declaró.

—¿Cómo lo sabes?

—Porque es la clase de hombre que necesita una mujer dependiente. Tiene que ser él quien controle la situación. Se sintió atraído por ti por motivos obvios, pero no podía funcionar a largo plazo.

Lucy asintió, como si aquellas palabras confirmaran algo que ya sospechaba.

—Pero ¿por qué tanta prisa por casarse? Cuando hablé con mi madre, dijo que hace poco Alice perdió su empleo. De manera que quizás Alice no sabe qué hacer. Pero eso no explica por qué Kevin está dispuesto a aceptarlo.

—¿Querrías recuperarle?

—Jamás. —La voz de Lucy adoptó un tono de desolación—. Pero creía que era feliz conmigo, cuando es evidente que no lo era. No es lo mejor para el ego.

Sam se detuvo en la esquina y volvió a Lucy de cara a él.

Nada le habría gustado más que llevarla de nuevo al condominio y mostrarle algunas de sus ideas para restañar su orgullo herido. Mientras miraba su carita sensible, se le ocurrió que aquella era una experiencia nueva para él, una atracción que parecía tomar impulso con el peso de cada segundo que pasaba con ella.

Pero ¿cuánto daño le haría una vez que se acabara? Riéndose de sí mismo, Sam se percató de que su instinto de seducirla era equiparable al deseo de prevenirla contra él.

Con una leve sonrisa, levantó la mano para trazar el delicado perfil de su mandíbula.

—Te tomas la vida en serio, ¿verdad?

Una arruga apareció entre las cejas de Lucy.

—¿Cómo iba a tomármela, si no?

Sam sonrió. Utilizando ambas manos, le levantó la cabeza y le depositó un beso lento y dulce en los labios. Notaba el calor de su piel, y la palpitación de sus latidos era como un tatuaje marcado y repentino contra sus dedos. Ese contacto, por limitado que fuera, le excitó más de lo debido, más rápido de lo que cabría esperar. Levantando la cabeza, Sam se esforzó por moderar su respiración, ahuyentar la creciente punzada de deseo.

—Si alguna vez estás interesada en una relación física sin sentido que no va absolutamente a ninguna parte, espero que me lo hagas saber —le dijo.

Caminaron en silencio hasta que llegaron al estudio de arte de Lucy.

Ella se detuvo en el umbral.

—Estoy interesada en el condominio, Sam —dijo con cautela—. Pero no si tiene que llevar a una situación difícil.

—No será así —repuso Sam tras llegar a la conclusión de que, por más que le apeteciera tener una aventura con

Lucy Marinn, era imposible que acabara bien. Le obsequió una sonrisa y un breve abrazo platónico—. Obtendré la información de Mark y te llamaré.

—De acuerdo. —Lucy retrocedió y le dirigió una tímida sonrisa—. Gracias por el almuerzo. Y todavía más por ayudarme a superar mi primer encuentro con Kevin y Alice.

—Yo no he hecho nada —dijo él—. Lo habrías superado perfectamente tú sola.

—Ya lo sé. Pero ha sido más fácil contigo.

—Bien —respondió Sam, y le sonrió antes de marcharse.

—Está torcida —anunció Holly por la mañana, entrando en la cocina.

Sam levantó la vista del cuenco que estaba llenando con cereales.

—¿Qué está torcido?

La niña se volvió para mostrarle la parte de atrás de su cabeza. Había pedido a Sam que le recogiera el pelo en dos coletas, un proceso esmerado que comenzaba haciendo una raya perfectamente recta de arriba abajo. Las coletas no debían estar demasiado bajas, demasiado altas, demasiado sueltas ni demasiado tirantes. Normalmente era Mark quien se ocupaba de peinar a Holly, ya que tenía facilidad para hacerlo como ella quería. Pero Mark había pasado la noche en casa de Maggie, y aquella mañana tardaba mucho en llegar.

Sam examinó la raya en la parte posterior de la cabeza de Holly.

—Es recta como una cola de gato.

La pequeña le dirigió una mirada un tanto exasperada.

—Las colas de gato no son rectas.

—Lo son cuando tiras de ellas —dijo él, y tiró suavemente de una de sus coletas. Dejó el cuenco de cereales sobre la mesa—. Llegarás tarde a la escuela si tengo que arreglarlo.

Holly exhaló un suspiro.

—Supongo que tendré que ir así todo el día.

Inclinó la cabeza en un ángulo compensatorio.

Sam se echó a reír, y estuvo a punto de atragantarse con un sorbo de café.

—Si desayunas deprisa, quizá tengamos tiempo de arreglarlo.

—¿Arreglar qué? —dijo la voz de Mark cuando entraba en la cocina. Se acercó a Holly y se arrodilló junto a la silla—. Buenos días, princesa.

La niña le echó los brazos al cuello.

—Buenos días, tío Mark. —Le besó y sonrió contra su hombro—. ¿Me arreglarás el pelo?

Mark la miró compasivamente.

—¿Otra vez te lo ha hecho torcido Sam? Yo me encargaré. Pero antes cómete los cereales mientras aún están crujientes.

—¿Cómo te va? —preguntó Sam mientras Mark vaciaba la cafetera y el filtro—. ¿Todo marcha bien?

Mark asintió, con un aspecto cansado y preocupado.

—Anoche tuve una cena magnífica con Maggie, todo estupendo. Estamos intentando resolver el calendario. —Se detuvo, a la vez que sus cejas oscuras se juntaban—. Tratamos de fijar la fecha de la boda. Quizá la aplazaremos un poco. Ya te lo explicaré después.

—¿Por qué tanta prisa? —preguntó Sam—. No parece que vuestro compromiso tenga un plazo limitado.

Mark llenó el depósito de la cafetera y dirigió a Sam una mirada precavida.

—En realidad, sí.

—No lo entiendo. ¿Por qué...? —Entonces cayó en la cuenta. Sam abrió los ojos como platos—. ¿Estamos hablando de un plazo de nueve meses? —preguntó con cautela.

Un leve asentimiento con la cabeza.

—¿Maggie va a tener un bebé? —intervino Holly con la boca llena de cereales.

Mark se volvió y masculló un juramento, a la vez que Sam miraba a Holly con incredulidad.

—¿Cómo sabes qué preguntaba?

—Veo el canal Discovery.

—Gracias, Sam —gruñó Mark.

Sam sonrió, le abrazó y le dio unas palmaditas en la espalda.

—Felicidades.

Holly saltó de la silla y se puso a brincar.

—¿Podré ayudar a cuidar del bebé? ¿Puedo ayudar a ponerle nombre? ¿Haré fiesta en la escuela el día que nazca? ¿Cuándo llegará el bebé?

—Sí, sí, sí, y aún no lo sabemos —contestó Mark—. Princesa, ¿podemos mantenerlo en secreto durante algún tiempo? Aún no ha llegado el momento de que Maggie quiera empezar a anunciarlo a la gente.

—Claro —dijo Holly alegremente—. Sé guardar un secreto.

Mark y Sam intercambiaron una mirada arrepentida, sabiendo que al final del día toda la escuela primaria ya se habría enterado.

Después de llevar a Holly a la escuela, cuando regresó a casa, Mark encontró a Sam pintando el revestimiento recién instalado en el salón. La pintura, de color avellana oscuro, desprendía un fuerte olor a disolventes pese a que

Sam había abierto algunas ventanas para tratar de ventilar la estancia.

—No entres a menos que quieras pillar un colocón —advirtió Sam.

—En ese caso te ayudaré.

Sam sonrió socarronamente cuando su hermano entró en la sala.

—Ha sido una noticia bomba, ¿no? ¿Lo teníais previsto?

—No.

Suspirando, Mark se situó a su lado y cogió un pincel.

—Este revestimiento es jodidamente difícil de pintar —comentó Sam—. Tienes que penetrar en todas las estrías. ¿Cómo reaccionaste cuando Maggie te lo dijo?

—Un cien por cien positivo, por supuesto. Le dije que era la mejor noticia que había recibido nunca, que la quería y que todo saldrá bien.

—Entonces ¿cuál es el problema? —preguntó Sam.

—Estoy muerto de miedo.

Sam se rio discretamente.

—Eso es normal, supongo.

—Mi mayor preocupación es Holly. No quiero que se sienta postergada. Quería poder destinarle algún tiempo, para que Maggie y yo hiciéramos cosas solo con ella.

—Creo que Holly necesita justo lo contrario —replicó Sam—. Diablos, Mark, nos ha tenido a los dos, y a veces a Alex, dedicados por entero a ella durante un año. Seguramente a la pobre niña le vendría bien un respiro. Con la llegada de un bebé, Holly tendrá compañía. Le encantará.

Una mirada dubitativa.

—¿Tú crees?

—¿Cómo no? Una madre, un padre y un hermanito o hermanita: una familia perfecta.

Mark aplicó pintura al revestimiento. Transcurrieron un par de minutos hasta que se permitió confesar lo que de verdad le incomodaba.

—Pido a Dios que pueda ser lo bastante bueno para ellos, Sam.

Su hermano comprendió. Cuando uno provenía de una familia tan desestructurada como la suya, no tenía ni idea de cómo hacer las cosas. No había ningún modelo, no era posible echar mano de los recuerdos cuando hacía falta saber cómo ocuparse de algo. Se requería la seguridad de no acabar de alguna manera como uno u otro de sus progenitores. Pero no existía ninguna seguridad. Tan solo la esperanza de que, si se hacía todo al contrario de cómo les habían criado, quizá las cosas saldrían bien.

—Ya eres lo bastante bueno —dijo Sam.

—No estoy preparado para ser padre. Me preocupa muchísimo que se me escape la situación de las manos.

—No has de temer que se te escape la situación de las manos. Es que se te escape el bebé de las manos lo que causa problemas.

Mark frunció el ceño.

—Estoy tratando de decirte que creo que estoy más jodido de lo que parezco.

—No lo he dudado en ningún momento —repuso Sam, y sonrió al ver su expresión. Poniéndose serio, continuó—: Tú, Alex y yo estamos jodidos por el hecho de ser Nolan. Pero tú eres el que tiene más probabilidades de salir adelante. Puedo imaginarme que serás un padre bastante decente. Lo cual es un milagro, y muchísimo más de lo que puedo decir sobre Alex o yo.

—A mí me fue mejor que a ti y a Alex —observó Mark al cabo de un momento—. Mamá y papá no eran tan malos en los primeros años de matrimonio. Fue después de que naciera Alex que se convirtieron en alcohólicos. De modo que tuve la ventaja de..., bueno, no fue exactamente una vida familiar, pero fue lo más cerca que los Nolan pudieron llegar. Tú no tuviste a nadie.

—Yo tuve a los Harbison —señaló Sam.

Mark se detuvo mientras mojaba el pincel.

—Me había olvidado de ellos.

—De no haber sido por ellos, me habría ido tan mal como a Alex, o incluso peor —dijo Sam—. Fred no tenía hijos, pero sabía mucho más acerca de cómo ser padre que el nuestro. Lo cual nos lleva a lo que he dicho antes: te irá bien.

—¿Cómo lo sabes?

—¿Recuerdas cuando al principio de tener a Holly estaba muy alterada a las diez de la noche, y el pediatra tuvo que explicarnos el significado de «agotada»?

—Sí. ¿Qué tiene que ver eso?

—Solo que no sabíamos nada acerca de criar niños, ni siquiera las nociones más básicas. Pero, a pesar de ello, a Holly le va estupendamente. Lo has estado haciendo más que bien. De modo que tendrás que ir improvisando sobre la marcha, lo cual, que yo sepa, es lo que hacen la mayoría de los padres. Y si tienes que pecar de algo, peca de afectuoso. Porque todo se basa en eso, ¿no? Vas a tener otra persona en tu vida a quien querer.

—Cielo santo, qué sentimental te pones cuando inhalas vapores químicos. —Pero el rostro de Mark se había relajado, y sonrió—. Gracias.

—De nada.

—Así pues, teniendo en cuenta todos los consejos que me estás dando... ¿cambiarás de opinión en algún momento?

—¿Sobre casarme? Desde luego que no. Me gustan demasiado las mujeres para casarme con una sola. No estoy hecho para eso más que Alex.

—Por cierto... ¿le has visto últimamente?

—Hace un par de noches —contestó Sam—. Solo un momento.

—¿Cómo está?

—Agotado.

Los labios de Mark dibujaron una sonrisa triste.

—Últimamente cada vez que veo a Alex, está medio borracho, cuando menos.

—Creo que es la única manera como sabe afrontar la vida. —Sam hizo una pausa—. Ahora necesita dinero. Darcy le ha dejado sin blanca.

—Es lo que se merece ese idiota, para empezar por haberse casado con ella.

—Cierto.

Pintaron madera en silencio durante unos minutos.

—¿Qué podemos hacer? —preguntó Mark finalmente.

—Espera a que toque fondo.

—¿Y si Alex no sobrevive cuando toque fondo? Ninguno de nuestros padres lo hizo.

Incapaz de seguir soportando los vapores, Sam volvió a poner la tapa al bote de pintura y se dirigió hacia la ventana abierta. Allí tomó unas cuantas inhalaciones profundas y purificantes de aire fresco.

—Supongo que podríamos tratar de intervenir de algún modo —sugirió, dubitativo.

—Y si eso nos ofrece la posibilidad de patearle el culo unos minutos, hagámoslo.

Sam le dirigió una fugaz sonrisa por encima del hombro y miró el viñedo, el manto verde que se alzaba hacia el cielo.

—No daría resultado con Al —se oyó decir.

El aire estaba impregnado del aroma de parras creciendo, de tablillas calentadas por el sol y el olor salobre y fecundo de False Bay.

Cuando las cosas se habían torcido de forma especial durante el último año, Alex acudía a trabajar en la casa o a sentarse en el porche. A veces Sam le había convencido de que diera un paseo por el viñedo o hasta la bahía con él. Pero Sam había tenido la sensación de que el paisaje no era más que sombras para Alex; pasaba por la vida sin experimentarla.

De todos los hijos de los Nolan, Alex era el que lo había pasado peor. Con cada año la negligencia de sus padres se había ido diseminando hasta que no quedó nada para el hijo más joven. Ahora, mucho tiempo después de que Jessica y Alan se hubieran ido, Alex era como un hombre ahogándose: se le podía ver sumergido justo debajo de la superficie. Pero solo se podía intentar ayudar a Alex desde la distancia. Si uno se acerca demasiado a alguien que se está ahogando, este arañará, se agarrará y le arrastrará consigo hacia el fondo. Y Sam no tenía ninguna certeza de estar en condiciones de salvar a nadie: en ese momento ni siquiera tenía claro si podría salvarse a sí mismo.

Lucy despertó por la mañana en un mar de confusión. La habían atormentado sueños que le habían dejado impresiones de cuerpos deslizándose, retorciéndose tensados por el placer..., de sí misma atrapada bajo el agradable peso de un hombre. Había estado soñando con Sam, reconoció con vergonzante fastidio. Quizá fuera una buena señal: sin duda indicaba que había dado un paso adelante después de Kevin. Por otra parte, resultaba estúpido. Sam era un tipo para el que cualquier relación era con toda seguridad un callejón sin salida.

Lo que necesitaba, decidió Lucy, era ejercicio y aire fresco. Dejó la hostería, fue a su estudio y recogió su bicicleta y el casco. Hacía un día precioso, soleado y con algo de viento, idóneo para visitar una plantación de lavándula local y comprar un poco de jabón y gel de baño caseros.

Pedaleó pausadamente por Roche Harbor Road. Si bien no era la vía más transitada de la isla, disponía de un arcén bastante ancho para los ciclistas y ofrecía vistas deliciosas de huertos, pastos, charcas y bosques espesos. La placentera monotonía del paseo contribuyó a serenar sus pensamientos.

Consideró qué había sentido al ver a Kevin y Alice la víspera. Había sido un descubrimiento reconfortante comprobar que ya no sentía nada por él. El verdadero problema, la fuente de continua congoja, era su relación con Alice. Lucy reconoció que necesitaba perdonarla de alguna manera por su propio bien. De lo contrario el dolor de la traición perseguiría a Lucy como aquellos objetos más cercanos de lo que parecen en el retrovisor. Pero ¿y si Alice no manifestaba ningún arrepentimiento? ¿Cómo era posible perdonar a alguien que no lamentaba en absoluto lo que había hecho?

Al oír un coche que se acercaba, Lucy tomó la precaución de circular por el borde exterior del arcén para dejar al conductor el mayor espacio posible. Pero en los segundos siguientes percibió que el vehículo se le aproximaba demasiado deprisa, que sonaba directamente detrás de ella. Lanzó una mirada por encima del hombro. El coche, un sedán con forma de barca, se había salido del carril y se le echaba encima. Hubo un momento cegador en el que notó la corriente de aire del vehículo justo antes de chocar contra la parte trasera de su bicicleta. La escena se desparramó como una cajita de tarjetas de visita vuelta del revés. Se encontró en el aire, suspendida y patas arriba entre retazos de cielo, fragmentos de bosque, asfalto y metal, y entonces el suelo se le acercó a la velocidad de la luz.

Cuando abrió los ojos, lo primero en que pensó fue que era por la mañana, la hora de despertarse. Pero no estaba en la cama. Estaba tendida en un suelo cubierto de hierbas que oscilaban. Un par de desconocidos se inclinaron sobre ella, un hombre y una mujer.

—No la muevas —advirtió la mujer, con un teléfono móvil en la oreja.

—Solo voy a quitarle el casco —repuso el hombre.

—Creo que no deberías hacerlo. Podría tener una lesión en la espina dorsal o algo así.

El hombre miró a Lucy con preocupación mientras esta empezaba a moverse.

—Espera, cálmate. ¿Cómo te llamas?

—Lucy —resolló ella, a la vez que trataba de desabrocharse la correa del casco.

—Aguarda, deja que te ayude a quitártelo.

—Hal, te he dicho que... —empezó a decir la mujer.

—Creo que está bien. Mueve los brazos y las piernas. —Le desabrochó el casco y se lo quitó—. No, no intentes levantarte aún. Te has llevado un buen porrazo.

Inmóvil, Lucy trató de evaluar los daños que presentaba su cuerpo. Tenía arañazos punzantes en el costado derecho, y sentía un dolor sordo en el hombro, además de una fuerte jaqueca. Pero lo peor con diferencia era el estado de la pierna y el pie derechos, que le producían la sensación de estar ardiendo.

La mujer se inclinó sobre ella.

—Una ambulancia está en camino. ¿Quieres que llame a alguien?

Le castañeteaban los dientes. Cuanto más se esforzaba por reprimir los temblores, más empeoraban. Tenía frío, y unas gotitas de sudor helado le empapaban la ropa. Sentía en la nariz el olor salado y metálico a tierra y sangre.

—Despacio, despacio —dijo el hombre mientras Lucy jadeaba con respiraciones superficiales—. Tiene los ojos dilatados.

—El shock.

La voz de la mujer parecía venir de muy lejos, seguida de un chisporroteo de parásitos.

A Lucy se le ocurrió un nombre. Justine. El esfuerzo por reunir las sílabas fue como tratar de reunir hojas en medio de una tormenta. Oyó unos sonidos temblorosos que salían de sus labios. ¿Pronunciaba el nombre con la suficiente claridad?

—Está bien —dijo el hombre en un tono tranquilizador—. No intentes hablar.

Percibió más sonidos, vehículos deteniéndose al lado de la carretera, el resplandor de luces, el destello rojo de una ambulancia. Voces. Preguntas. El contacto vacilante de unas manos desconocidas sobre su cuerpo, una máscara de oxígeno colocada sobre la boca y la nariz, la punzada de una aguja intravenosa. Entonces todo se desvaneció y se encontró girando hacia la nada.

12

Lucy recobró la conciencia en un rompecabezas que había que resolver antes de que pudiera encontrar algún sentido. Olores a látex, esparadrapo, alcohol isopropilo. Sonidos de voces, el traqueteo de las ruedas de un carrito o una camilla, el timbre de un teléfono, los pitidos serenos de un monitor de constantes vitales. Estaba desconcertada por la constatación de que hablaba como una actriz cuyas frases se hubieran doblado mal en una película, sílabas que no encajaban.

Llevaba una bata de hospital de algodón fino que no recordaba haberse puesto. Le habían introducido una aguja intravenosa en la parte superior de la mano y la habían sujetado con esparadrapo. De vez en cuando un técnico de urgencias o una enfermera entraban en el pequeño recinto con cortinas, cuyas ruedecillas corrían por el riel del techo produciendo un sonido parecido al de huevos batiéndose en un recipiente metálico.

Le habían inmovilizado la pierna y el tobillo derechos con una tablilla. Le llegaron vagos recuerdos de reconocimientos y radiografías. Aunque sabía la suerte que había tenido, lo mucho peor que habría podido ser el accidente, la depresión se extendió sobre ella como una manta asfixiante. Cuando giró la cabeza hacia un lado, la almohada que la sostenía hizo un crujido como de plástico. Una lágrima le resbaló por la mejilla y fue absorbida por la funda de la almohada.

—Toma. —La enfermera le pasó un pañuelo de papel—. Eso es normal después de un accidente —dijo mientras Lucy se secaba los ojos—. Seguramente lo harás a ratos durante los próximos días.

—Gracias. —Lucy sujetó el pañuelo en la palma de la mano—. ¿Puedes decirme qué me ocurre en la pierna?

—El doctor está examinando las radiografías. Pronto vendrá a hablar contigo. —La mujer sonrió, con cara amable—. Entretanto, tienes una visita.

Descorrió la cortina y se detuvo en seco delante de alguien.

—¡Oh! Debías esperar en esa sala.

—Tengo que verla ahora—dijo la brusca voz de Justine.

Los labios de Lucy esbozaron una sonrisa.

Justine irrumpió como una brisa fresca, con su coleta oscura oscilando y una presencia enérgica en la fría esterilidad del entorno del hospital. El alivio de tener la compañía de su amiga hizo que los ojos se le anegaran de lágrimas.

—Lucy..., cariño... —Justine se le acercó y enderezó con cuidado el lazo del tubo intravenoso—. Dios mío. Me da miedo abrazarte. ¿Cómo estás? ¿Te has roto algo?

Lucy sacudió la cabeza.

—El doctor vendrá enseguida. —Alargó una mano para coger la de Justine y de su boca surgió un torrente de palabras—. Iba en bicicleta y me dieron un golpe de refilón. El coche giró bruscamente como si el conductor estuviera bebido. Creo que era una mujer. No sé por qué no paró. No sé dónde está mi bici, ni el bolso, ni el teléfono...

—Frena. —Justine le apretó ligeramente la mano—. No era un conductor borracho, sino una anciana. Creyó que había golpeado una rama, pero se detuvo unos metros más adelante. Se alteró tanto cuando vio lo que había ocurrido que la pareja que te encontró temió que le diera un ataque al corazón.

—Pobre mujer —murmuró Lucy.

—Tu bolso y tu teléfono están aquí. La bici está hecha polvo.

—Es una vieja Schwinn —dijo Lucy, afligida—. De los años sesenta. Todas las piezas son originales.

—Una bicicleta puede sustituirse. Tú, no.

—Has sido muy amable viniendo —dijo Lucy—. Sé lo atareada que estás.

—¿Bromeas? No hay nada más importante que tú o Zoë. Ella también quería venir, pero tenía que quedarse alguien en la hostería. —Justine se detuvo—. Antes de que se me olvide, Duane me encargó que te dijera que ya han averiguado qué le ocurre a tu coche. Tiene problemas de compresión de cilindros.

—¿Qué significa eso?

—Podría ser debido a una válvula de entrada o un segmento de pistón defectuosos, un fallo en la junta de la culata... Duane lo llevará al taller para que lo arreglen. No tiene idea de cuánto tardarán.

Lucy sacudió la cabeza, agotada y desorientada.

—De todos modos, con la pierna lesionada, seguramente no podré conducir durante algún tiempo.

—Tienes una legión de moteros que te llevarán adonde quieras ir. —Justine hizo una pausa—. Siempre y cuando no te importe montar en una Harley.

Lucy forzó una leve sonrisa.

El médico, un hombre de pelo oscuro, ojos cansados y sonrisa amable, entró.

—Soy el doctor Nagano —anunció, acercándose a Lucy—. ¿Me recuerdas?

—Más o menos —contestó Lucy dócilmente—. Me pidió que me tocara la nariz. Y quería saber mi apellido.

—Formaba parte de una prueba diagnóstica. Tienes una ligera conmoción cerebral, lo que significa que deberás descansar unos días. Y a la vista de las radiografías, eso no será ningún problema.

—¿Se refiere a mi pierna? ¿Está rota?

El doctor Nagano negó con la cabeza.

—De hecho, habría sido preferible una fractura limpia. Un hueso sana más fácilmente que un ligamento dañado.

—¿Es eso lo que tengo? ¿Un ligamento dañado?

—Tres ligamentos. Además de una fisura muy fina en la fíbula, que es el más pequeño de los dos huesos de la pantorrilla. Ni decir tiene que no podrás ponerte de pie durante los tres días siguientes.

—¿Ni siquiera puedo ir al baño?

—Eso es. Nada de peso sobre esa pierna. Mantenla levantada y en hielo. Esos ligamentos tardarán algún tiempo en curarse bien. Te mandaré a casa con instrucciones detalladas. Dentro de tres días deberás volver para ponerte un braguero y prestarte unas muletas.

—¿Durante cuánto tiempo?

—Un mínimo de tres meses con el braguero.

—Dios mío.

Lucy cerró los ojos.

—¿Tiene más lesiones? —oyó preguntar a Justine.

—Arañazos y moratones, nada grave. Lo importante es observarla por si se dan efectos secundarios de la conmoción: jaqueca, náuseas, confusión..., en cuyo caso habrá que ingresarla enseguida.

—Entiendo —dijo Justine.

Cuando el médico se hubo marchado, Lucy abrió los ojos y vio a Justine frotándose la frente como si fuera un papel acolchado que intentara alisar.

—Oh —murmuró Lucy, consternada—. Tú y Zoë ya tenéis suficiente trabajo, ¿verdad? —Durante los últimos días habían estado muy atareadas con los preparativos de un gran banquete de boda que se celebraría aquel fin de semana—. Es el peor momento posible para que os haga esto.

—No lo has hecho aposta —replicó Justine—. Y tampoco existe el momento más oportuno para ser arrollado por un coche.

—Tengo que pensar qué hacer..., adónde ir...

—No te preocupes —dijo Justine con firmeza—. A partir de ahora vas a destinar cada gramo de tu energía a recuperarte. Nada de estrés. Yo decidiré qué hacer.

—Lo siento mucho —se disculpó Lucy, sorbiendo por la nariz—. Soy un coñazo.

—Calla. Suénate. —Lucy cogió un pañuelo de papel y lo puso en la nariz de Lucy como si fuera una niña—. Las amigas son el sostén de la vida. No nos dejaremos de lado, ¿vale?

Lucy asintió.

Justine se enderezó y le sonrió.

—Estaré en la sala de espera, haciendo unas cuantas llamadas. No te vayas.

Desde el momento en que había recibido la llamada de Justine, Sam se sintió invadido por una profunda preocupación. «Voy para allá», se limitó a decir, y en menos de quince minutos ya se encontraba en el hospital.

Después de entrar en el edificio a grandes zancadas, dio con Justine en la sala de espera.

—Sam —dijo ella, con la sombra de una sonrisa en el rostro—. Gracias por venir. Es una situación espantosa.

—¿Cómo está Lucy? —preguntó él con brusquedad.

—Tiene una leve conmoción cerebral, arañazos y moratones, y la pierna hecha cisco. Ligamentos dañados y una fractura.

—Maldita sea —farfulló Sam—. ¿Cómo ha ocurrido?

Justine se lo explicó precipitadamente, mientras él escuchaba sin hacer comentarios.

—... de modo que no podrá moverse para nada durante algunos días —concluyó Justine—. Y, aunque Lucy no pesa mucho, Zoë y yo no podemos trasladarla sin ayuda de alguien más.

—Yo os ayudaré —se ofreció Sam en el acto.

Justine soltó un hondo suspiro.

—Gracias a Dios. Te adoro. Sabía que dispondrías de suficiente espacio en tu casa, y además Zoë y yo tenemos esa boda del demonio en la hostería este fin de semana. No podemos perder un segundo, y nos era imposible...

—Espera —la interrumpió Sam abruptamente—. No puedo llevar a Lucy a mi casa.

Justine se llevó las manos a la cadera y le miró con exasperación.

—Has dicho que ayudarías.

—Sí, ayudaré. Pero no puede quedarse conmigo.

—¿Por qué no?

La fuerza de su objeción había dejado a Sam momentáneamente mudo. Nunca había permitido que una mujer pasara la noche en su casa. Y, sobre todo, no quería que fuera

Lucy. Se había puesto tenso de la cabeza a los pies, y una película de sudor le recubría la piel.

—¿Por qué no puede hacerlo otro? —preguntó secamente—. ¿Y sus padres?

—Viven en Pasadena.

—¿No tiene otros amigos?

—Sí, pero no en la isla. A excepción de Zoë y yo, perdió las amistades que se granjeó con Kevin. No querían fastidiarle poniéndose del lado de Lucy. —Con exagerada paciencia, Justine añadió—: ¿Cuál es exactamente el problema, Sam?

—Apenas la conozco —protestó él.

—Te cae bien. Has venido corriendo en cuanto te he llamado.

—No conozco a Lucy lo suficiente para ayudarla a levantarse de la cama y acostarse, llevarla al baño, cambiarle las vendas y todo lo demás.

—¿Qué? ¿Ahora me sales con remilgos? Vamos, Sam. Has estado con muchas mujeres. No hay nada que no hayas visto antes.

—No es eso.

Sam empezó a pasearse por la sala de espera vacía, mesándose los cabellos con una mano. ¿Cómo podía explicar el enorme peligro de estar a solas con Lucy? ¿Que el problema residía de hecho en cuánto deseaba ocuparse de ella? No confiaba en sí mismo. Acabaría teniendo sexo con ella, aprovechándose de ella, haciéndole daño.

Dejó de andar y miró a Justine con el ceño fruncido.

—Escucha —dijo apretando los dientes—. No quiero acercarme a ella. No quiero que dependa de mí.

Justine le dirigió una mirada con los ojos entrecerrados que debería haberle fulminado en el acto.

—¿Tan jodido estás, Sam?

—Desde luego que sí —espetó él—. ¿He fingido alguna vez ser normal?

Justine chasqueó la lengua, contrariada.

—¿Sabes una cosa? Siento habértelo preguntado. Ha sido un error.

Sam frunció el ceño mientras ella se volvía.

—¿Qué vas a hacer?

—No te preocupes. No es asunto tuyo.

—¿A quién llamas? —insistió Sam.

—A Duane. Él y sus amigos se ocuparán de ella.

Sam quedó boquiabierto.

—¿Vas a confiar una mujer herida y sometida a medicación a una banda de moteros?

—En realidad son buenos chicos. Y tienen su propia iglesia.

Una furia instantánea encendió el rostro de Sam.

—Tener iglesia propia no significa ser un buen chico. Solo te permite no pagar impuestos.

—No me grites.

—Yo no grito.

—Desde luego yo no llamaría a eso la voz de tu conciencia, Sam.

Justine levantó el teléfono y tecleó sobre la pequeña pantalla.

—No —gruñó él.

—¿No, qué?

Sam aspiró hondo, ardiendo en deseos de descargar su puño contra una pared.

—Yo... —Se quedó sin voz, carraspeó ruidosamente y le dirigió una mirada airada—. Yo cuidaré de ella.

—En tu casa —aclaró Justine.

—Sí —masculló él entre dientes.

—Bien. Gracias. Dios mío, qué drama.

Sacudiendo la cabeza, Justine se acercó a la máquina expendedora y pulsó unos cuantos botones para sacar una bebida.

Lucy parpadeó, desconcertada, cuando Sam Nolan se abrió paso a través de las cortinas.

—¿Qué haces aquí? —preguntó con voz débil.

—Justine me ha llamado.

—No debería haberlo hecho. Lo siento.

Él la examinó sin perder un detalle. Cuando habló, lo hizo en voz baja y ronca.

—¿Te duele?

—Se puede aguantar. —Lucy hizo un gesto hacia la bolsa intravenosa—. Me administran algún tipo de narcótico. —Y añadió con inquietud—: Tengo una aguja en la mano.

—Pronto te sacaremos de aquí.

Lucy se fijó en la camiseta de Sam, azul oscuro y estampada con el perfil blanco de lo que parecía una cabina telefónica antigua.

—¿Para qué es esa cabina telefónica?

—Es la caja policía. De *Dr. Who.* —Viendo su incomprensión, Sam explicó—: Es una nave espacial para viajar en el tiempo.

Los labios de Lucy esbozaron una sonrisa.

—Cretino —dijo, y se sonó la nariz.

Después de acercarse, Sam le puso una mano en la cadera, examinó los bordes de una venda de poliuretano y le ajustó la manta del hospital sobre la pierna entablillada. Había cierta actitud posesiva en su manera de tocarla. Lucy le miró perpleja, tratando de averiguar qué le ocurría. Tenía el aire de un hombre que se enfrenta a una obligación desagradable.

—Pareces enfadado —observó.

—No lo estoy.

—Aprietas los dientes.

—Siempre parezco apretar los dientes.

—Tienes una mirada feroz.

—Es la iluminación del hospital.

—Algo pasa —insistió ella.

Sam le cogió la gélida mano, con cuidado de no desplazar el pulsioxímetro que le habían colocado en el índice. Rozó suavemente con el pulgar el exterior de sus dedos.

—Durante los próximos días necesitarás a alguien que te ayude. Esto es más de lo que puedes manejar tú sola. —Una pausa calculada—. De modo que te llevaré a Rainshadow Road conmigo.

Lucy abrió los ojos como platos y retiró la mano de la suya.

—No. Yo..., no, no lo haré. ¿Es por eso que te ha llamado Justine? Dios mío. No puedo ir a ninguna parte contigo.

Sam se mostró implacable.

—¿Adónde piensas ir, Lucy? ¿A la hostería? ¿Para estar encerrada sola en una habitación sin nadie que te ayude? Aunque Zoë y Justine no tuvieran que organizar un gran acontecimiento este fin de semana, les costaría mucho trabajo subirte y bajarte por todas esas escaleras.

Lucy se llevó una mano fría y húmeda a la frente, que empezaba a dolerle terriblemente.

—Yo... llamaré a mis padres.

—Están a mil quinientos kilómetros, por lo menos.

Lucy estaba tan preocupada y tan cansada que se notó un nudo en la garganta ante la amenaza de más lágrimas. Horrorizada por su incapacidad para dominarse, se tapó los ojos con una mano y emitió un gemido de frustración.

—Estás demasiado ocupado. El viñedo...

—Mis hombres me sustituirán.

—¿Y qué me dices de tu hermano y Holly?

—No les importará. La casa es grande.

Mientras empezaba a comprender la situación, Lucy se percató de que Sam tendría que ayudarla a bañarse, comer, vestirse..., cosas íntimas que resultarían violentas incluso con alguien a quien conociera desde hacía mucho tiempo. Y él no parecía alegrarse de aquella perspectiva mucho más que ella.

—Tiene que haber otra solución —dijo Lucy, tratando de pensar desesperadamente.

Inhaló una bocanada de aire, y otra, incapaz de llevar suficiente oxígeno a la oprimida cavidad de sus pulmones.

—Maldita sea, no empieces a respirar aceleradamente.

Sam le puso una mano sobre el pecho y empezó a moverla lentamente en círculos. La excesiva confianza de aquel gesto hizo que Lucy diera un respingo.

—No te he autorizado a... —comenzó a decir con vacilación.

—Durante los próximos días —anunció Sam, bajando los párpados para ocultar su expresión— tendrás que acostumbrarte al contacto de mis manos.

El movimiento circular continuó, y Lucy cedió impotente. Para mayor vergüenza, se le escapó un leve sollozo. Cerró los ojos.

—Dejarás que te cuide —le oyó decir—. No gastes fuerzas discutiendo. La realidad es que vendrás a casa conmigo.

13

Era media tarde cuando la camioneta de Sam giró en Rainshadow Road y avanzó por el camino privado. Había firmado todas las hojas del alta de Lucy, recogido un fajo de instrucciones y prescripciones médicas y acompañado a Lucy cuando un enfermero la sacó del edificio en una silla de ruedas. Justine también se encontraba allí, exhibiendo un comportamiento irritantemente alegre.

—Bueno, chicos —gorjeó—, esto va a salir bien. Te debo una, Sam. Lucy, la casa de Sam te va a encantar, es un sitio estupendo, y os aseguro que un día nos acordaremos de esto y... ¿Qué has dicho, Sam?

—He dicho «Trae eso, Justine» —murmuró él, al mismo tiempo que levantaba a Lucy de la silla de ruedas.

Justine, impertérrita, siguió a Sam mientras este subía a Lucy a la furgoneta.

—Te he preparado un bolso de viaje, Luce. Zoë o yo pasaremos mañana a llevarte más cosas.

—Gracias.

Lucy se había abrazado al cuello de Sam cuando él la levantó con asombrosa facilidad. Sentía la dureza de sus hombros contra sus palmas. El olor de su piel era delicioso, a limpio, con un punto de sal, como el aire del océano, y fresco como las plantas y hojas verdes de un jardín.

Sam la acomodó en la camioneta, echó el respaldo de su asiento hacia atrás y le abrochó el cinturón de seguridad. Todos sus movimientos eran diestros y eficientes y su actitud, impersonal. No dejaba de mirarla con precaución. Lucy se preguntó con tristeza qué le habría dicho Justine para convencerle de que se la llevara. «No quiere hacerlo», había susurrado a su amiga en el hospital, y Justine le había contestado: «Claro que sí. Solo que le pone un poco nervioso.»

Pero Lucy no creía que Sam estuviera nervioso. Más bien parecía fastidiado en secreto. El trayecto hasta el viñedo transcurrió en silencio. Aunque el vehículo de Sam tenía una suspensión excelente, algún que otro bache del camino provocaba que Lucy hiciera una mueca. Estaba dolorida y exhausta, y nunca se había sentido una carga tan grande para nadie.

Finalmente tomaron un camino privado que conducía a una casa victoriana adornada con gabletes, balaustradas, una cúpula central y una azotea. Una perezosa puesta de sol confería al edificio pintado de blanco una coloración anaranjada. La base estaba rodeada de una gran cantidad de rosales rojos entremezclados con hortensias blancas. En las proximidades, un robusto cobertizo gris custodiaba las hileras de parras, que jugueteaban a través del terreno como niños a la hora del recreo.

Lucy contempló aquel escenario con absorta fascinación. Si la isla de San Juan era un mundo aparte del continente, aquello era un mundo dentro de otro. La casa esperaba con las ventanas abiertas para acoger la brisa marina, la luz de la luna, los espíritus errantes. Parecía esperarla a ella.

Observando la reacción de Lucy con mirada astuta, Sam detuvo la camioneta junto a la casa.

—Sí —dijo, como si ella le hubiera hecho una pregunta—. Así es cómo me sentí cuando la vi por primera vez. —Bajó del vehículo y lo rodeó hasta el lado de Lucy. Alargó la mano para desabrocharle el cinturón—. Agárrate a mi cuello.

Lucy obedeció con vacilación. Él la levantó, con cuidado de no golpearle la pierna herida. Tan pronto como sus brazos la rodearon, Lucy tomó conciencia de una nueva sensación desconcertante, de abandono, como si algo se derritiera en su interior. Dejó caer la cabeza pesadamente sobre su hombro y se esforzó por volver a levantarla. Sam murmuró «Tranquila» y «No pasa nada», lo que le hizo percatarse de que estaba temblando.

Subieron los peldaños de la entrada y accedieron a un amplio porche cubierto con un techo azul claro.

—Azul antifantasmas —dijo Sam al ver que Lucy miraba hacia arriba—. Intentamos reproducir el color original lo más fielmente posible. Mucha gente de por aquí pintaba el techo de sus porches de azul. Hay quien dice que es para engañar a los pájaros y los insectos, para hacerles creer que es el cielo. Pero otros afirman que el principal motivo es para espantar a los fantasmas.

Este torrente de palabras hizo que Lucy se percatara de que efectivamente Sam estaba algo nervioso, como había dicho Justine. Aquella era una situación insólita para ambos.

—¿Sabe tu familia que vengo? —preguntó.

Sam asintió.

—Les he llamado desde el hospital.

La puerta principal se abrió y proyectó un largo rectángulo de luz sobre el porche. Un hombre de pelo oscuro estaba de pie sujetando la puerta, mientras una niña rubia y un bulldog se acercaban a la entrada. El hombre era una versión algo más vieja y fornida de Sam, con el mismo atractivo tosco. Y lucía la misma sonrisa deslumbrante.

—Bienvenida a Rainshadow —dijo a Lucy—. Soy Mark.

—Siento molestar. Yo...

—No pasa nada —se apresuró a responder Mark. Miró a Sam—. ¿Qué puedo hacer?

—Su bolsa aún está en el coche.

—Iré a buscarla.

Mark pasó junto a ellos.

—Abrid paso, chicos —pidió Sam a la niña y al perro, que se hicieron a un lado—. Voy a llevar a Lucy al piso de arriba.

Accedieron a un vestíbulo de suelo oscuro y techo alto y encofrado. Las paredes estaban pintadas de color crema y decoradas con grabados botánicos enmarcados.

—Maggie está preparando la cena —anunció Holly, siguiéndoles—. Sopa de pollo y rollitos de levadura, y pudding de plátano de postre. Pudding de verdad, no de caja.

—Ya me parecía que olía demasiado bien para que cocinara Mark —comentó Sam.

—Maggie y yo te hemos cambiado las sábanas de la cama. Ha dicho que soy una buena ayudante.

—Esa es mi chica. Ahora ve a lavarte para cenar.

—¿Puedo hablar con Lucy?

—Después, pelirroja. Lucy está agotada.

—Hola, Holly —consiguió decir Lucy por encima del hombro de Sam.

La pequeña le sonrió.

—El tío Sam nunca invita a nadie a quedarse a dormir. ¡Tú eres la primera!

—Gracias, Holly —masculló Sam mientras subía a Lucy por la magnífica escalera de caoba.

Una risa sin aliento hizo temblar la garganta de Lucy.

—Lo siento. Sé que Justine te ha obligado a hacer esto. Yo...

—Justine no podría obligarme a hacer nada contra mi voluntad.

Lucy dejó caer la cabeza sobre su hombro, incapaz de mirarle mientras decía:

—Tú no quieres que esté aquí.

Sam eligió las palabras con esmero.

—No quiero complicaciones. Igual que tú.

Cuando llegaron al rellano, a Lucy le llamó la atención una enorme ventana que daba al camino de entrada. Era una vidriera impresionante, en la que había representado un árbol desnudo sosteniendo una luna anaranjada de invierno en sus ramas.

Pero cuando Lucy parpadeó, los colores y los dibujos desaparecieron. La ventana estaba vacía. No había más que un cristal transparente.

—Espera. ¿Qué es eso?

Sam se volvió para ver lo que ella miraba.

—¿La ventana?

—Era una vidriera —dijo Lucy, aturdida.

—Es posible.

—No, es seguro. Con un árbol y una luna.

—Sea lo que sea lo que hubiera ahí, lo quitaron hace mucho tiempo. En algún momento alguien intentó dividir la casa en pisos. —Sam la alejó de la ventana—. Deberías haberla visto cuando la compré. Alfombrillas raídas en algunas habitaciones. Habían derribado paredes maestras y puesto tabiques de madera aglomerada. Mi hermano Alex vino con su brigada a reconstruir muros de carga y colocar vigas de soporte. Ahora la casa es firme como una roca.

—Es preciosa. Como sacada de un cuento de hadas. Tengo la sensación de haber estado ya aquí, o de haberlo soñado.

Lucy tenía la mente cansada y sus pensamientos eran algo inconexos.

Entraron en un largo dormitorio rectangular en paralelo a la bahía, con las paredes revestidas de paneles de madera con reborde, una chimenea en un rincón y numerosas ventanas que descubrían la extensión azul brillante de False Bay. Las ventanas de ambos lados de la habitación estaban provistas de mosquiteras y abiertas para dejar entrar el aire exterior.

—Ya estamos.

Sam la dejó sobre una gran cama con la cabecera de hierbas marinas y un edredón acolchado que ya habían desdoblado.

—¿Esta es tu habitación? ¿Tu cama?

—Sí.

Lucy trató de levantarse.

—Sam, no...

—Estate quieta —ordenó él—. Lo digo en serio. Vas a hacerte daño. Tú ocuparás la cama. Yo dormiré en una cama abatible en otra habitación.

—No pienso echarte de tu dormitorio. Yo dormiré en la cama abatible.

—Dormirás donde te he dejado.

Sam la cubrió con el edredón blanco y azul. Sosteniéndose sobre los brazos a ambos lados de Lucy, la miró fijamente. Quizás era el efecto del resplandor del crepúsculo que entraba por las ventanas, pero su rostro parecía más dulce. Bajó una mano para retirarle un mechón rebelde detrás de la oreja.

—¿Crees que podrás permanecer despierta lo suficiente para tomar un poco de sopa?

Lucy negó con la cabeza.

—Entonces descansa. Vendré a verte dentro de un rato.

Lucy se quedó en silencio después de su marcha. La habitación era tranquila y fresca, y a lo lejos se oía el chapoteo rítmico de las olas. Unos sonidos placenteramente indistintos se filtraban a través del suelo y las paredes, voces acentuadas por alguna risa esporádica, el ruido de ollas, platos y cubiertos. Sonidos de familia y hogar, flotando en el aire como una canción de cuna.

Sam se detuvo en el rellano del segundo piso para asomarse por la ventana. La luna había aparecido incluso antes de que acabara de ponerse el sol, un enorme círculo de un blanco dorado sobre el cielo magenta. Los científicos afirmaban que el tamaño de la luna en el solsticio de verano era un efecto óptico, que el ojo humano era incapaz de medir bien la distancia sin la ayuda de referencias visuales. Pero algunas ilusiones eran más ciertas que la realidad.

En una ocasión Sam había leído un artículo sobre un antiguo poeta chino que se ahogó cuando intentaba abrazar el reflejo de la luna. Había estado bebiendo vino de arroz a la orilla del río Yangtsé; demasiado vino, a juzgar por su ignominiosa muerte. Pero Dios sabía que no había elección cuando uno anhelaba algo o a alguien que no podía tener jamás. Ni siquiera quería una opción. Tal fue la fatal tentación de la luz de la luna.

Lucy estaba en su cama, frágil como una orquídea rota. Se sintió tentado a quedarse en el pasillo, junto a la puerta del dormitorio, y sentarse en el suelo con la espalda recostada en la pared, esperando cualquier indicio de que necesitara algo. Pero se obligó a ir abajo, donde *Renfield* se paseaba de aquí para allá con un calcetín desechado, Holly ponía la mesa y Mark hablaba por teléfono con alguien para concertar una visita al dentista.

Cuando entró en la cocina, Sam se dirigió hacia la enorme mesa de madera donde Maggie batía nata en un cuenco.

Maggie Conroy era más atractiva que hermosa, con una personalidad tan rebosante de vitalidad que daba la impresión de que era más alta de lo que era en realidad. Solo cuando uno se situaba a su lado caía en la cuenta de que no debía de medir más de un metro cincuenta y cinco. «Mido un metro cincuenta y seis», insistía siempre, como si ese centímetro de más tuviera alguna incidencia.

En el pasado Mark siempre había perseguido mujeres de bandera, de las que quitaban el hipo, pero rara vez resultaba divertido pasar un rato con ellas. Gracias a Dios, cuando finalmente Mark decidió mantener una relación seria con alguien, eligió a Maggie, cuyo peculiar optimismo era precisamente lo que la familia necesitaba.

Sam se le acercó sin decir palabra, le quitó el cuenco y el batidor y siguió batiendo la nata.

—Gracias —dijo Maggie, sacudiendo su mano acalambrada.

—¿Por qué no usas la batidora eléctrica?

—¿No te lo ha dicho Mark? —Maggie se llevó las manos a la cabeza y la inclinó avergonzada—. La semana pasada quemé el motor de la batidora. La sustituiré, lo prometo.

—No te preocupes por eso —replicó Sam, sin dejar de batir—. En esta casa estamos acostumbrados a los desastres culinarios. Solo que normalmente los causantes somos Mark y yo. ¿Cómo quemaste el motor?

—Intentaba hacer pasta para pizza de trigo integral, pero se puso demasiado espesa y dura, hasta que olí a quemado y la batidora empezó a echar humo.

Sonriendo, Sam usó el extremo del batidor para probar la nata batida, que conservaba su forma.

—Maggie, cariño, la pizza no es algo que se haga en casa. Pizza es lo que pides cuando no te apetece cocinar.

—Intentaba hacer una versión más saludable.

—La pizza no tiene que ser saludable. Es pizza.

Sam le pasó el cuenco, y ella procedió a taparlo con papel de celofán y a guardarlo en el frigorífico.

Después de cerrar el Sub-Zero, que había sido camuflado con puertas de armario pintadas de color crema a juego con el resto de la cocina, Maggie se acercó a la olla puesta al fuego y removió la sopa.

—¿Cómo está tu amiga? —preguntó—. Lucy, ¿no?

—Sí. Se pondrá bien.

Maggie le dirigió una perceptible mirada de soslayo.

—¿Y tú?

—Estupendamente —contestó Sam, un poco demasiado deprisa.

Maggie empezó a servir la sopa en cuencos.

—¿Preparo una bandeja con la cena para ella?

—No, está fuera de combate.

Sam cogió una botella de vino ya descorchada y se sirvió un vaso.

—De modo que has traído a Lucy aquí para que se recupere —comentó Maggie—. Y vas a cuidarla. Debe de ser alguien especial.

—Nada del otro mundo. —Sam mantuvo un tono escrupulosamente despreocupado—. Somos amigos.

—¿Solo amigos?

—Sí.

—¿Hay alguna posibilidad de que se convierta en algo más?

—No. —Una vez más, su respuesta fue demasiado precipitada. Frunció el ceño al ver la sonrisa cómplice de Maggie—. No le interesa mi tipo de relación.

—¿Qué tipo es ese? ¿Sexo con mujeres hermosas sin ninguna posibilidad de compromiso?

—Exacto.

—Si das con la mujer adecuada, tal vez querrás probar algo un poco más duradero.

Sam sacudió la cabeza.

—No quiero nada a largo plazo.

Puso la mesa y fue en busca de Mark y Holly para anunciarles que la cena estaba lista. Cuando les encontró en la salita, se detuvo en el amplio umbral, donde habían derribado una pared superflua para disponer de más espacio.

Mark y Holly estaban sentados juntos en el sofá, una antigualla que Maggie había encontrado y había convencido a Mark de que la comprara. En su estado original, aquel sofá estaba hecho una ruina, rayado y devorado por las polillas de arriba abajo. Pero tras desmontar y restaurar el armazón de palisandro, y después de tapizarlo con hectáreas de terciopelo verde salvia, el mueble poseía una grandiosidad caprichosa que casaba con la casa.

A Holly le colgaban las piernas del sofá. Columpiaba los pies ociosamente mientras Mark anotaba en la agenda familiar abierta sobre la mesilla.

—Así pues, cuando estés en la consulta de la dentista y te pregunte con qué frecuencia te limpias los dientes con seda dental, ¿qué le dirás? —inquirió Mark.

—Le diré: «¿Qué es seda dental?»

Holly se echó a reír mientras Mark le hacía cosquillas en el costado y le besaba la coronilla.

No por primera vez, Sam quedó admirado ante la vertiente paternal de la relación que Mark mantenía con la niña. En el pasado no había sido un rol para el que Mark pareciera estar especialmente dotado, pero lo había asumido con sorprendente celeridad cuando Holly entró en sus vidas.

Mark se inclinó para anotar algo en la agenda familiar.

—¿Ya ha encargado Maggie tus zapatillas de ballet para las clases de danza?

—No lo sé.

—Está bien, se lo preguntaré.

—Tío Mark.

—¿Sí?

—El bebé será mi primo, ¿verdad?

El bolígrafo se detuvo. Mark lo dejó con cuidado y miró la cara seria de la niña.

—Técnicamente, sí. Pero me imagino... —Hizo una pausa para elegir las palabras con esmero—. Me imagino que ese bebé será como tu hermano o hermana. Porque creceréis juntos.

—Algunos niños de mi clase creen que eres mi papá. Hasta pareces un papá.

Sam, que había estado a punto de decir algo desde el umbral, cerró la boca. No se atrevía a interrumpir aquel momento marchándose o interviniendo. Solo podía quedarse allí inmóvil, consciente de que sucedía algo importante.

Mark puso una cara cuidadosamente impasible.

—¿Qué les dices a tus amigos cuando te preguntan si soy tu papá?

—Dejo que lo crean. —Holly hizo una pausa—. ¿Está mal?

Mark sacudió la cabeza.

—Claro que no —respondió con voz enronquecida.

—¿Aún te llamaré tío Mark cuando haya llegado el bebé?

Mark cogió una de las manos de la niña, ridículamente menuda en comparación con la suya, y la intercaló entre sus palmas.

—Podrás llamarme como quieras, Holly.

La pequeña se le acercó hasta recostar la cabeza sobre el brazo de su tío.

—Quiero llamarte papá. Quiero que seas mi papá.

Mark se quedó sin habla. Era evidente que no se esperaba aquello, o ni siquiera se había permitido pensarlo. Tragó saliva y se inclinó para posar el rostro sobre los cabellos de Holly, de un rubio pálido como la luz de la luna.

—Me encantaría. Yo... sí.

Se la puso en el regazo y la abrazó, al mismo tiempo que le alisaba torpemente el pelo. Siguieron unos murmullos indistinguibles, tres sílabas que se repetían una y otra vez.

El propio Sam sintió que se le agarrotaban los músculos del cuello. Estaba fuera de aquel momento y sin embargo formaba parte del mismo.

—Me estás aplastando —protestó la voz apagada de Holly al cabo de un ratito.

Los brazos de Mark se aflojaron, y la pequeña saltó de su regazo.

Renfield había entrado en la estancia, con un pañuelo de papel colgando de su boca.

—*Renfield* —le regañó Holly—, no te comas eso.

Contento por haber llamado su atención, el perro salió de la sala con el pañuelo.

—Yo se lo quitaré —dijo Holly. Se detuvo a frotarse la nariz contra la de Mark—. Papá —añadió con una pícara sonrisa, y salió corriendo detrás del perro.

Sam nunca había visto a su hermano tan sumamente conmovido. Entró en la sala al mismo tiempo que Mark soltaba un breve suspiro y se secaba los ojos con los dedos.

Al verle, Mark parpadeó y empezó a decir con vacilación:

—Sam...

—Lo he oído —le interrumpió Sam en voz baja, y sonrió—. Es bueno, Mark. Holly tenía razón. Pareces un papá.

14

Unas voces llegaron hasta el dormitorio.

—... quiero que Lucy use mi cuarto de baño rosa —insistía Holly—. Es más bonito que el tuyo.

—Lo es —fue la respuesta de Sam—. Pero Lucy necesita un plato de ducha. No puede entrar y salir de la bañera.

—Pero ¿puede ver mi cuarto de baño? ¿Y mi habitación?

—Sí, más tarde podrás hacerle de guía oficial. De momento, ponte los calcetines. Llegarás tarde a la escuela.

Lucy aspiró un aroma escurridizo procedente de la almohada, a hojas, agua de lluvia y cedro recién cortado. Era el olor de Sam, tan atrayente que lo persiguió desvergonzadamente, hundiendo la cabeza en el cálido plumón.

Conservaba un vago recuerdo de haber despertado en mitad de la noche presa de dolor. De Sam acercándosele como una sombra. Le había dado las pastillas y un vaso de agua y le había puesto un brazo detrás de la espalda mientras tomaba la medicina. Había despertado en otra ocasión y, medio dormida, había percibido su presencia sustituyendo las bolsas de hielo que le envolvían la pierna, y ella le había dicho que no era necesario que se levantara continuamente para atenderla, que tenía que descansar.

«Tranquila —había murmurado Sam, arropándola con las mantas—. No pasa nada.»

Cuando la mañana se iluminaba, Lucy permaneció en silencio y escuchó los sonidos apagados de voces, del desayuno, un teléfono sonando, una búsqueda por toda la casa de una carpeta perdida que contenía los deberes y una hoja firmada de autorización para una excursión al campo. Finalmente un coche se alejó por el camino.

Oyó unos pasos subiendo las escaleras. Llamaron a la puerta y Sam asomó la cabeza.

—¿Cómo te encuentras?

Su voz de barítono enronquecida por el sueño llegó placenteramente a los oídos de Lucy.

—Un poco dolorida.

—Seguramente muy dolorida.

Sam entró en la habitación, portando una bandeja con el desayuno. Su aspecto descuidado y sexy, vestido solo con un pantalón de pijama de franela y una camiseta blanca, provocó un intenso rubor en la superficie cutánea de Lucy.

—Es la hora de tomarte otra pastilla, pero antes deberías comer. ¿Qué te parece un huevo con tostadas?

—Estupendo.

—Después podrás tomar una ducha.

El color de Lucy se intensificó todavía más y su pulso se volvió frenético. Necesitaba una ducha como agua de mayo, pero a la vista de su estado físico era evidente que iba a requerir mucha ayuda.

—¿Cómo funcionará exactamente eso? —se atrevió a preguntar.

Sam dejó la bandeja sobre la cama y la ayudó a incorporarse. Le puso otra almohada detrás de la espalda mientras contestaba en un tono prosaico:

—Es un plato de ducha. Puedes sentarte en un taburete de plástico y lavarte con una ducha de mano. Tendré que ayudarte a entrar y salir, pero puedes hacer la mayor parte tú sola.

—Gracias —dijo Lucy, aliviada—. Suena bien. —Cogió una tostada untada con mantequilla y empezó a extender mermelada sobre ella—. ¿Por qué tienes una ducha de mano?

Sam arqueó una ceja.

—¿Qué tiene eso de malo?

—Nada. Solo que es un accesorio que cabría esperar de una persona mayor, no de un tipo de tu edad.

—Tengo sitios de difícil acceso —explicó Sam en un tono inexpresivo. Después de ver una sonrisa asomándose a los labios de Lucy, añadió—: Además, lavamos a *Renfield* allí.

Sam fue a ducharse y afeitarse mientras ella desayunaba. Regresó vestido con unos vaqueros raídos y una camiseta que proclamaba EL GATO DE SCHRÖDINGER ESTÁ VIVO.

—¿Qué significa eso? —preguntó Lucy al leer la leyenda.

—Es un principio de la teoría cuántica. —Sam dejó en el suelo una bolsa de plástico llena de accesorios y cogió la bandeja del regazo de Lucy—. Schrödinger era un científico que usó el ejemplo de un gato encerrado en una caja con una fuente radiactiva y un frasco de veneno para demostrar cómo una observación afecta un resultado.

—¿Qué le ocurre al gato?

—¿Te gustan los gatos?

—Sí.

—Entonces no me obligues a hablarte de ese teorema.

Lucy hizo una mueca.

—¿No tienes camisetas optimistas?

—Esta es optimista —repuso Sam—. Pero no puedo decirte por qué, o te lamentarás por el gato.

Lucy soltó una risita. Pero cuando Sam se acercó a la cama y alargó la mano para tirar de las sábanas, guardó silencio y se encogió, al mismo tiempo que su corazón se ponía a latir a toda marcha.

Sam dejó la ropa de cama en el acto, con una expresión cuidadosamente neutra. La examinó, y sus ojos se posaron sobre sus brazos firmemente cruzados.

—Antes de hacer esto —dijo en voz baja—, tendremos que ocuparnos del elefante de esta habitación.

—¿Qué elefante? —preguntó Lucy con cautela.

—Nadie. El elefante es el hecho de que me resulta sorprendentemente violento ayudar a una mujer a ducharse antes de haber tenido sexo con ella.

—No voy a tener sexo contigo solo para hacer que la ducha sea más fácil —advirtió Lucy.

Estas palabras provocaron en Sam una fugaz sonrisa.

—No te lo tomes a mal, pero llevas ropa de hospital estampada con patitos amarillos, estás vendada y amoratada. De modo que no despiertas para nada mi libido. Además tomas medicamentos, lo cual te incapacita para tomar decisiones por tu cuenta. Todo ello significa que no hay absolutamente ninguna posibilidad de que intente nada contigo. —Hizo una pausa—. ¿Te sientes mejor ahora?

—Sí, pero... —A Lucy le ardían las mejillas—. Mientras me ayudas, seguramente me echarás un vistazo.

El semblante de Sam era serio, pero la diversión asomaba en las comisuras de sus labios.

—Ese es un riesgo que estoy dispuesto a correr.

Lucy soltó un hondo suspiro.

—Supongo que no hay más remedio.

Retiró las sábanas y trató de levantarse. Sam se le acercó inmediatamente y le puso un brazo detrás de la espalda.

—No, deja que lo haga yo. Te harás daño si no te lo tomas con calma. Voy a ayudarte a sentarte en el borde de la cama. Lo único que debes hacer es incorporarte y dejar las piernas colgando..., sí, eso es. —Se le cortó bruscamente la respiración cuando Lucy luchó con el dobladillo de la bata del hospital, que se le había subido hasta las caderas—. Muy bien. —Empezó a respirar de nuevo—. No debemos quitarte la tablilla. Pero la enfermera dijo que la envolviéramos con plástico cuando te ducharas, para evitar que se mojara.

Cogió la bolsa de accesorios y sacó un voluminoso rollo de cinta transparente no adhesiva fijado a un asa metálica.

Lucy esperó en silencio mientras Sam procedía a envolverle toda la mitad inferior de la pierna. Su tacto era diestro y delicado, pero de vez en cuando el roce de las puntas de sus dedos en la rodilla o la pantorrilla causaba a Lucy un cosquilleo en toda la piel. Sam tenía la cabeza agachada sobre ella, con los cabellos abundantes y oscuros. Lucy se inclinó hacia delante subrepticiamente para captar el olor que ascendía desde la nuca, un aroma estival, como de sol y hierba cortada.

Cuando hubo terminado de envolverle la pierna, Sam levantó la vista desde su posición arrodillada en el suelo.

—¿Cómo está? ¿Demasiado apretado?

—Está perfecto. —Lucy vio que Sam se había ruborizado, que tenía encendidas las crestas prominentes de sus pómulos debajo del bronceado. Y no respiraba bien—. Has dicho que no despertaba para nada tu libido.

Sam trató de mostrar arrepentimiento.

—Lo siento. Pero envolverte con cinta aislante es lo más

divertido que he hecho desde mis tiempos en la universidad.

Cuando se incorporó y levantó a Lucy, ella se le aferró en el acto, al tiempo que se le aceleraba el pulso al sentir su fuerza.

—¿Necesitas... tranquilizarte? —preguntó con delicadeza.

Sam negó con la cabeza. Una diversión arrepentida le hizo chispear los ojos.

—Supondremos que este es mi modo por defecto a la hora de la ducha. No te preocupes, seguiré sin intentar nada contigo.

—No estoy preocupada. Pero no quiero que me dejes caer.

—La excitación sexual no me priva de fuerza física —le informó él—. De fuerza intelectual, sí. Pero no necesito eso para ayudarte a ducharte.

Lucy sonrió con vacilación y se agarró a sus robustos hombros mientras la llevaba al cuarto de baño.

—Estás en forma.

—Es el viñedo. Todo es orgánico, lo que requiere más trabajo, cultivar y sachar, en vez de utilizar pesticidas. Me ahorra el gasto de la cuota de un gimnasio.

Volvía a estar nervioso, lo cual le hacía hablar un poco demasiado deprisa. A Lucy le pareció interesante. Desde que conocía a Sam, se había mostrado siempre muy dueño de sus actos. Había supuesto que manejaría una situación como esa con aplomo. Sin embargo, parecía casi tan desconcertado por su forzado contacto físico como ella.

El baño había sido decorado en un estilo pulcro y sencillo, con baldosas de color marfil, armarios de caoba y un enorme espejo enmarcado sobre un lavabo de pie. Después de dejar a Lucy sobre el taburete de plástico en el plato de ducha, Sam le enseñó cómo se manejaban los grifos.

—En cuanto salga de aquí —dijo, pasándole la ducha de mano—, saca la bata del plato y da el agua. Tómate todo el tiempo que necesites. Yo esperaré al otro lado de la puerta. Si tienes algún problema o necesitas algo, llámame.

—Gracias.

El dolor acumulado a consecuencia del accidente provocó que Lucy hiciera muecas y gimiera mientras se desnudaba y echaba la bata al suelo fuera de la ducha. Abrió el agua, ajustó la temperatura y dirigió el chorro hacia su cuerpo.

—¡Ay! —exclamó cuando los cortes y arañazos empezaban a escocerle—. Ay, ay...

—¿Cómo va? —oyó preguntar a Sam al otro lado de la puerta.

—Duele y sienta bien al mismo tiempo.

—¿Necesitas ayuda?

—No, gracias.

Enjabonarse y enjuagarse requirió no pocas maniobras. Con el tiempo Lucy constató que su intención de lavarse el pelo era demasiado ambiciosa para enfrentarse a ella.

—Sam —dijo, frustrada.

—¿Sí?

—Necesito ayuda.

—¿Con qué?

—Con mi pelo. No puedo lavármelo sola. ¿Te importaría entrar?

Siguió una larga vacilación.

—¿No puedes hacerlo sola?

—No. No alcanzo la botella de champú, me duele el brazo derecho y me cuesta trabajo lavar tanto pelo con una sola mano.

Mientras hablaba, Lucy cerró el agua y dejó caer la alcachofa al suelo. Con mucho esfuerzo, se envolvió en una toalla.

—Está bien —le oyó decir—. Entro.

Cuando Sam accedió al cuarto de baño, parecía un hombre al que acabaran de citar para declarar en un juicio. Recogió la alcachofa. La sujetó torpemente al mismo tiempo que ajustaba la presión y la temperatura. Lucy no pudo evitar observar que su respiración había vuelto a alterarse y comentó:

—Con el eco que hay aquí, te pareces a Darth Vader.

—No puedo evitarlo —dijo él con tono crispado—. Teniéndote aquí, tan rosadita y empapada...

—Lo siento. —Le miró arrepentida—. Espero que estar en modo por defecto no duela.

—Ahora mismo, no. —Sam le puso una mano en la parte de atrás de la cabeza y le sujetó el cráneo. Cuando ella le miró a los ojos azul verdosos, dijo—: Solo duele cuando no puedo hacer nada al respecto.

La forma de sujetarle la cabeza, el sonido suave y ronco de su voz, provocaron una espiral de placer sensible dentro del vientre de Lucy.

—Estás coqueteando conmigo —dijo.

—Lo retiro —se apresuró a responder él.

—Demasiado tarde.

Lucy sonrió mientras cerraba los ojos y dejaba que le lavara el pelo.

Era el paraíso, allí sentada mientras Sam le pasaba champú por el cabello y sus fuertes dedos le frotaban el cuero cabelludo. Se tomó su tiempo, procurando evitar que le entrara agua o espuma en los ojos. El aroma a romero y menta del champú impregnaba el aire húmedo y caluroso. Lucy se percató de que era eso lo que había olido antes en él. Inspiró profundamente y echó la cabeza hacia atrás, relajándose.

Finalmente Sam cerró el agua y colgó la alcachofa en el

soporte de la pared. Lucy se enjugó el exceso de agua en el pelo con una mano. Paseó la mirada por la ropa de Sam, húmeda y manchada de gotas, y por el dobladillo empapado de sus vaqueros.

—Te he puesto perdido —se disculpó.

Sam la miró, y sus ojos se detuvieron en el lugar donde la toalla mojada le caía sobre los pechos.

—Sobreviviré.

—Ahora no tengo nada que ponerme.

Él siguió mirándola.

—Cuánto lo lamento.

—¿Puedes prestarme algo? —Al ver que no respondía, Lucy agitó una mano entre ambos—. Sam, regresa a la Tierra.

Sam parpadeó y el brillo vidrioso abandonó sus ojos.

—Te traeré una camiseta limpia.

Con la ayuda de Sam, Lucy se envolvió el pelo en un turbante. Él la sostuvo con firmeza, sujetándola suavemente por las caderas mientras ella se aguantaba sobre un solo pie y se lavaba los dientes en el lavabo. Cuando hubo terminado, Sam la llevó a la cama, le pasó una camiseta y se volvió discretamente de espaldas mientras se la ponía. El turbante se cayó y su peso le tiró del pelo. Lucy se lo quitó y se peinó los mechones húmedos y enmarañados con los dedos.

—¿Qué es esto? —preguntó, echando un vistazo a los cuadrados y las letras que cubrían el pecho de la camiseta.

—La tabla periódica de los elementos.

Sam se puso en cuclillas para quitar la cinta aislante que le recubría la tablilla.

—Ah, bueno. Detestaría encontrarme en cualquier parte sin saber el símbolo químico del rodio.

—Rh —dijo Sam, utilizando unas pequeñas tijeras para cortar las capas de plástico húmedo.

Lucy sonrió.

—¿Cómo lo sabías?

—Está situado sobre tu pecho izquierdo—. Sam tiró la cinta de plástico usada al suelo y examinó la tablilla—. Si estás de humor, te llevaré abajo para que cambies de decorado. Tenemos un sofá grande, un televisor de pantalla plana y a *Renfield* para hacerte compañía.

Mientras contemplaba los reflejos que la luz del día arrancaba a los cabellos de Sam, Lucy se sintió desconcertada por el sentimiento que se había apoderado de ella, algo más que gratitud o simple atracción física. Su pulso se disparaba en varios sitios a la vez y descubrió que deseaba, necesitaba, cosas imposibles.

—Gracias —dijo—. Por cuidarme.

—Ningún problema.

Lucy le puso una mano en la cabeza y hundió los dedos en los espesos rizos de su pelo. Aquel contacto le proporcionó una sensación indescriptiblemente placentera. Deseaba explorarle, descubrir todas sus texturas.

Creyó que Sam se opondría. Sin embargo, permaneció inmóvil, con la cabeza inclinada. Mientras le acariciaba hasta la nuca, Lucy oyó que se le cortaba la respiración.

—Algún problema —dijo Lucy en voz baja—. ¿Verdad?

Entonces Sam levantó la vista hacia ella, con los párpados medio entornados sobre unos ojos increíblemente azules y las facciones contraídas. No respondió. No tenía por qué hacerlo. La verdad flotaba en su mirada compartida, entre ellos, llenándoles los pulmones con cada respiración.

Desde luego que había un problema. Uno que no tenía nada que ver con tablillas, vendas ni cuidado de enfermos.

Sam sacudió la cabeza como si quisiera aclarársela y alargó la mano hacia las sábanas.

—Te dejaré descansar unos minutos mientras yo...

Precipitadamente, Lucy dobló un brazo alrededor de su cuello y acercó la boca a la suya. Fue una acción disparatada e imprudente, pero no le importaba. Sam tardó medio segundo en reaccionar y, cuando lo hizo, pegó sus labios a los de Lucy al mismo tiempo que un leve gemido se escapaba de su garganta.

Él ya la había besado antes, pero esta vez era distinto. Era un beso de sueño despierto, la sensación de caerse sin poder agarrarse a nada. Lucy cerró los ojos al panorama a través de las ventanas, el mar azul, el sol blanco. Los brazos de Sam le rodearon la espalda y la sujetaron, mientras sus labios se pegaban en ángulos diversos y absorbían los tenues sonidos que le subían por la garganta. Se sintió débil, moldeándose contra su pecho, incapaz de unirse lo suficiente. Tras despegar su boca, Sam la besó en el cuello, usando la lengua y la punta de los dientes mientras se dirigía hacia su hombro.

—No quiero hacerte daño —dijo Sam contra su piel—. Lucy, yo no...

Ella buscó su boca a ciegas, le pasó los labios abiertos por la mandíbula recién afeitada hasta que Sam se estremeció y volvió a besarla. Su boca se tornó más descarada, hurgando más a fondo hasta que Lucy le agarró la espalda de la camiseta con manos temblorosas.

Sam deslizó una mano por debajo del dobladillo de la camiseta, y Lucy sintió unos dedos fríos y ásperos contra la piel ardiente de su costado. Le dolían los pechos bajo la fina tela, y se le endurecían los pezones esperando su contacto. Buscó a tientas su mano y la instó a subir.

—Por favor...

—No. Por el amor de Dios, Lucy...

Sam se separó soltando un juramento en voz baja y le recompuso la camiseta. Después de obligarse a soltarla, se pasó las manos por el rostro como si despertara de un profundo sueño. Cuando Lucy volvió a extender los brazos hacia él, Sam le cogió las muñecas en un acto reflejo y se las inmovilizó con las manos.

Sam apartó la cara, mientras su garganta se ondulaba tragando saliva.

—Haz algo —murmuró—. O yo...

Lucy abrió los ojos como platos al darse cuenta de que Sam se esforzaba por dominarse.

—¿Qué..., qué quieres que haga?

Cuando Sam consiguió responder, su voz había adquirido un tono irónico.

—Un poco de distracción no estaría mal.

Lucy bajó los ojos hacia la tabla periódica que cubría el pecho de su camiseta.

—¿Dónde está el vidrio? —preguntó, tratando de leer los elementos químicos del revés.

—No está en la tabla periódica. El vidrio es un compuesto. Es básicamente sílice, que es..., mierda, no puedo pensar con claridad. Es SiO_2. Aquí... —Tocó el Si, que estaba situado en la parte superior derecha del pecho de Lucy—. Y aquí.

Rozó con la yema del pulgar la O en su costado izquierdo, cerca del pezón.

—El vidrio también tiene carbonato de sodio —observó ella.

—Creo que eso es... —Sam se detuvo, tratando de concentrarse—. Na_2CO_3. —Examinó la camiseta y sacudió la cabeza—. No puedo mostrarte el carbonato de sodio. Es terreno peligroso.

—¿Y óxido de calcio?

Los ojos de Sam recorrieron la camiseta hasta encontrarlo. Volvió a negar con la cabeza.

—Te acostaría boca arriba en cinco segundos.

Ambos miraron hacia el estridente sonido metálico del timbre de la puerta, de estilo victoriano.

Sam abandonó la cama con un gemido, moviéndose despacio.

—Cuando he dicho que no intentaría nada contigo... —Abrió la puerta, se quedó de pie en el umbral e inspiró profundamente un par de veces—. Tenía previsto que fuera un acuerdo recíproco. A partir de ahora, manos fuera. ¿Entendido?

—Sí, pero ¿cómo vas a cuidar de mí si...?

—No me refería a mis manos —repuso Sam—. Sino a las tuyas.

El timbre sonó dos veces más mientras Sam bajaba las escaleras. Estaba atenazado por el calor y la excitación, lo cual le impedía pensar con claridad. Deseaba a Lucy, quería cogerla despacio y mirarla a los ojos mientras se introducía en ella, y hacerlo durar horas.

Para cuando Sam llegó a la puerta de la calle, su temperatura se había enfriado lo suficiente para permitirle pensar con claridad. Se encontró delante de su hermano Alex, que parecía más furioso y subalimentado que de costumbre, con el cuerpo demacrado debajo de una ropa demasiado holgada. Era evidente que a Alex no le sentaba nada bien el divorcio.

—¿Por qué has cerrado la jodida puerta? —inquirió Alex.

—Hola, Al —dijo Sam con brusquedad—, yo también me alegro de verte. ¿Dónde tienes la llave que te di?

—Está en mi otro llavero. Ya sabías que vendría esta mañana... Si quieres que trabaje gratis en tu casa, lo menos que puedes hacer es dejar la puerta abierta.

—He tenido que pensar en un par de cosas además de esperar que aparecieras.

Alex pasó por su lado, cargado con una vieja caja de herramientas metálica. Como de costumbre, se encaminó directamente hacia la cocina, donde se serviría una taza de café hirviendo, lo engulliría sin cumplidos y se dirigiría hacia la parte de la casa en la que estuviera faenando. Hasta entonces se había negado a aceptar dinero por sus esfuerzos, pese al hecho de que habría conseguido una fortuna haciendo el mismo trabajo para cualquier otro. Alex era agente inmobiliario, pero había empezado como carpintero, y la calidad de su trabajo era impecable.

Alex se había pasado horas en aquella casa, revistiendo paredes, reparando grietas en el yeso, restaurando molduras de madera y ferretería, poniendo suelos... A veces rehacía trabajos que Mark o Sam ya habían terminado, porque nadie podía equipararse a sus niveles de exigencia. La verdadera razón por la que Alex estaba tan dispuesto a invertir tantas energías en la casa constituía un misterio para los demás Nolan.

—Creo que es el concepto que tiene de un hobby relajante —había sugerido Mark.

—Estoy completamente a favor —había respondido Sam—, aunque solo sea porque mientras trabaja no bebe. Esta casa puede ser lo único que le impida destrozarse el hígado.

Ahora, al observar a su hermano menor mientras enfilaba el pasillo, Sam pensó que empezaba a evidenciar los síntomas de la tensión y la bebida. La ex esposa de Alex, Darcy, no había sido nunca lo que podía considerarse una mujer con instinto maternal, pero por lo menos le había convencido de que la sacara a cenar fuera un par de veces por semana. Sam se preguntó cuándo era la última vez que Alex había ingerido una comida completa.

—Al, ¿por qué no dejas que te fría un par de huevos antes de ponerte a trabajar?

—No tengo hambre. Solo quiero café.

—Está bien. —Sam le siguió—. Por cierto, te agradecería que hoy no hicieras demasiado ruido. Una amiga mía está aquí, y necesita descanso.

—Dile que se lleve la resaca a otra parte. Tengo que cortar cosas.

—Hazlo más adelante —sugirió Sam—. Y no es ninguna resaca. Ayer tuvo un accidente.

Antes de que Alex pudiera responder, volvió a sonar el timbre de la puerta.

—Debe de ser una de sus amigas —murmuró Sam—. Intenta no hacer el capullo, Alex.

Su hermano le dirigió una mirada elocuente y fue hacia la cocina.

Sacudiendo la cabeza, Sam regresó a la puerta de la calle. La visitante era una rubita de curvas generosas, vestida con pantalones capri, calzada con zapatos sin tacón y con una blusa sin mangas abotonada y anudada a la cintura. Con su pecho abundante, sus grandes ojos azules y sus rizos dorados a la altura de la barbilla, parecía una estrella de cine de las de antes, o quizá una corista de Busby Berkeley.

—Me llamo Zoë Hoffman —se presentó jovialmente—. He traído algunas cosas de Lucy. ¿Es un buen momento para verla? Puedo volver más tarde...

—Ahora es un momento estupendo. —Sam le sonrió—. Pasa.

Zoë llevaba una enorme fuente de bollos que desprendían un delicioso aroma azucarado. Cuando entraba, dio un traspié y Sam extendió los brazos para sujetarla.

—Soy una torpe —declaró la mujer despreocupadamente, con un rizo rubio colgándole sobre un ojo.

—Gracias a Dios que no te has desequilibrado del todo —dijo Sam—. No me hubiera gustado tener que elegir entre salvarte a ti o los bollos.

Ella le pasó la fuente y le siguió hacia la cocina.

—¿Cómo está Lucy?

—Mejor de lo que me esperaba. Ha pasado una buena noche, pero hoy tiene dolores. Sigue tomando calmantes.

—Eres muy amable cuidando de ella. Tanto Justine como yo te lo agradecemos.

Zoë movía su sugestivo cuerpo como pidiendo perdón, algo encorvada con los hombros caídos hacia delante. Era desconcertantemente tímida tratándose de una mujer provista de una belleza tan flagrante. Quizá fuera ese el problema: Sam suponía que había recibido un montón de proposiciones patosas del tipo de hombres inadecuado.

Entraron en la espaciosa cocina, con su horno de esmalte empotrado en un hueco de baldosas color crema, armarios con puerta de cristal y el suelo de un tono avellana oscuro. La mirada embelesada de Zoë pasó de los altos techos envigados al enorme fregadero de esteatita. Pero abrió los ojos como platos y puso una cara inexpresiva cuando Alex, que estaba manejando la cafetera, se volvió hacia ellos. Sam se preguntó qué pensaría aquella mujer de su hermano, que parecía un demonio con resaca.

—Hola —dijo Zoë con voz apagada después de que Sam les presentara.

Alex respondió con un gesto hosco con la cabeza. Ninguno de los dos hizo ademán de estrecharse la mano. Zoë se dirigió a Sam.

—¿No tendrás una bandeja en la que poner estos bollos?

—Está en un armario de esos, junto al frigorífico. Alex, ¿puedes ayudarla mientras subo a buscar a Lucy? —Sam miró a Zoë—. Le preguntaré si quiere bajar al salón o prefiere que subas a verla.

—De acuerdo —respondió Zoë, y se acercó a los armarios.

Alex anduvo a grandes zancadas hasta la puerta justo cuando Sam la alcanzaba. Bajó la voz.

—Tengo cosas que hacer. No puedo perder el tiempo charlando con Betty Boop.

A juzgar por la forma en que Zoë tensó los hombros, Sam comprendió que había oído el comentario.

—Al —dijo con voz queda—, ayúdala a encontrar la maldita bandeja.

Zoë localizó la bandeja con tapadera de vidrio en un armario, pero estaba demasiado arriba para poder alcanzarla. La miró con el ceño fruncido y se apartó el rizo que insistía en colgarle sobre un ojo. Notó que Alex Nolan se le acercaba por detrás, y un escalofrío le recorrió la columna vertebral.

—Está ahí arriba —indicó, haciéndose a un lado.

Él cogió la bandeja con facilidad y la dejó sobre la encimera de granito. Era alto pero huesudo, como si no hubiera comido como Dios manda en varias semanas. La sombra de crueldad en su rostro no restaba ningún valor a su disoluta gallardía. O tal vez no era crueldad, sino amargura. Era una cara que a muchas mujeres les parecería atractiva, pero a Zoë la ponía nerviosa.

Por supuesto, la mayoría de los hombres la ponían nerviosa.

Zoë creía que, una vez cumplida su misión, Alex abandonaría la cocina. Desde luego, esperaba que lo hiciera. Pero él se quedó allí, con una mano apoyada en la encimera y su costoso reloj brillando a la luz que entraba a través de las ventanas.

Tratando de ignorarle, Zoë dejó la bandeja de vidrio junto a la fuente de bollos. Con cuidado, fue sacando todos los bollos y colocándolos en la bandeja. El aroma de bayas calientes, azúcar blanco y *streusel* con mantequilla ascendía en forma de corriente empalagosa. Oyó a Alex inspirar profundamente, por dos veces.

Lanzándole una mirada precavida, reparó en las oscuras marcas en forma de media luna que tenía debajo de un par de ojos vivos de color azul verdoso. Daba la impresión de no haber dormido en varios meses.

—Ya puedes irte —dijo Zoë—. No tienes que quedarte a charlar.

Alex no se molestó en disculparse por su descortesía anterior.

—¿Qué has puesto ahí? —preguntó en un tono acusador, receloso.

Zoë estaba tan sorprendida que apenas podía hablar.

—Arándanos. Coge uno, si te apetece.

Alex sacudió la cabeza y cogió su taza de café.

Ella no pudo evitar fijarse en el temblor de su mano; el oscuro líquido se estremecía dentro de la taza de porcelana. Zoë bajó los ojos al instante. ¿Qué podía hacer que la mano de un hombre temblara de ese modo? ¿Una enfermedad nerviosa? ¿El abuso de alcohol? En cualquier caso, la señal de debilidad en una persona físicamente imponente resultaba muchísimo más conmovedora de cómo lo habría sido en alguien de menor estatura.

Pese a la irritable conducta de su acompañante, el carácter compasivo de Zoë logró imponerse. Nunca había podido pasar junto a un niño llorando, un animal herido, una persona que parecía sola o hambrienta, sin intentar hacer algo para remediarlo. Sobre todo en el caso de una persona hambrienta, porque nada complacía más a Zoë que dar de comer a la gente. Le gustaba el manifiesto deleite que experimentaban los demás al probar un bocado delicioso, nutritivo y hecho con esmero.

Sin mediar palabra, Zoë dejó un bollo en el platito de Alex mientras aún sostenía la taza. No le miró, sino que siguió llenando la bandeja. Aunque parecía muy probable que aquel hombre rechazara el regalo o hiciera algún comentario despectivo, guardó silencio.

En la periferia de su campo visual, Zoë le vio coger el bollo.

Él se marchó emitiendo un gruñido ronco, que ella interpretó como un adiós.

Alex salió al porche de delante y se cercioró de dejar la puerta abierta. Llevaba el bollo en la mano, con el papel protector untuoso por los restos de mantequilla y la parte superior empedrada con *streusel*.

Se sentó en una tumbona con cojines y se encorvó sobre la comida como si alguien fuera a arrebatársela.

Últimamente le costaba trabajo comer. No tenía apetito, nada le tentaba, y cuando se las arreglaba para tomar un bocado y masticaba algo, se le comprimía la garganta hasta que se le hacía difícil tragar. Siempre tenía frío, andaba desesperado por el calor temporal del alcohol, y siempre necesitaba más del que su cuerpo podía tolerar. Ahora que se había consumado su divorcio, había numerosas mujeres que ofrecían cualquier clase de consuelo que pudiera desear, pero no le suscitaban interés alguno.

Pensó en la rubita de la cocina, casi cómicamente hermosa, con sus ojos grandes y una boca perfecta en forma de arco... y debajo de su ropa cuidadosamente abrochada, las voluptuosas curvas que se asemejaban a una atracción de un parque. No era para nada su tipo.

Tan pronto como tomó un bocado de bollo, una mezcla salivosa de acidez y dulzor estuvo a punto de abrumarle. La textura era espesa y esponjosa a la vez. Lo consumió despacio, con todo su ser absorto en la experiencia. Era la primera vez que conseguía saborear algo, experimentar verdaderamente un sabor, en meses.

Lo terminó a mordiscos disciplinados, al mismo tiempo que le invadía una sensación de alivio. Las estrías de tensión de su rostro se relajaron. Juraría por su vida que Zoë había puesto algo en aquellos bollos, una sustancia ilegal, y le traía sin cuidado. Le proporcionaba una sensación limpia y agradable..., la sensación de sumergirse en un baño caliente después de un día duro. Habían dejado de temblarle las manos.

Permaneció inmóvil durante un minuto, paladeando la sensación, pensando que persistiría al menos un ratito más. Cuando volvió a entrar en la casa, cogió su caja de herramientas y subió las escaleras hacia el desván con el sigilo de un gato. Tenía intención de conservar aquella buena sensación, estaba resuelto a no dejar que nada ni nadie la estropeara.

Por el camino se tropezó con Sam, que llevaba en brazos a una joven morena y delgada de grandes ojos verdes. Vestía una bata, y tenía una pierna envuelta en una voluminosa tablilla.

—Alex —dijo Sam sin detenerse—, te presento a Lucy.

—Hola —murmuró Alex, también sin detenerse, y continuó hasta el desván de la tercera planta.

—¿Estás bien aquí? —preguntó Zoë a Lucy una vez que Sam las hubiera dejado solas para que hablaran.

Lucy sonrió.

—La verdad es que sí. Como puedes ver... —Indicó con un gesto el gigantesco sofá de terciopelo verde, los cubitos de hielo que Sam le había puesto alrededor de la pierna, la manta de color crema que le había echado sobre el regazo y el vaso de agua que había dejado a su lado—. Me cuidan muy bien.

—Sam parece simpático —observó Zoë, con sus ojos azules chispeando—. Tanto como dijo Justine. Creo que le gustas.

—A Sam le gustan las mujeres —replicó Lucy con ironía—. Y sí, es un chico estupendo. —Hizo una pausa antes de añadir tímidamente—: Deberías salir con él.

—¿Yo? —Zoë sacudió la cabeza y le dirigió una mirada socarrona—. Entre vosotros dos hay algo.

—No lo hay. Ni lo habrá. Sam es muy sincero, Zoë, y ha dejado bien claro que nunca se comprometerá permanentemente con una mujer. Y aunque resulta tentador soltarse y pasarlo bien con él... —Lucy vaciló y redujo la voz a un susurro—. Es la peor clase de rompecorazones, Zoë. De los que son tan atractivos que pruebas de convencerte de que podrías cambiarles. Y después de todo lo que he pasado... No soy lo bastante fuerte para que vuelvan a hacerme daño tan pronto.

—Entiendo. —La sonrisa de Zoë era afectuosa y compasiva—. Creo que es muy prudente por tu parte, Lucy. A veces renunciar a algo que deseas es lo mejor que puedes hacer por ti misma.

15

Después de la visita de Zoë, Lucy se relajó en el sofá con su teléfono móvil y una tablet de lectura electrónica. Sam le había puesto bolsas de hielo nuevas alrededor de la pierna y le había traído un vaso de agua fría antes de salir a reunirse con los trabajadores del viñedo. Estaban atareados retirando hojas para dejar al descubierto los racimos de uva que crecían al sol y labrando el terreno manualmente con palas.

—Estaré fuera entre cuarenta y cinco minutos y una hora —anunció Sam—. Llevo el teléfono encendido. Llámame si necesitas algo.

—No será necesario. —Lucy hizo una mueca cuando añadió—: Debo llamar a mi madre y contarle lo que ha sucedido. Tendré que hacer acopio de todas mis dotes de persuasión para impedir que venga a verme personalmente.

—Puede alojarse aquí.

—Gracias. Te lo agradezco. Pero lo último que necesito es a mi madre girando a mi alrededor.

—La oferta sigue en pie. —Sam se acercó al sofá y se

inclinó para acariciar a *Renfield*, que estaba sentado al lado de Lucy—. Vigílala —dijo al bulldog, que le miró con solemnidad.

—Es una buena compañía —observó Lucy—. Es muy silencioso.

—Generalmente los bulldogs no son ladradores. —Sam se interrumpió y dirigió a *Renfield* una mirada reprobatoria—. Pero tiene flatulencias.

Renfield reaccionó a este comentario con una expresión de suma dignidad, lo que hizo reír a Lucy. Bajó la mano para acariciar la arrugada cabeza del perro mientras Sam salía de la casa.

Aunque aún no había transcurrido la mañana, el día era ya caluroso y el sol quemaba a través de una fina capa de nubes. Las ventanas a ambos lados de la casa dejaban pasar la brisa oceánica.

Lucy se relajó en el sofá y paseó la mirada por aquella sala perfectamente acabada, con el reluciente suelo de color avellana oscuro, la alfombra persa tejida en tonos crema, salvia y ámbar y las molduras de la cornisa meticulosamente restauradas en la intersección de las paredes y el techo.

Cogió el teléfono móvil y marcó el número de sus padres. Respondió su madre.

Por más que Lucy trató de quitar importancia al episodio, su madre percibió la verdad e incurrió enseguida en un estado de agitada preocupación.

—Voy para allá. Cogeré el primer vuelo.

—No, mamá. No puedes hacer nada.

—Eso no importa. Quiero verte.

—No es necesario. Me cuidan bien, estoy muy a gusto, y además...

—¿Quién te cuida? ¿Justine?

—En realidad estoy en casa de... un amigo.

—¿Quién es?

—Se llama Sam Nolan.

Tras un silencio perplejo, su madre dijo:

—No me has hablado nunca de él. ¿Cuánto hace que le conoces?

—No mucho, pero...

—¿Estás alojada en su piso?

—No es un piso. Tiene una casa.

—¿Está casado?

Lucy apartó el teléfono de su rostro y lo miró con incredulidad. Acercándoselo a la boca, respondió:

—Por supuesto que no. Yo no salgo con novios ni maridos ajenos. —Incapaz de resistirse, agregó—: Esa es tu otra hija.

—Lucy —dijo su madre en un tono de amable reprensión—. Tu padre y yo teníamos previsto ir a ver a Alice la semana que viene... Voy a cambiar los vuelos para poder salir antes.

—No tienes por qué hacerlo. Y de hecho, preferiría que no...

—Quiero conocer a ese Sam.

Lucy se esforzó por reprimir una carcajada al oír cómo lo había expresado su madre.

—Es un chico estupendo. De hecho, es el yerno que siempre has soñado.

—¿Tan en serio vais?

—No... No, por Dios... Ni siquiera salimos juntos. Solo quería decir que es la clase de hombre con el que siempre has querido que saliera. Tiene un viñedo. Cultiva uva orgánica y hace vino, y está ayudando a criar a su sobrina huérfana.

Mientras hablaba, Lucy miró a través de la ventana situada detrás del sofá. Localizó el fornido cuerpo de Sam en medio de un grupo de hombres que trabajaban con palas. Debido al calor que hacía, un par de ellos se habían quitado la camisa. Sam manipulaba una cultivadora de gasolina, haciendo algo con el cable de arranque. Se detuvo para pasarse el antebrazo por la frente sudorosa.

—¿Está divorciado? —preguntó su madre.

—No se ha casado nunca.

—Parece demasiado perfecto. ¿Qué le ocurre?

—Evita el compromiso.

—Oh, todos son así hasta que una les hace ver la luz.

—Ese no es un miedo común y corriente al compromiso. Es una opción de vida.

—¿Todavía tiene a sus padres?

—Ambos murieron.

—Bien, no habrá competencia en vacaciones.

—¡Mamá!

—Era una broma —se justificó su madre.

—Me extraña —repuso Lucy.

A menudo le parecía que, con su madre, mantenían dos conversaciones distintas. Lucy sospechó que al menos la mitad de lo que decía había pasado completamente inadvertida. Siguió fijándose en Sam, que ahora pulsaba el botón de arranque de la cultivadora para bombear gasolina al motor.

—¿Sabes, mamá?, me estás haciendo muchas más preguntas sobre el chico con el que estoy que acerca de mis heridas.

—Háblame de su aspecto. ¿Va bien afeitado? ¿Es alto o bajo? ¿Cuántos años tiene?

—Es...

Lucy no pudo terminar la frase. Su mente se quedó en blanco cuando Sam se despojó de la camiseta, se secó la cara y la nuca con ella y la tiró al suelo. Tenía un cuerpo asom-

broso, largo y fibroso, una acumulación de músculos su-
perpuestos.

—¿Qué pasa? —dijo la voz de su madre—. ¿Todo va
bien?

—Todo bien —consiguió articular Lucy, contemplando
cómo se ondulaba la superficie bronceada de la espalda de
Sam mientras se inclinaba para tirar del cable de arranque
reiteradamente. Viendo que no lograba encender el motor,
soltó el manillar y habló con uno de sus trabajadores adop-
tando una postura relajada, con las manos apoyadas en
las estrechas caderas ceñidas por los vaqueros—. Lo siento, he perdido el hilo de mis pensamientos. Aún tomo calmantes.

—Estábamos hablando de Sam —la instó su madre.

—Ah. Sí. Es... bien parecido. Aunque algo chiflado por
la ciencia.

«Y tiene un cuerpo de dios griego.»

—Parece un buen cambio respecto del anterior.

—¿Te refieres a Kevin, tu futuro yerno?

Su madre emitió un gruñido de contrariedad.

—Eso aún está por ver. Es una de las razones por las que
quiero ir a ver a Alice. No me parece que la situación esté
tan clara como ella dice.

—¿Por qué...?

Lucy se interrumpió al oír un aullido extraño y sobrenatural. Se incorporó un poco y echó un vistazo a la estancia. *Renfield* había desaparecido. Un estruendo metálico,
como el de una sartén o un escurridor cayendo al suelo, fue
seguido por un gimoteo y otro aullido prolongado.

—Oh, oh. Mamá, tengo que colgar. Creo que al perro le
ha ocurrido algo.

—Vuelve a llamarme más tarde. Aún no he terminado
de hablar.

—De acuerdo. Tengo que dejarte.

Tras colgar apresuradamente, Lucy marcó el número de Sam al mismo tiempo que buscaba a *Renfield* con la mirada. Parecía como si estuvieran apaleando al pobre animal. Oyó la voz de Sam a través del teléfono.

—Lucy.

—Algo ocurre con *Renfield*. Está aullando. Creo que se encuentra en la cocina, pero no estoy segura.

—Voy enseguida.

Durante el minuto que tardó Sam en llegar pitando a la casa, Lucy se sintió torturada por su incapacidad para hacer nada. Llamó a *Renfield*, y el perro respondió con un gañido incorpóreo, al mismo tiempo que los golpes, los bufidos y los aullidos se iban acercando, hasta que finalmente el animal entró en la sala.

De alguna manera el perro había metido la cabeza en un cilindro oxidado que desafiaba sus esfuerzos por quitárselo. Se le veía tan desesperado y desdichado que Lucy puso a un lado las bolsas de hielo y empezó a plantearse cómo podía llegar hasta él sin cargar peso sobre la pierna entablillada.

—Ni se te ocurra moverte de ese sofá —le advirtió Sam cuando irrumpió en el salón. Su voz adquirió un tono de exasperación divertida—. *Renfield,* ¿cómo demonios te has metido ahí dentro?

—¿Qué es? —preguntó Lucy con preocupación.

—Un brasero. —Sam se arrodilló en el suelo y cogió el perro, que se sacudía y gimoteaba—. Quieto, chico. Siéntate. Siéntate.

Inmovilizó el fornido y escurridizo cuerpo del animal contra el suelo y procedió a sacarle el tubo metálico de la cabeza.

—¿Qué es un brasero?

—Se utilizaban para quemar queroseno en su interior para calentar los huertos cuando se avecinaba una helada.

Renfield tenía la cabeza embadurnada de hollín negro y mugre, que acentuaban los pliegues y las arrugas de su cara. El perro se abalanzó sobre Sam en un frenesí de gratitud.

—Quieto, chico. Cálmate. —Sam acarició y frotó al perro, intentando tranquilizarlo—. Debe de haber salido por la puerta de atrás. Allí hay un montón de basura que aún no hemos tenido tiempo de retirar. Toda clase de trampas en las que quedar atrapado.

Lucy asintió con la cabeza, hipnotizada por la imagen de Sam sin camiseta, con los músculos bronceados por el sol y relucientes de sudor.

—Lo lavaré fuera —anunció Sam, mirando irritado al bulldog cubierto de hollín—. Si hubiera podido elegir, ahora tendría un bonito golden o un labrador..., un perro útil que habría expulsado las plagas del viñedo.

—¿No fuiste tú quien eligió a *Renfield*?

—Claro que no. Era un chucho rescatado que Maggie trataba de endosar a alguien. Y Mark estaba tan chiflado por ella que accedió a quedárselo.

—Me parece un gesto muy hermoso.

Sam levantó la mirada hacia el cielo.

—Mark fue un bobo quedándoselo. Este perro no es gracioso. No puede seguir el ritmo de una caminata a paso ligero. Las facturas de su veterinario rivalizan con la deuda nacional, y deambula por la casa metiéndose en los sitios más peligrosos. —Pero, mientras hablaba, pasaba las manos con suavidad por el pelaje del animal, alisándole el lomo y frotándole el cuello. *Renfield* cerró los ojos y resolló alegremente—. Vamos, tontorrón. Salgamos por detrás. —Sam cogió el brasero y se puso en pie. Miró a Lucy—. ¿Estarás bien mientras lo lavo?

No sin esfuerzo, Lucy apartó los ojos de su torso desnudo y encendió su tablet electrónica.

—Sí, tengo todo lo que necesito.

—¿Qué estás leyendo?

—Una biografía de Thomas Jefferson.

—Me gusta Jefferson. Fue un gran defensor de la viticultura.

—¿Tenía un viñedo?

—Sí, en Monticello. Pero fue más un experimentador que un viticultor propiamente dicho. Trató de cultivar vid europea, vinífera, que producía caldos asombrosos en lugares como Francia o Italia. Pero la vinífera no pudo soportar el clima, las enfermedades ni las plagas del Nuevo Mundo.

Resultaba evidente que era un hombre que sentía devoción por lo que hacía. Para entenderle del todo, pensó Lucy, habría que averiguar detalles sobre su trabajo, por qué significaba tanto para él, qué retos le planteaba.

—Ojalá pudiera pasear por el viñedo contigo —dijo pensativa—. Tiene un aspecto precioso desde aquí.

—Mañana te llevaré a ver algo especial.

—¿Qué es?

—Una vid misteriosa.

Lucy le miró con una sonrisa perpleja.

—¿Qué tiene de misterioso?

—La encontré en la finca hace un par de años, creciendo en un lugar que iba a ser desbrozado para construir una carretera. Trasplantar una vid de ese tamaño y esa edad era una empresa complicada. De manera que pedí a Kevin que me ayudara con eso. Utilizamos tres palas para sacar la mayor parte del cepellón que fuera posible y la trasladamos al viñedo. Sobrevivió al trasplante, pero aún estoy trabajando para que crezca sana.

—¿Qué clase de uvas produce?

—Esa es la parte interesante. He encargado a un tipo de la Washington State University que trate de identificarla, y hasta ahora no ha descubierto nada. Hemos mandado muestras y fotos a un par de expertos en ampelografía de Washington y California, pero no han podido identificarla. Lo más probable es que sea un híbrido silvestre que se generó por polinización cruzada natural.

—¿Tan rara es?

—Mucho.

—¿Crees que producirá un buen vino?

—Lo dudo —contestó Sam, y se echó a reír.

—Entonces ¿por qué te has tomado tantas molestias?

—Porque nunca se sabe. Esas uvas podrían llegar a manifestar algunos atributos del vino que no cabía esperar. Algo que expresa este lugar más perfectamente que nada que puedas haber previsto. Hay que...

Cuando Sam se interrumpió, buscando la frase adecuada, Lucy dijo con voz queda:

—Hay que tener fe.

Sam le dirigió una mirada de admiración.

—Sí.

Lucy lo comprendía muy bien. Había momentos en la vida en que uno tenía que asumir un riesgo que podía terminar en fracaso. Porque de lo contrario llegaría a obsesionarse por lo que no había hecho: los caminos que no había seguido, las cosas que no había experimentado.

Después de ocuparse de *Renfield,* Sam trabajó en el viñedo durante una hora y fue a ver qué hacía Lucy, quien se había quedado dormida en el sofá. Se detuvo en el umbral y pasó lentamente la mirada por todo su cuerpo. Lucy tenía algo poco común, una cualidad delicada, casi mítica. Como el personaje de un cuadro: Antíope, u Ofelia soñando. Su pelo oscuro caía en mechones sobre el terciopelo verde claro y tenía una piel tan pálida como los lirios que florecen de noche. Una constelación de motas de polvo resplandecía en el aire iluminado por el sol sobre ella.

Sam estaba fascinado por la mezcla de vulnerabilidad y fortaleza que mostraba Lucy. Quería conocer sus secretos, las cosas que una mujer solo revelaría a su amante. Y eso era motivo de alarma. No había tenido nunca esa clase de pensamientos. Pero si requería el último gramo de decencia que poseía, la dejaría en paz.

Lucy se movió y bostezó. Sus ojos se abrieron para observarle con momentánea confusión, sus espesas pestañas ensombreciendo las soñolientas profundidades verdes.

—Estaba soñando —dijo, con la voz pastosa por el sueño.

Sam se le acercó, incapaz de resistir la tentación de bajar una mano para jugar con un mechón de su cabello.

—¿Qué soñabas?

—Estaba aquí. Alguien me enseñaba la casa... tal como era antes.

—¿Era yo el que estaba contigo?

—No. Era un hombre que no conocía.

Sam esbozó una sonrisa y soltó el mechón.

—No sé si me agrada que deambules por mi casa con otro tipo.

—Vivió aquí hace mucho tiempo. Llevaba una ropa... anticuada.

—¿Dijo algo?

—No. Pero me llevó a ver la casa. Era distinta. Más oscura. El mobiliario era antiguo, y había un papel pintado muy recargado por todas partes. El de esta sala era de franjas verdes. Y el techo estaba empapelado, y había un cuadrado con un pájaro en cada rincón.

Sam la miró con atención. Era imposible que Lucy pudiera saber que, cuando él y Alex habían retirado un feo falso techo que estaba instalado en aquella estancia, habían encontrado el techo original, empapelado exactamente como Lucy acababa de describir.

—¿Qué más te mostró?

—Subimos al desván de la tercera planta, el que tiene el techo inclinado y una pequeña buhardilla. Antes los niños jugaban allí. Y la vidriera que estaba en el rellano del segundo piso... Te hablé de ella ayer, ¿te acuerdas?

—El árbol y la luna.

—Sí. —Los ojos de Lucy eran sinceros—. Estaba allí. Tal como la había visto. El dibujo de un árbol con las ramas desnudas, y la luna detrás. Era hermoso, pero no algo que cabría esperar de una casa como esta. Pero, por alguna razón, era cierto. Sam... —Hizo una mueca cuando se incorporó para sentarse—. ¿Tienes un lápiz y un papel?

—Calma —dijo él, tratando de ayudarla—. No te muevas demasiado deprisa.

—Tengo que dibujarlo antes de que se me olvide.

—Encontraré algo. —Sam se acercó a un armario donde guardaban los materiales de arte de Holly. Tras sacar unos lápices y un bloc de espiral, preguntó—: ¿Servirá esto?

Lucy asintió y cogió los utensilios con avidez.

Durante cosa de media hora, Lucy trabajó en el boceto. Cuando Sam le trajo una bandeja con el almuerzo, le enseñó el dibujo.

—Aún no está terminado —advirtió—. Pero básicamente esto es lo que vi.

El dibujo era llamativo: el tronco y las ramas del árbol se extendían por el papel en una pauta semejante a encaje negro. Una luna parecía atrapada en las garras de las ramas superiores.

—El árbol ¿debería hacerse con plomo? —preguntó Sam, examinando la imagen, y Lucy asintió.

Al imaginarse aquel dibujo como una vidriera en la fachada de la casa, Sam experimentó una súbita sensación de justicia, de certeza demasiado intensa para ponerla en duda. La casa no estaría completa del todo hasta que volvieran a colocarle aquel elemento.

—¿Cuánto costaría que hicieras esa vidriera? —preguntó despacio—. Exactamente tal como la has visto en tu sueño.

—La haría por nada —fue la contundente respuesta de Lucy—. Después de todo lo que estás haciendo por mí...

Sam sacudió la cabeza con resolución.

—Esa vidriera llevará trabajo. El diseño es intrincado. ¿Qué sueles cobrar por algo así?

—Depende del tipo de vidrio, y de los detalles que le hiciera..., dorado y biselado, esa clase de cosas. Y eso sin incluir la instalación, sobre todo teniendo en cuenta que deberías impermeabilizarla...

—Haz un cálculo aproximado.

Lucy hizo una leve mueca.

—Tres mil dólares por todo. Pero podría chapucear en algunas cosas para reducir el coste...

—Nada de chapuzas. Esto tiene que hacerse bien. —Sam alargó la mano y remetió una servilleta de papel en el cuello de la camiseta de Lucy—. ¿Qué te parece el siguiente trato? Tú haces esa vidriera a tu ritmo, y a cambio nosotros rebajamos el alquiler mensual del condominio de Friday Harbor. Es un trato justo para ambas partes.

Lucy vaciló, y Sam sonrió.

—Sabes que aceptarás —dijo—. Sabes que hay que hacer esa vidriera. Y que eres tú quien la hará.

16

Durante los dos días siguientes, Sam trató a Lucy con implacable amistad. Cuando conversaban, se mantenía alejado de los asuntos personales, y cada vez que establecía contacto físico con ella se mostraba cautelosamente impersonal. Entendiendo su decisión de poner una distancia de seguridad entre ellos, Lucy hacía todo lo posible por adaptarse.

Era evidente que Sam disfrutaba de las faenas del viñedo, cultivando el suelo manualmente y cuidando de las vides con una mezcla de esfuerzo deslomador y paciencia. Cuando explicó el proceso del cultivo de la vid a Lucy, esta empezó a saber más sobre la complejidad del *terroir*, la correspondencia entre la variedad adecuada de uva con la parcela concreta de tierra y su carácter único. Sam le había expuesto que había una diferencia entre tratar el cultivo de la vid como un proceso estrictamente técnico o mantener una comunicación real con la tierra, un verdadero toma y daca.

Viviendo en compañía de los Nolan, Lucy se percataba de que los tres formaban una familia unida y afectuosa. Tenían rutinas fijas y horarios regulares para comer y dormir, y era obvio que el bienestar de Holly constituía la principal preocupación de sus tíos. Si bien Mark desempeñaba el rol de padre, Sam tenía su propio espacio en el cariño de Holly. Todos los días, al volver de la escuela, la chiquilla le hablaba sin parar de sus actividades, de sus amigos y de lo que había ocurrido ese día a la hora del recreo, y describía el contenido de la bolsa del almuerzo de sus compañeros de clase para intentar convencerle de que le permitiera llevar un poco de comida basura. Lucy se sentía divertida y conmovida al mismo tiempo viendo con qué paciencia atendía Sam a las reclamaciones de Holly.

Lucy concluyó por el modo en que Holly hablaba de Sam que este había infundido en su improvisada familia un espíritu aventurero. La niña contó a Lucy que Sam la había llevado a explorar los charcos dejados por la marea en False Bay, y en kayak por la costa occidental de la isla para ver orcas. Había sido idea de Sam llevar a Holly y Mark a construir un fuerte con madera de deriva en la playa de Jackson. Se habían puesto nombres de piratas —Capitán Scurvy, McFilthy el Desdentado y Gertie Pólvora— y habían asado perritos calientes en un fuego de campo.

Cuando Holly llegó a casa de la escuela, se puso a ver la tele con Lucy en la sala de estar. Sam había subido a limpiar un montón de escombros de la renovación del desván. Mientras Lucy se reclinaba en el sofá con la pierna levantada, ella y Holly merendaron galletas de harina de avena y zumo de manzana.

—Estos vasos son especiales —dijo Lucy, sosteniendo en alto un vasito antiguo Ruby Red—. Solo se puede conseguir este color añadiendo cloruro de oro al vidrio.

—¿Por qué los lados son desiguales? —preguntó Holly, examinando su vaso.

—Se llama un diseño de clavo, por los clavos que usaban en las botas. —Lucy sonrió ante el interés de la niña—. ¿Sabes cómo se distingue si el vidrio se ha hecho a mano? Busca en la parte de abajo una marca, el pontil, que es una pequeña cicatriz allí donde estaba sujeta la vara del vidriero. Si no la encuentras, significa que lo ha hecho una máquina.

—¿Lo sabes todo sobre el vidrio? —preguntó Holly, y Lucy se echó a reír.

—Sé mucho, pero aprendo cosas nuevas continuamente.

—¿Puedo verte hacer algo de vidrio?

—Claro que sí. Cuando esté mejor, podrás venir a ver mi estudio y haremos algo juntas. Un atrapaluz, quizá.

—Sí, sí, quiero hacer eso —exclamó Holly.

—Podemos empezar ahora mismo; el primer paso del proceso es crear un diseño. ¿Tienes lápices y papel?

Holly fue corriendo al armario de material artístico, sacó algunos utensilios y se apresuró a regresar al lado de Lucy.

—¿Puedo dibujar lo que quiera?

—Lo que quieras. Quizá tendremos que simplificarlo después, para asegurarnos de que las piezas son de la forma y el tamaño adecuados para cortarlas... Pero, de momento, deja volar tu imaginación.

Holly se arrodilló junto a la mesilla y cogió un bloc. Apartó con cuidado un terrario que contenía musgo, helechos botón y orquídeas blancas en miniatura.

—¿Siempre has querido ser artista vidriera? —preguntó mientras ordenaba sus lápices.

—Desde que tenía tu edad. —Lucy tiró suavemente de la gorra de béisbol rosa que Holly llevaba en la cabeza y se la colocó al revés para que pudiera ver mejor—. ¿Qué quieres ser tú de mayor?

—Bailarina o cuidadora de animales.

Mientras veía cómo Holly se concentraba en su dibujo, sujetando el lápiz con su manita, Lucy se sintió invadida por una honda satisfacción. Qué natural resultaba para los niños expresarse mediante el arte. Se le ocurrió la idea de impartir clases de arte para niños en su estudio. ¿Qué mejor manera de honrar su oficio que compartirlo con los más pequeños? Podía empezar con pocos alumnos y ver cómo funcionaba.

Mientras meditaba la idea y soñaba despierta, Lucy jugueteaba con el vaso Ruby Red vacío, pasando el pulgar por el diseño de clavo. Sin previo aviso, sus dedos se calentaron y el vidrio empezó a cambiar de forma en su mano. Sobresaltada, Lucy se movió para dejar el vaso, pero un instante después había desaparecido y una pequeña forma viva salió disparada de su palma. Con un fuerte zumbido, atravesó volando la estancia.

Holly soltó un chillido y pegó un salto en el sofá, lo cual arrancó a Lucy una mueca de dolor.

—¿Qué es?

Lucy, atónita, abrazó a la pequeña.

—No pasa nada, cariño, es solo... un colibrí.

Jamás le había sucedido nada semejante en presencia de alguien. ¿Cómo podía explicárselo a Holly? El minúsculo pajarito rojo se debatía contra las ventanas cerradas en sus esfuerzos por huir, y el impacto de sus delicados huesos y el pico producía un golpeteo audible.

Apretando los dientes con esfuerzo, Lucy se inclinó para agarrar el marco de la ventana e intentó empujarlo hacia arriba.

—Holly, ¿puedes ayudarme?

Lucharon juntas con la ventana, pero el marco estaba atascado. El colibrí voló hacia atrás y hacia delante y volvió a chocar contra el cristal.

Holly soltó otro grito.

—Iré a buscar al tío Sam.

—Espera... Holly...

Pero la niña había desaparecido en un abrir y cerrar de ojos.

Un grito procedente de abajo hizo que Sam dejara caer una bolsa de basura llena de escombros. Era Holly. Su oído se había aguzado hasta el punto de identificar en el acto la diferencia entre los gritos de la pequeña, si eran de alegría, de miedo o de rabia. «Es como si conociera el lenguaje de los delfines», había comentado en cierta ocasión a Mark.

Aquel chillido era de pavor. ¿Le habría ocurrido algo a Lucy? Sam se precipitó hacia la escalera y la bajó de dos en dos.

—¡Tío Sam! —oyó gritar a Holly. Se encontró con él al pie de las escaleras, brincando inquieta de puntillas—. ¡Ven a ayudarnos!

—¿Qué ocurre? ¿Estás bien? ¿Y Lucy?

Cuando la seguía al interior del salón, algo le pasó zumbando junto a la oreja, un objeto parecido a una abeja y del tamaño de una pelota de golf. Sam se refrenó a tiempo de asestarle un manotazo. Afortunadamente no lo hizo, porque cuando el objeto volador se dirigió hacia un rincón del techo y golpeó contra la pared, vio que se trataba de un colibrí. Emitía un tenue pío-pío y agitaba las alas con frenesí.

Lucy estaba en el sofá, tratando de abrir la ventana.

—Quieta —dijo Sam bruscamente, y llegó junto a ella en tres zancadas—. Vas a hacerte daño.

—No para de chocar contra las paredes y las ventanas —protestó Lucy sin resuello—. Y no puedo abrir este estúpido marco...

—La humedad. Hincha el marco de madera.

Sam empujó la ventana hacia arriba y dejó un espacio abierto para que el colibrí pudiera salir volando.

Pero el minúsculo pájaro planeó, se lanzó precipitadamente y se golpeó contra la pared. Sam se planteó cómo podía guiarlo hacia la ventana sin dañarle un ala. A ese paso moriría de estrés o agotamiento.

—Préstame tu gorra, Holly —dijo, y le quitó la gorra de béisbol rosa de la cabeza.

Cuando el colibrí planeaba en un rincón de la estancia, Sam utilizó la gorra con delicadeza para obligarlo, hasta que notó que el pájaro caía dentro de la bolsa de tela.

Holly soltó una exclamación sin palabras.

Sam trasladó con cuidado el pájaro a la palma de su mano y se acercó a la ventana abierta.

—¿Está muerto? —preguntó Holly preocupada, subiéndose al sofá junto a Lucy.

Sam negó con la cabeza.

—Solo descansa —susurró.

Los tres observaron y esperaron mientras Sam sacaba las manos ahuecadas a través de la ventana. El pájaro se recuperó lentamente. Su corazón, no mayor que una semilla de girasol, gastaba sus latidos en una música demasiado rápida y frágil para poder oírla. El colibrí despegó de las manos de Sam y se alejó hasta perderse de vista entre el viñedo.

—¿Cómo ha entrado en la casa? —preguntó Sam, mirando a las dos—. ¿Alguien ha dejado la puerta abierta?

Con interés, observó que el rostro de Lucy había palidecido visiblemente.

—No —respondió Holly, emocionada—. ¡Lo ha hecho Lucy!

—¿Qué ha hecho? —inquirió Sam, consciente de lo blanca que estaba Lucy.

—Lo ha hecho con un vaso de zumo —exclamó Holly—. Lo tenía en la mano, y lo ha convertido en un pájaro. ¿Verdad, Lucy?

—Yo... —Visiblemente agitada, Lucy buscó las palabras, abriendo y cerrando la boca—. No sé muy bien qué ha ocurrido —consiguió articular por fin.

—Un pájaro ha salido volando de tu mano —dijo Holly, solícita—. Y ahora tu vaso de zumo ha desaparecido. —Cogió su vaso y se lo ofreció—. A lo mejor puedes volver a hacerlo.

Lucy retrocedió.

—No, gracias, yo..., deberías guardarlo, Holly.

Parecía tan abrumadoramente culpable y tenía la cara tan sonrojada, que daba consistencia a la disparatada idea que a Sam se le había metido en la cabeza.

«Creo en la magia», le había dicho Lucy en cierta ocasión.

Y ahora sabía por qué.

No importaba que desafiara a la lógica. Las experiencias personales de Sam le habían enseñado que la verdad no siempre parecía lógica.

Mientras la miraba, se sorprendió tratando de desenredar una maraña de pensamientos y emociones. Durante toda su vida adulta había mantenido sus sentimientos ordenados como algunas personas guardan la cubertería en un portacubiertos, con los bordes afilados escondidos. Pero Lucy estaba haciendo que le resultara imposible.

Sam jamás había revelado a nadie su habilidad personal. No había habido nunca ningún motivo. Pero en un asombroso giro de los acontecimientos, se había convertido en una base de contacto con otro ser humano. Con Lucy.

—Buen truco —dijo en voz baja.

Lucy palideció y apartó la mirada de él.

—Pero no ha sido un truco —protestó Holly—. Ha sido real.

—A veces las cosas reales parecen magia, y la magia parece real —dijo Sam a su sobrina.

—Sí, pero...

—Holly, hazme un favor y ve a buscar la botella de la medicina de Lucy a la mesa de la cocina. Y un poco de agua.

—Está bien.

Holly saltó del sofá, y Lucy hizo una mueca.

En el rostro de Lucy habían aparecido unas estrías de dolor y fatiga. Los esfuerzos de los últimos minutos habían sido excesivos para ella.

—Sustituiré las bolsas de hielo enseguida —anunció Sam.

Lucy asintió, prácticamente temblando de aflicción y angustia.

—Gracias.

Sam se puso en cuclillas junto al sofá. Sin pedir explicaciones, se limitó a dejar pasar un largo minuto. En el silencio, cogió una mano de Lucy, la volvió con la palma hacia arriba y acarició la parte interior de los pálidos dedos hasta que estaban medio enroscados como si fueran pétalos.

La cara de Lucy había perdido el color, exceptuando la franja encarnada que le surcaba la parte superior de las mejillas y el puente de la nariz.

—Diga lo que diga Holly —farfulló—, no es lo que...

—Lo entiendo —repuso Sam.

—Sí, pero no quiero que pienses...

—Lucy. Mírame. —Esperó hasta que ella fijó los ojos en los suyos—. Lo entiendo.

Lucy sacudió la cabeza, desconcertada.

Queriendo aclarar las cosas, pero apenas capaz de creer

que lo conseguía, Sam extendió su mano libre hacia el terrario. Las orquídeas en miniatura, temperamentales como de costumbre, habían empezado a marchitarse y secarse. Mientras sostenía la palma abierta sobre el recipiente, las flores y los helechos botón se irguieron hacia su mano, los pétalos recobraron su blancura cremosa y las plantas verdes revivieron.

Muda de asombro, Lucy desplazó la mirada del terrario al rostro de Sam. Este vio la admiración en sus ojos, el rápido brillo de unas lágrimas sin verter, el rubor subiéndole por el cuello. Los dedos de Lucy aferraron con fuerza los suyos.

—Desde que tenía diez años —dijo Sam, respondiendo a su pregunta tácita.

Se sintió descubierto, se notaba el corazón latiendo incómodo. Acababa de compartir algo demasiado personal, demasiado intrínseco, y le alarmó que no lo lamentara. No estaba seguro de poder impedirse hacer y decir todavía más en el irresistible impulso de acercarse más a ella.

—Yo tenía siete —susurró Lucy, con una sonrisa vacilante asomando en sus labios—. Unos vidrios rotos se convirtieron en luciérnagas.

Sam la miró, fascinado.

—¿No puedes dominarlo?

Lucy negó con la cabeza.

—Aquí está la medicina —anunció Holly alegremente, entrando en el salón.

Traía la botella de la receta y un vaso grande de plástico con agua.

—Gracias —murmuró Lucy. Después de tomarse la medicina, carraspeó y dijo con cautela—: Holly, me pregunto si podríamos mantenerlo en secreto. Cómo ha entrado el colibrí en esta habitación...

—Oh, ya sabía que no debía decírselo a nadie —le aseguró la niña—. La mayoría de la gente no cree en la magia.

Sacudió la cabeza con pesar, como diciendo: «Peor para ellos.»

—¿Por qué un colibrí? —preguntó Sam a Lucy.

Le costó trabajo responder, aparentemente enfrentada a la novedad de hablar sobre algo que nunca se había atrevido a expresar con palabras.

—No lo sé. Tengo que averiguar qué significa. —Después de una pausa, añadió—: No permanecer en el mismo sitio, tal vez. Moverse continuamente.

—Los salish costeros dicen que el colibrí aparece en períodos de dolor o tristeza.

—¿Por qué?

Tras cogerle la botella de medicina, Sam volvió a taparla mientras contestaba en un tono neutro:

—Dicen que significa que todo irá mejor.

—Holly, eres un pirata de las finanzas —dijo Sam aquella noche, entregando un fajo de billetes de Monopoly a su risueña sobrina—. Estoy sin blanca, chicos.

Después de cenar lasaña y ensalada, los cuatro —Sam, Lucy, Mark y Holly— habían estado jugando a juegos de mesa en el salón. El clima había sido divertido y relajado, sin que nadie actuara como si hubiera ocurrido algo insólito.

—Deberías comprar un ferrocarril siempre que puedas —replicó Holly.

—Ahora me lo dices. —Sam dirigió a Lucy, que estaba acurrucada en un rincón del sofá, una mirada de censura—. Creía que asignarte la banca me daría un respiro.

—Lo siento —respondió Lucy, sonriendo—. Hay que

jugar según las reglas. Cuando se trata de dinero, las cifras no mienten.

—Lo cual demuestra que no sabes absolutamente nada sobre bancos —le espetó Sam.

—No hemos terminado —protestó Holly al ver que Mark recogía las fichas del tablero—. Aún no os he ganado a todos.

—Es hora de acostarse.

Holly soltó un suspiro.

—Cuando sea mayor, no me acostaré nunca.

—Irónicamente —le dijo Sam—, cuando eres mayor acostarte es tu pasatiempo preferido.

—Nosotros recogeremos el juego —dijo Lucy a Mark con una sonrisa—. Puedes llevarte a Holly ahora, si quieres.

La niña se inclinó hacia delante para dar a Sam unos besos de mariposa con las pestañas, y se frotaron la nariz.

Cuando Mark subía con Holly, Lucy y Sam ordenaron las fichas del juego y los billetes de distintos colores.

—Es adorable —observó Lucy.

—Tuvimos un golpe de suerte —repuso Sam—. Vick hizo un buen trabajo con ella.

—Tú y Mark también. Holly es visiblemente feliz y está bien atendida.

Lucy pasó una goma alrededor de un fajo de dinero y se lo entregó.

Sam cerró la caja del juego y obsequió a Lucy con una sonrisa amistosa e intencionada.

—¿Una copa de vino?

—Suena bien.

—Tomémosla fuera. Hay una luna de fresa.

—¿Luna de fresa? ¿Por qué la llaman así?

—Es la luna llena de junio. La época de recoger fresas maduras. Creía que habrías oído esta expresión a tu padre.

—Crecí oyendo montones de términos científicos, pero no curiosidades. —Lucy sonrió al añadir—: Me sentí muy decepcionada cuando mi padre me dijo que el polvo de estrellas era suciedad cósmica: me imaginaba que brillaría como los polvos mágicos.

Minutos después Sam la había trasladado al porche de delante y acomodado en una tumbona de mimbre con la pierna apoyada sobre una otomana. Tras pasarle una copa de vino que sabía a bayas con un punto ahumado, Sam se sentó en una silla detrás de ella. Era una noche clara. Se podía ver los espacios oscuros e infinitos entre las estrellas.

—Me gusta esto —dijo Lucy, constatando que Sam había servido el vino en botes de mermelada antiguos—. Recuerdo que bebía en estos vasos cuando iba a ver a mis abuelos.

—En vista de los últimos sucesos, he decidido no confiarte nuestra cristalería buena.

Sam sonrió al ver su expresión.

Cuando apartó la mirada, Lucy observó que una de las tiras de Velcro de su tablilla no estaba bien alineada. Bajó una mano torpemente para enderezarla.

Sin mediar palabra, Sam acudió en su ayuda.

—Gracias —dijo Lucy—. A veces soy algo quisquillosa; me gustan las cosas bien alineadas.

—Ya lo sé. También te gusta que la costura de los calcetines discurra bien recta a través de los dedos de tus pies. Y no te gusta tocar la comida del plato.

Lucy le dirigió una mirada avergonzada.

—¿Es tan evidente que soy una obsesiva-compulsiva?

—No mucho.

—Sí lo es. Solía volver loco a Kevin.

—Soy muy tolerante con las actitudes ritualistas —declaró Sam—. En realidad es una ventaja evolutiva. Por ejemplo, el hábito de un perro de dar vueltas sobre su lecho antes de echarse... proviene de los antepasados que comprobaban si había serpientes o animales peligrosos.

Lucy se echó a reír.

—No se me ocurre qué ventaja puede tener mi actitud ritualista: solo sirve para molestar a la gente.

—Si te ayudó a librarte de Kevin, yo diría que fue una ventaja evidente. —Se reclinó en su silla, contemplándola—. ¿Lo sabe? —preguntó por fin.

Adivinando a qué se refería, Lucy sacudió la cabeza.

—No lo sabe nadie.

—Excepto Holly y yo.

—No quería que ocurriera delante de ella —se lamentó Lucy—. Lo siento.

—No pasa nada.

—A veces, si siento algo con mucha intensidad y hay vidrio cerca...

Dejó la frase inacabada y se encogió de hombros, incómoda.

—La emoción lo provoca —afirmó más que preguntó Sam.

—Sí. Miraba cómo Holly pintaba un dibujo y estaba pensando en impartir un cursillo de arte para niños. Enseñarles a hacer cosas de vidrio. Y esa idea me ha hecho sentir increíblemente... esperanzada. Feliz.

—Por supuesto. Cuando uno siente pasión por algo, no hay nada mejor que compartirlo.

Desde aquella tarde, algo había cambiado entre ellos. Era una sensación agradable y segura que Lucy quería saborear. Dejándola arraigar, le miró.

—¿Influye la emoción en lo que haces? En tu aptitud, me refiero.

—Se parece más a energía. Muy sutil. Y no existe cuando salgo de la isla. Cuando estuve en California, casi me convencí de que había sido un producto de mi imaginación. Pero entonces regresé, y se volvió más intenso que nunca.

—¿Cuánto tiempo viviste en California?

—Un par de años. Estuve trabajando como vinicultor ayudante.

—¿Estabas solo? Quiero decir... ¿salías con alguien?

—Durante algún tiempo salí con la hija del dueño del viñedo. Era guapa e inteligente, y le gustaba la viticultura tanto como a mí. —Sus pensamientos se interiorizaron y adoptó un tono serenamente reflexivo—. Quería que nos prometiéramos. La idea de casarme con ella era casi tentadora. Su familia me caía bien, me gustaba el viñedo..., habría resultado fácil.

—¿Por qué no lo hiciste?

—No quería utilizarla de ese modo. Y sabía que no tenía ninguna posibilidad de durar.

—¿Cómo podías estar seguro? ¿Cómo puedes saberlo sin probarlo?

—Lo supe en cuanto hablamos de oficializar la relación. Ella estaba convencida de que si seguíamos adelante, volábamos a Las Vegas y nos casábamos, nos iría bien. Pero a mí me parecía como quien mete un rollo de servilletas de papel y una mezcla de clara de huevo y azúcar en el horno y dice: «¿Sabes?, creo que hay muchas posibilidades de que esto se convierta en un pastel de chocolate.»

Lucy no pudo contener la risa.

—Pero eso solo significa que no era la mujer adecuada. No implica que no puedas ser feliz casándote con otra persona.

—La ratio riesgo-beneficio nunca me ha parecido que merezca la pena.

—Porque viste el lado malo del amor cuando creciste.

—Sí.

—Pero según el principio de equilibrio del universo, tiene que haber alguien que ostente el lado bueno del amor.

Meditándolo, Sam levantó su bote de mermelada en un despreocupado brindis.

—Por el lado bueno. Sea lo que sea.

Mientras entrechocaban los vasos y bebían, Lucy reflexionó que seguramente había muchas mujeres que considerarían las opiniones de Sam sobre el matrimonio como un reto, confiando en hacerle cambiar de parecer. Ella nunca sería tan boba. Aunque no estuviera de acuerdo con las creencias de Sam, respetaría su derecho a tenerlas.

La experiencia del pasado le había enseñado que, cuando una quería a un hombre, tenía que aceptarle «tal cual», a sabiendas de que si bien era posible influenciar en algunos de sus hábitos o en su gusto en corbatas, nunca se podía cambiar su fuero interno. Y, con mucha suerte, se podía encontrar a un hombre que pensara lo mismo de una.

Ese, pensó Lucy, era el lado bueno del amor.

17

—Esta mañana tienes visita con el médico —dijo la voz de Sam a través de la puerta del baño—. Si te da el alta, te pondrán un braguero y muletas.

—Me encantaría poder moverme otra vez —repuso Lucy con fervor mientras se enjuagaba con el agua caliente de la ducha—. Y estoy segura de que agradecerás no tener que llevarme a todas partes.

—Tienes razón. No consigo imaginarme por qué pensé que envolver una mujer semidesnuda en plástico y llevarla de aquí para allá sería divertido.

Lucy sonrió y cerró el agua. Se quitó el gorro de baño de Hello Kitty que había pedido prestado a Holly y se envolvió en una toalla.

—Ya puedes entrar.

Sam accedió al húmedo cuarto y acudió en su ayuda. Actuaba de forma despreocupada y práctica... pero hasta entonces, en toda la mañana, había sido incapaz de mirarla a los ojos.

La noche anterior habían estado en el porche un buen rato, hasta terminarse la botella de vino. Ahora, sin embargo, Sam se mostraba callado y reservado. Cabía la posibilidad de que se estuviera cansando de atender a todos sus deseos. Lucy decidió que, dijera lo que dijese el médico ese día, insistiría en llevar muletas. Tres días sometiendo a Sam a tantas molestias ya eran suficientes.

Lucy se incorporó, sujetando la toalla mientras se balanceaba brevemente sobre un pie. Sam le pasó con cuidado un brazo por detrás de las rodillas, la levantó y la llevó al dormitorio. Tras dejarla en el borde del colchón con las piernas colgando, cogió unas tijeras pequeñas y procedió a cortar las capas de plástico que le envolvían la pierna.

—Estás haciendo muchas cosas por mí —dijo Lucy en voz baja—. Espero que algún día pueda...

—No te preocupes.

—Solo quiero que sepas cuánto...

—Ya lo sé. Estás agradecida. No tienes que decirlo cada vez que te ayudo a salir de la maldita ducha.

Parpadeando ante su tono brusco, Lucy dijo:

—Lo siento. No sabía que la cortesía común te molestaría.

—No es cortesía común —replicó Sam mientras cortaba la última capa de plástico— cuando estás ahí mojada y casi desnuda mirándome con ojos de carnero. Quédate con tus gracias.

—¿Por qué estás tan susceptible? ¿Tienes resaca?

Él le dirigió una mirada sarcástica.

—Yo no tengo resaca por dos copas de vino.

—Es por tener que hacer todo esto por mí, ¿verdad? Cualquiera se sentiría frustrado. Lo siento. Pero pronto me iré de aquí, y...

—Lucy —la interrumpió Sam con forzada paciencia—, no te disculpes. No trates de sacar conclusiones. Tan solo... cállate durante un par de minutos.

—Pero yo... —No terminó la frase al ver su expresión—. Está bien, me callo.

Una vez retirado el plástico, Sam se detuvo al advertir un moratón en la parte lateral de la rodilla. Siguió el contorno de la mancha oscura, con tanta suavidad que su tacto era casi imperceptible. Tenía la cabeza agachada, por lo que Lucy no podía ver su expresión. Pero las manos de Sam se apoyaron en el colchón, a ambos lados de sus caderas, hundiendo los dedos en la ropa de cama. Le recorrió un temblor profundo, deseo que resquebrajaba el comedimiento.

Lucy no se atrevió a decir nada. Se quedó mirando fijamente la parte superior de su cabeza, la anchura de sus espaldas. En sus oídos resonaban los ecos de los latidos de su corazón.

Sam inclinó la cabeza, y la luz se deslizó a través de las capas oscuras de su pelo. El contacto de sus labios fue suave y ardiente sobre el moratón, lo que hizo que Lucy se sacudiera, sorprendida. La boca de Sam insistió, desplazándose hacia la parte interior del muslo. Sus dedos se tensaron hasta aferrar con fuerza las sábanas. A Lucy se le cortó la respiración cuando Sam se inclinó aún más entre sus piernas y experimentó el dulce peso de su cuerpo allí donde la presionaba.

Otro beso, más arriba, donde la piel era fina y sensible. Sintió frío y calor debajo de la toalla húmeda, invadida por una oleada de sensaciones. Sam introdujo las manos lentamente por debajo del dobladillo de la toalla, y el movimiento hizo que la tela de felpa se aflojara y se abriera. Siguió subiendo, deslizando las manos por sus caderas y el vientre, seguidas por los labios en un recorrido de sensaciones insoportables. Jadeando, Lucy se dejó caer hacia atrás sin fuerza, al mismo tiempo que sus extremidades se debilitaban. Sam abrió los lados de la toalla y el limpio aroma de la piel de Lucy ascendió en forma de corriente cálida.

Aturdida por la excitación y la confusión, Lucy volvió la cara encendida hacia un lado, con los ojos cerrados para borrarlo todo excepto el intenso placer de su tacto. Lo deseaba con tanta fuerza que no importaba nada más. Sam le estaba haciendo el amor, usando las manos y la boca para arrastrarla en un torrente dulce y oscuro de deseo, y ella no había sentido nunca nada igual, un deleite que parecía derretirle los huesos en fuego líquido. Los pulgares acariciaron su intimidad, separando la carne húmeda. Se le escapó un sollozo al notar el calor del aliento de Sam, la presión de su boca abierta contra ella. Una caricia con la lengua, un suave tirón. Empezó a lamerla continuamente, con un ritmo excitante y delicioso, hasta que su cuerpo comenzó a vibrar y a aferrarse al vacío. Impotente, se levantaba contra él a cada latigazo, cada giro de la sedosa lengua, mientras la sensación se acercaba al punto de inflamación.

El sonido metálico del timbre irrumpió en el desbordante calor. Lucy se quedó helada, con los nervios protestando a gritos por aquel sonido. Sam siguió besándola y acariciándola, tan absorto en la mecánica sensualidad del momento que no había percibido el ruido. Pero el timbre volvió a sonar, y Lucy dio un respingo y le empujó la cabeza.

Soltando una maldición gutural, Sam se apartó de ella. Buscó la toalla a tientas y tapó a Lucy. Medio sentado, medio apoyado contra el borde del colchón, jadeó buscando aire. Temblaba de la cabeza a los pies.

—Debe de ser uno de mis trabajadores —le oyó murmurar Lucy.

—¿Puedes...?

—No.

Sam se alejó de la cama y entró en el baño, y ella oyó el

sonido de agua corriendo. Cuando Sam volvió a salir, Lucy había conseguido cubrirse con las sábanas. Él tenía el rostro tenso y los dientes apretados.

—Vuelvo enseguida.

Lucy se mordió el labio antes de preguntar:

—¿Estás enfadado por lo que has empezado o porque no has terminado?

Sam le dirigió una mirada siniestra.

—Por las dos cosas —dijo, y salió de la habitación.

Cuando Sam bajó, el dolor atroz de la excitación no era nada comparado con sus emociones abrasadoras. Ira, frustración, intenso desasosiego. Había estado tan cerca, tan jodidamente cerca de tener sexo con Lucy... Se había percatado de que estaba mal y no le había importado. ¿Por qué Lucy no había hecho nada por detenerle? Si no asumía el control de la situación, de sí mismo, cometería un grave error.

Abrió la puerta de la calle y se encontró delante de la hermana de Lucy, Alice. Una mueca de incredulidad apareció en su rostro. Durante un momento anhelante se permitió imaginarse el placer de echarla a patadas del porche de su casa.

Alice le miró con frialdad, tambaleándose sobre unos tacones altos muy poco prácticos. Se había pintado los grandes ojos de color avellana con un grueso lápiz morado brillante, que le confería un aspecto muy llamativo en la estrechez de su rostro. Llevaba los labios cubiertos de carmín rosa intenso. Incluso en el mejor de los casos, a Sam le habría parecido una presencia irritante. Pero después de que le hubieran sacado de la cama con Lucy, cuando su cuerpo todavía pedía a gritos regresar para terminar su misión, le resultó imposible mostrar el mínimo aceptable de educación.

—No invitamos a nadie a venir sin llamar antes —espetó.

—He venido a ver a mi hermana.

—Se encuentra bien.

—Quisiera verla personalmente.

—Está descansando.

Sam se quedó plantado con una mano apoyada en el quicio de la puerta, cerrándole el paso.

—No pienso irme hasta que le digas que estoy aquí —declaró Alice.

—Lucy tiene una conmoción cerebral. —Con no poca dosis de sorna, Sam añadió—: No puede soportar ningún tipo de estrés.

Alice frunció los labios.

—¿Crees que voy a hacerle daño?

—Ya le has hecho daño —respondió Sam sin alterarse—. No debería resultar muy difícil entender que juntarte con el antiguo novio de Lucy significa que has perdido tu sitio en la lista de candidatos.

—No tienes ningún derecho a juzgarme a mí ni mis decisiones personales.

Era cierto. Pero teniendo en cuenta que la aventura de Alice con Kevin había provocado una reacción en cadena que había culminado con Lucy recuperándose en casa de Sam, se creía legitimado para dar su opinión.

—Mientras Lucy viva bajo mi techo —dijo—, tengo la misión de cuidar de ella. Y no me parece que tus decisiones personales hayan sido muy positivas para Lucy.

—No me iré hasta que haya hablado con ella. —Alice levantó la voz y la dirigió hacia el vestíbulo, a la espalda de Sam—. ¿Lucy? ¿Puedes oírme? ¡Lucy!

—Por mí, puedes quedarte en mi porche chillando todo el día...

Sam se interrumpió cuando oyó a Lucy gritando desde arriba. Dirigiendo a Alice una mirada hosca, le dijo:

—Voy a consultárselo. Quédate aquí.

—¿Puedo esperar dentro? —se atrevió a preguntar ella.

—No.

Y le cerró la puerta en las narices.

Para cuando Sam regresó al dormitorio, Lucy se había puesto un pantalón corto de color caqui y una camiseta. Había oído lo suficiente del alboroto de abajo para saber que Alice se había presentado sin avisar y que a Sam no le había sentado nada bien.

Aún mareada por la tensión, Lucy no acertaba a definir sus sentimientos acerca de lo que acababa de suceder entre ellos. Principalmente estaba asombrada por el modo en que había reaccionado a Sam, el placer febril que había anulado todos sus pensamientos.

Cuando Sam se acercó, Lucy notó cómo el rubor se extendía por toda su piel. Él la miró y frunció el ceño.

—¿Cómo te has puesto esa ropa? —inquirió—. La he dejado sobre la cómoda.

—No he cargado ningún peso sobre la pierna —se defendió Lucy—. Solo he tenido que dar un paso y un brinco desde la cama, y entonces...

—Maldita sea, Lucy. Si ese pie vuelve a tocar el suelo, voy a...

Se interrumpió, meditando varias amenazas.

—¿Me mandarás a la cama sin cenar? —sugirió Lucy con voz seria—. ¿Me quitarás el teléfono móvil?

—¿Qué te parece una buena azotaina en el culo a la antigua usanza?

Pero ella había advertido la expresión preocupada en

sus ojos, y sabía qué había detrás de su fastidio. Se atrevió a dirigirle una leve sonrisa.

—Holly me dijo que no crees en los azotes.

Mientras Sam la miraba, la tensión de sus hombros remitió y las arrugas de su boca se atenuaron.

—Podría hacer una excepción contigo.

Lucy mantuvo la sonrisa.

—Ya vuelves a coquetear conmigo.

—No, yo... —El timbre de la puerta de la calle sonó con impaciencia—. Santo Dios —murmuró Sam.

—Probablemente debería verla —dijo Lucy en tono de disculpa—. ¿Me llevas abajo?

—¿Por qué quieres pasar por esto?

—No puedo evitar a Alice toda la vida. Y mamá llegará pasado mañana. Se alegraría de que sus hijas volvieran a hablarse por lo menos.

—Es demasiado pronto.

—Yo también lo creo —admitió Lucy—. Pero ella está aquí, y será mejor que acabe con esto.

Sam vaciló antes de inclinarse para pasarle los brazos por la espalda.

El contacto sacudió a Lucy como si se hubiera producido una descarga eléctrica entre ellos. Trató de ocultar su reacción concentrándose en mantener la respiración regular. Pero cuando se agarró a los hombros de Sam, vio un rubor que le subía desde el cuello de la camiseta y supo que no era ella la única afectada.

—Gracias —dijo mientras él se giraba de lado para hacerla pasar por la puerta—. Ya sé que preferirías echarla a patadas.

—Puedo hacerlo de todos modos. —Sam se encaminó hacia la escalera—. Os echaré el ojo encima. A la primera señal de conflicto, se irá.

Lucy frunció el ceño.

—No quiero que nos vigiles mientras hablamos.

—No os vigilaré. Aunque estaré cerca por si necesitas apoyo.

—No necesitaré apoyo.

—Lucy, ¿sabes qué es una conmoción cerebral?

—Sí.

Sam prosiguió como si no la hubiera oído.

—Es cuando te golpeas la cabeza con tanta fuerza que el cerebro se sacude dentro del cráneo, con lo que muere un gran número de neuronas. Puede provocar trastornos de sueño, depresión y pérdida de memoria, y estos efectos secundarios se agravan si te sometes a cualquier tipo de tensión. —Hizo una pausa y agregó en un tono irritado—: Y eso incluye el sexo.

—¿Dijo eso el médico?

—No fue necesario.

—No creo que el sexo empeorara la conmoción —dijo Lucy—. A menos que lo hiciéramos cabeza abajo o en un trampolín.

Aunque pretendía ser un comentario divertido, Sam no estaba de humor.

—No lo haremos en ninguna postura —replicó con vehemencia.

Cuando Sam dejó a Lucy en el sofá con la pierna elevada, *Renfield* se levantó de su esterilla en el rincón. Se acercó a ellos, con la cara dividida por una agresiva sonrisa canina. Lucy estiró el brazo para acariciarlo mientras Sam iba a buscar a Alice. Hizo pasar a su hermana al salón sin cortesías.

Curiosamente, aunque era Lucy la que estaba vendada y tenía la pierna entablillada, Alice le pareció mucho más vulnerable. El recargado maquillaje, la expresión constreñida por la tensión y los movimientos limitados por sus tacones de diez centímetros de alto se combinaban para darle un aspecto de inseguridad herida.

—Hola —dijo Alice.

—Hola. —Lucy forzó una leve sonrisa—. Ponte cómoda.

Mientras Lucy observaba cómo Alice se sentaba con cuidado en el borde de una silla próxima, tuvo la impresión de que las embargaba toda su historia. Su relación con Alice había sido la más frustrante de su vida, preñada de competencia, celos, culpabilidad y rencor. Habían crecido teniendo que rivalizar por el limitado recurso de la atención de sus padres. Aunque Lucy siempre había confiado en que el conflicto entre ellas amainara a medida que se hacían mayores, ahora era peor que nunca.

Viendo que Alice miraba al perro, Lucy dijo:

—Se llama *Renfield.*

El bulldog gruñó y levantó la mirada hacia Alice con un hilillo de baba colgando de su mandíbula inferior.

—¿Le pasa algo? —preguntó Alice con disgusto.

—Sería más fácil decirte qué no le pasa —intervino Sam. Y añadió, dirigiéndose a Lucy—: Te concedo diez minutos. Después, tu hermana se irá. Necesitas descanso.

—De acuerdo —aceptó Lucy con una sonrisa insulsa.

Alice tenía una expresión ofendida cuando Sam salió de la estancia.

—¿Por qué es tan descortés?

—Trata de vigilarme —contestó Lucy en voz baja.

—¿Qué le has dicho de mí?

—Muy poco.

—Estoy segura de que le has hablado de cómo Kevin te dejó, y de lo que crees que hice para...

—En realidad no eres el tema principal de conversación

en esta casa —repuso Lucy, con más brusquedad de la que pretendía.

Alice cerró la boca y se mostró ofendida.

Al cabo de un silencio erizado, Lucy preguntó:

—¿Te ha pedido mamá que vinieras a verme?

—No. Ha sido idea mía. Todavía me importas, Lucy. No siempre me comporto como querrías, pero sigo siendo tu hermana.

Lucy se tragó un comentario ácido. Percatándose de que se había puesto tensa de la cabeza a los pies, intentó relajarse. Una serie de punzadas de protesta le recorrieron la columna vertebral.

¿Por qué diablos había venido Alice? Lucy quería creer que la había impulsado la inquietud, o por lo menos que aún persistía un sentimiento fraternal auténtico entre ellas. Pero al parecer haría falta algo más que un vínculo de sangre para restañar la relación entre ambas. Porque la infortunada verdad era que, si Alice no fuera su hermana, sería la clase de persona con la que Lucy no querría tener nada que ver.

—¿Cómo te va con Kevin? —preguntó—. ¿Seguís preparando la boda?

—Sí. Mamá y papá vendrán mañana para hablar de los preparativos.

—¿De modo que van a pagarla?

—Eso creo.

—Me lo temía —dijo Lucy sombríamente, antes de poder contenerse.

Aunque expresaran lo contrario, sus padres nunca harían responsable a Alice de nada.

—¿No crees que deberían hacerlo? —preguntó Alice.

—¿Tú sí?

—Por supuesto. Soy su hija. —Los ojos de Alice adoptaron una expresión dura—: Hay algo que debes entender,

Lucy. Nunca pretendí hacerte daño. Y Kevin tampoco. No fue nunca nada personal. Solo que recibiste...

—¿Daños colaterales?

—Supongo que es un modo de expresarlo.

—Ninguno de los dos se molestó en pensar en nada que no fuera lo que queríais en aquel momento.

—Bueno, el amor es así —replicó Alice sin el menor indicio de culpabilidad.

—¿Lo es? —Arrebujándose más en el rincón del sofá, Lucy se envolvió con los brazos—. ¿Te planteaste en algún momento que, cuando Kevin se dio cuenta de que quería poner fin a su relación conmigo, tú podías parecer la forma más fácil de salir?

—No —contestó Alice—. Tuve el increíble amor propio de pensar que quizá se había enamorado de mí, y que, por imposible que pueda resultar creerlo, en realidad alguien me prefería antes que a ti.

Lucy levantó una mano y trató de sobreponerse a un arrebato de ira. Se estaba gestando una disputa, y sabía que no podría soportarla. La tensión de encontrarse en presencia de Alice había bastado para provocarle una jaqueca que le envolvía la frente.

—No lleguemos a esto. Tratemos de resolver cómo salir adelante a partir de aquí.

—¿Qué hay que resolver? Voy a casarme. Todos salimos adelante. Y tú también deberías hacerlo.

—Es un poco más complicado que eso —objetó Lucy—. Esto no es una telenovela, donde las personas olvidan el pasado cuando quieren y todo se arregla por arte de magia. —Al ver que Alice se ponía rígida, Lucy recordó demasiado tarde que había perdido su empleo como guionista de *What the Heart Knows*—. Lo siento —murmuró—. No pretendía recordarte eso.

—Está bien —repuso Alice con amargura.

Permanecieron en silencio un momento.

—¿Estás buscando trabajo? —inquirió Lucy.

—Eso es asunto mío. No debes preocuparte por ello.

—No estoy preocupada, tan solo... —Lucy soltó un suspiro de frustración—. Una conversación contigo es como transitar por un campo de minas.

—No todo es culpa mía. No puedo hacer nada si Kevin me quería más a mí que a ti. Iba a dejarte de todos modos. ¿Qué podía hacer? Solo deseaba ser feliz.

¿Verdaderamente Alice no entendía los escollos de intentar ser feliz a costa de otro? ¿Y tenía algún otro objetivo además de ese? Irónicamente, Alice no había parecido nunca menos feliz de como lo parecía ahora. El problema de perseguir la felicidad residía en que no era un destino que se pudiera alcanzar. Era algo que acaecía por el trayecto. Y lo que Alice hacía ahora —aferrarse a cualquier placer a su alcance, dejar de lado todos los escrúpulos para poder hacer lo que quisiera— era prácticamente una garantía de que acabaría siendo desgraciada.

Pero lo único que dijo Lucy fue:

—Yo también quiero que seas feliz.

Alice soltó un leve bufido de incredulidad. Lucy no se lo reprochó, porque sabía que su hermana no entendía qué había querido decir.

El reloj de la chimenea marcó más de medio minuto hasta que Alice habló.

—Te invitaré a la boda. Eres libre de decidir si quieres asistir o no. Si quieres mantener relación conmigo es también asunto tuyo. Me gustaría que las cosas volvieran a la normalidad. Lamento todo lo que te ha ocurrido, pero nada de ello es culpa mía y no pienso pasar el resto de mi vida purgándolo.

Lucy se percató de que era eso lo que su hermana había venido a decirle.

Alice se puso en pie.

—Tengo que irme. Por cierto, mamá y papá quieren conocer a Sam. Piensan invitaros a cenar fuera mañana por la noche, o hacer que traigan la cena.

—Estupendo —dijo Lucy con fastidio—. A Sam le va a encantar. —Recostando la cabeza contra el sofá, preguntó—: ¿Quieres que te acompañe a la puerta? Le llamaré.

—No te molestes —contestó Alice, y sus tacones martillearon ruidosamente sobre el suelo de madera.

Lucy permaneció inmóvil y en silencio durante unos minutos. Finalmente se dio cuenta de que Sam estaba de pie junto a ella, con una expresión indescifrable.

—¿Cuánto has oído? —preguntó con voz monótona.

—Lo suficiente para saber que es una zorra narcisista.

—Es desgraciada —murmuró Lucy.

—Ha conseguido lo que quería.

—Siempre lo consigue. Pero eso nunca la hace feliz. —Suspirando, Lucy se frotó la nuca dolorida—. Mis padres llegan mañana.

—Ya lo he oído.

—No tienes que ir a cenar con nosotros. Pueden recogerme y llevarme a algún sitio, y por fin tendrás un poco de intimidad.

—Iré contigo. Quiero hacerlo.

—Eso es más de lo que puedo decir. Estoy segura de que me presionarán para que haga las paces con Alice, y querrán que asista a la boda. Si lo hago, será espantoso. Si no lo hago, quedaré como la hermana mayor celosa y amargada. Como siempre, no hay ganancias en mi familia. Excepto para Alice. Ella va a ganar.

—No para siempre —observó Sam—. Y menos si ganar

implica casarse con Pearson. Es un enlace forjado en el infierno.

—Estoy de acuerdo. —Lucy recostó la cabeza sobre el respaldo del sofá, contemplando a Sam. Una sonrisa agridulce le curvó los labios—. Tengo que volver a trabajar. Es lo único que me ayudará a dejar de pensar en Alice, Kevin y mis padres.

—¿Qué puedo hacer yo? —preguntó Sam en voz baja.

Lucy se sorprendió mirando sus ojos azul verdoso y pensando que, en el inventario cuidadosamente ordenado de todos sus proyectos e ilusiones, Sam no encajaba para nada. Era una complicación con la que no había contado.

Pero, a pesar de los defectos que el propio Sam admitía tener, era un hombre sincero y bondadoso. Dios sabía que había conocido a pocos como él en su vida. El problema era que «para siempre» no casaba con una relación con un hombre como Sam. Había sido muy claro al respecto.

En vez de concentrarse en lo que no podía tener con él... quizá debería tratar de descubrir qué era posible. Lucy no había tenido nunca una relación basada en la amistad y el placer sin la participación de emociones. ¿Sería capaz de hacerlo? ¿Qué sacaría de ello?

Una posibilidad de sentirse viva y de soltarse. Una posibilidad de tener un poco de diversión pura y sin adulterar antes de afrontar la siguiente etapa de su vida.

Habiendo tomado esta decisión, Lucy le miró resueltamente. Él le había preguntado qué podía hacer por ella, y ya conocía la respuesta.

—Tener sexo conmigo —dijo.

18

Sam se quedó mirándola tanto rato, y con una expresión tan atónita, que Lucy empezó a sentirse un poco indignada.

—Parece como si acabaras de tragarte una pastilla para la lombriz del corazón de *Renfield* —dijo.

Sam apartó la mirada y se pasó una mano por el pelo, con lo que algunos mechones oscuros se le pusieron de punta. Entonces empezó a pasearse por la habitación con pasos agitados.

—Hoy no es un buen día para bromear con eso.

—¿Con la medicación del perro?

—Con el sexo.

Sam pronunció esta palabra como si fuera una blasfemia.

—No bromeaba.

—No podemos tener sexo.

—¿Por qué no?

—Ya conoces los motivos.

—Esos motivos ya no sirven —repuso Lucy muy seria—. Porque he estado pensando en ello, y... Por favor, deja de moverte. ¿Quieres sentarte a mi lado?

Sam se acercó con cautela y se sentó sobre la mesilla, frente a ella. Apoyando los antebrazos sobre las rodillas separadas, la miró a la altura de los ojos.

—Ya conozco tus reglas —dijo Lucy—. Nada de compromisos. Nada de celos. Ningún futuro. Lo único que intercambiamos son flujos corporales, no sentimientos.

—Sí —admitió Sam—. Esas son las reglas. Y no estoy cumpliendo ninguna de ellas contigo.

Lucy frunció el ceño.

—No hace mucho me dijiste que si quería tener sexo por despecho, lo harías conmigo.

—No tenía ninguna intención de pasar por eso. No eres la clase de mujer capaz de mantener una amistad con privilegios.

—Sí lo soy.

—No lo eres tanto, Lucy. —Sam se levantó y empezó a pasearse de nuevo—. Al principio dirás que te sientes cómoda con el sexo informal. Pero eso no durará mucho.

—¿Y si te prometo que no me lo tomaré en serio?

—Lo harás de todos modos.

—¿Por qué estás tan seguro?

—Porque mi tipo de relación solo funciona cuando ambas personas son igual de superficiales. Yo soy muy superficial. Pero tú desequilibrarías toda la situación.

—Sam, he tenido mala suerte con las relaciones. Créeme, no hay ningún hombre en la tierra sin el cual no pueda vivir, tú incluido. Pero esta mañana, cuando estábamos arriba juntos... ha sido la mejor sensación que he conocido en mucho tiempo. Y si estoy dispuesta a intentarlo a tu manera, no entiendo qué inconveniente puedes tener.

Sam se había detenido en el centro del salón. La miró con desconcertado enojo, habiéndose quedado visiblemente sin argumentos.

—No —dijo por fin.

Ella arqueó las cejas.

—¿Es ese un *no* definitivo, o un no mientras me lo pienso?

—Es un no, ni hablar.

—Pero ¿cenarás con mis padres y conmigo mañana?

—Sí, puedo hacerlo.

Lucy sacudió la cabeza, muda de asombro.

—Cenarás conmigo y con mis padres, ¿pero no quieres tener sexo conmigo?

—Tengo que comer —sentenció él.

—Hay una regla muy sencilla para superar las escaleras con muletas —explicó Sam aquel mismo día, de pie detrás de Lucy mientras se acercaba a los peldaños de acceso a la casa—. Arriba con la pierna buena, abajo con la mala. Cuando subas, apóyate siempre sobre la pierna sana. Cuando bajes, apóyate sobre la mala y las muletas.

Acababan de regresar de la consulta del médico, donde habían puesto un braguero a Lucy. Como hasta entonces no había tenido que usar nunca muletas, Lucy estaba descubriendo que resultaban mucho más difíciles de manejar de lo que había supuesto.

—Procura no cargar ningún peso sobre la pierna derecha —dijo Sam, observando los vacilantes pasos de Lucy—. Balancéala y da un salto con la izquierda.

—¿Cómo sabes tanto de eso? —preguntó Lucy, resoplando por el esfuerzo.

—Tuve una fractura de tobillo a los dieciséis años. Una lesión deportiva.

—¿De fútbol?

—Observación de pájaros.

Lucy soltó una risita.

—La observación de pájaros no es un deporte.

—Estaba encaramado a un pino Oregón a seis metros de altura, tratando de ver un mérgulo jaspeado. Es una especie en peligro de extinción que anida en bosques antiguos. Naturalmente, trepaba sin material de escalada. Vi el polluelo de mérgulo y me emocioné tanto que resbalé y me caí. Me golpeé contra todas las ramas en la caída.

—Pobrecillo —dijo Lucy—. Pero apuesto a que pensaste que había merecido la pena.

—Por supuesto que sí. —Sam la observó mientras avanzaba cojeando con las muletas—. Te llevaré el resto del camino. Ya practicarás más tarde.

—No, puedo subir los peldaños. Es un alivio poder moverme otra vez. Esto significa que mañana podré ir a mi estudio.

—Mañana o pasado —matizó Sam—. No te fuerces demasiado, o volverás a lesionarte la pierna.

La sonrisa de Lucy se tornó socarrona. Le costaba trabajo interpretar su estado de ánimo. Desde que le había planteado su propuesta, Sam había vuelto a tratarla con la amistad impersonal de los dos primeros días en Rainshadow Road. Pero no era exactamente igual. En determinados momentos le había sorprendido mirándola con preocupación e intimidad a la vez, y sabía por alguna razón que Sam estaba pensando en lo que había ocurrido —o casi ocurrido— entre ellos esa mañana. Y estaba pensando en su afirmación de que se sentiría a gusto con una aventura sin ataduras. Lucy sabía que, aunque no la había creído, quería hacerlo.

Para cuando Lucy entró en la casa, estaba sudorosa y cansada, pero satisfecha. Acompañó a Sam a la cocina, donde Holly merendaba tras regresar de la escuela y Mark estaba sentado en el suelo con *Renfield*.

—Estás de pie —observó Mark, mirando a Lucy con una fugaz sonrisa—. Felicidades.

—Gracias —respondió ella riendo—. Da gusto poder moverse otra vez.

—¡Lucy! —Holly se le acercó corriendo para admirar las muletas—. ¡Son geniales! ¿Puedo probarlas?

—No son para jugar, cariño —dijo Sam, inclinándose para besar a su sobrina.

Ayudó a Lucy a sentarse en un taburete a la mesa de madera y dejó las muletas apoyadas a su lado. Echó una mirada a Mark, quien sujetaba a *Renfield* en el suelo y trataba de abrirle la boca con las manos enfundadas en unos gruesos guantes de jardinero.

—¿Qué estás haciendo con el perro?

—Trato de administrarle su tercera pastilla anticonvulsiva.

—Solo tiene que tomarse una.

—Lo que quería decir es que este es el tercer intento. —Mark miró al obstinado bulldog con el ceño fruncido—. Ha mordido la primera y me ha estornudado los polvos en la cara. La segunda vez le he abierto la boca con una cucharilla y le he introducido la pastilla. Ha conseguido escupir la tableta y comerse la cucharilla.

—Pero en realidad no se ha comido la cucharilla —intervino Holly—. La ha expulsado antes de tragársela.

Sacudiendo la cabeza, Sam se dirigió hacia el frigorífico, sacó un pedazo de queso y se lo pasó a Mark.

—Esconde la pastilla aquí dentro.

—Tiene intolerancia a la lactosa —objetó Mark—. Le provoca gases.

—Confía en mí —repuso Sam—, nadie se dará cuenta.

Con expresión escéptica, Mark introdujo la cápsula en el cubo de queso y se lo ofreció a *Renfield*. El bulldog engulló el queso y salió con paso cansino de la cocina.

—¿Sabes qué? —dijo Holly a Lucy, poniéndose en cuclillas para examinar el braguero—. Papá y Maggie se casarán dentro de dos meses. ¡Y me llevarán de luna de miel con ellos!

—¿Por fin habéis puesto fecha? —preguntó Sam a Mark.

—Lo haremos a mediados de agosto. —Mark fue al fregadero para lavarse las manos—. Maggie quiere casarse en un transbordador.

—Bromeas —dijo Sam.

—No. —Mark se secó las manos. Se volvió y explicó a Lucy—: Una gran parte de nuestro cortejo sucedió en la línea del transbordador de Washington State. Esto obligó a Maggie a estar conmigo hasta que por fin se dio cuenta de mi atractivo magnético.

—Debió de ser un viaje muy largo —bromeó Sam, y esquivó un puñetazo que Mark fingió propinarle. Riendo, añadió—: No me puedo creer que os dejen celebrar una boda a bordo de uno de esos cacharros.

—Lo creas o no, no seremos los primeros. Pero la ceremonia no se celebrará en un transbordador en activo; hay uno antiguo en Lake Union, con una vista espléndida de la ciudad y la Space Needle.

—Qué romántico —comentó Lucy.

—Yo seré la dama de honor —dijo Holly—, y el tío Sam será el padrino.

—¿De veras? —preguntó Sam.

—¿Quién más tiene un repertorio tan amplio para el discurso de recepción? —interrogó Mark. Sonrió a su hermano—. ¿Quieres ser mi padrino, Sam? Después de todo lo que hemos pasado, ni siquiera se me ocurre otro candidato. De hecho, hasta casi me caes bien.

—Lo haré —declaró Sam—. Pero solo si me prometes llevarte el perro cuando te traslades.

—Trato hecho.

Se dieron un breve abrazo con palmaditas en la espalda.

Cuando anochecía, Mark y Holly se marcharon a recoger a Maggie al trabajo para llevarla a cenar fuera.

—Que os divirtáis —dijo Mark cuando él y Holly salían cogidos de la mano—. No nos esperéis, pues regresaremos tarde.

—¡Fiesta! —exclamó Holly antes de que se cerrara la puerta.

Lucy y Sam se quedaron solos. Sam pasó un buen rato mirando en la dirección en la que se había marchado su hermano, absorto en sus cavilaciones. Luego miró a Lucy, y algo cambió en su cara. El silencio se tornó eléctrico.

Sentada en un taburete a la mesa de la cocina, Lucy preguntó despreocupadamente:

—¿Qué vamos a cenar?

—Bistec, patatas y ensalada.

—Suena estupendo. Déjame ayudar. ¿Quieres que corte verduras para la ensalada?

Sam le trajo una tabla para cortar, un cuchillo de cocina y verduras crudas. Mientras Lucy cortaba pepino y pimientos dulces, Sam descorchó una botella de vino y sirvió dos copas.

—¿Hoy no utilizamos tarros de mermelada? —preguntó Lucy con una falsa expresión melancólica cuando Sam le pasó una copa de cristal llena de Cabernet oscuro y brillante.

—No para este vino. —Chocó su copa con la de Lucy e hizo un brindis—. Por Mark y Maggie.

—¿Crees que a Alex le molestará que seas tú el padrino? —preguntó Lucy.

—En absoluto. Generalmente no tienen mucho que ver entre ellos.

—¿Debido a la diferencia de edad?

—Quizás en parte. Pero en realidad es más una cuestión de personalidad. Mark es el típico hermano mayor. Cuando está preocupado por alguien, se vuelve autoritario y despótico, lo que saca a Alex de sus casillas.

—¿Qué les dices cuando discuten?

—¿Te refieres a cuando no salgo huyendo en busca de protección? —preguntó Sam con ironía—. Le digo a Mark que no va a cambiar a Alex ni a conseguir que deje de beber. Eso es cosa de Alex. Y le he dicho a Alex que, tarde o temprano, le llevaré a rehabilitación. No al tipo de rehabilitación con celebridades y tratamientos termales, sino a un establecimiento con alambradas electrificadas, donde te asignan un compañero de habitación que da pavor y te obligan a limpiarte el retrete.

—¿Crees que llegará hasta ese punto? ¿En el que podrías convencerle de que... busque ayuda en alguna parte?

Sam negó con la cabeza.

—Creo que Alex funcionará lo suficiente para evitar tener que pasar por eso. —Examinó el contenido de su copa de vino e hizo girar el líquido de color granate oscuro—. Él no quiere admitirlo, pero está enemistado con el mundo entero porque nuestra familia resultó tan jodidamente mal.

—Pero no parece que tú te sientas igual —observó Lucy con voz queda—. Enemistado con el mundo, quiero decir.

Sam se encogió de hombros y extravió la mirada.

—Yo lo tuve algo más fácil que él. Había una pareja de ancianos que vivían a un par de casas de la nuestra. Eran mi refugio. No tenían hijos, y yo iba a verles con frecuencia. —Sonrió al recordar el pasado—. Fred me dejaba desmontar un viejo despertador y volver a montarlo, o me enseñaba a sustituir las cañerías de desagüe de la cocina. Mary era profesora. Me daba libros para leer, y a veces me ayudaba con los deberes.

—¿Aún viven?

—No, ambos murieron. Mary me dejó algún dinero para que pagara el depósito de esta casa. Le gustaba la idea de plantar un viñedo. Solía hacer vino de moras en una jarra grande. Era una bebida terriblemente dulzona.

Sam guardó silencio, con la mirada nublada por los recuerdos.

Lucy se dio cuenta de que trataba de establecer conexiones para ella, justificarse de una forma que no resultaba fácil. No era la clase de hombre que ponía excusas o se disculpaba por su manera de ser. Pero hasta cierto punto quería hacerle comprender la persona que había sido forjada por la implacable implosión de la relación de sus padres.

—El día que cumplí doce años —dijo Sam al cabo de un rato— regresé a casa después de la escuela y me encontré con que Vick se había llevado a Alex a alguna parte y Mark había desaparecido. Mi madre estaba desvanecida sobre el sofá. Mi padre bebía directamente de la botella. A la hora de cenar empecé a sentir hambre, pero no había nada para comer. Fui a buscar a papá y finalmente le encontré sentado en su coche en el camino de entrada, gritando que iba a suicidarse. Entonces fui a casa de Fred y Mary y me quedé allí cosa de tres días.

—Debían de significar mucho para ti.

—Me salvaron la vida.

—¿Se lo dijiste alguna vez?

—No. Ya lo sabían.

Tras regresar al presente, Sam miró a Lucy con cautela. Ella sabía que le había contado más de lo que tenía intención, que no estaba seguro de por qué lo había hecho y que se arrepentía de ello.

—Vuelvo enseguida —anunció Sam, y salió a poner los bistécs en una parrilla en la parte de atrás de la casa.

Mientras los bistécs se usaban en la parrilla y una fuente de patatas rojas en el horno, Lucy habló a Sam de sus padres y del reciente descubrimiento de que su padre ya había estado casado antes de hacerlo con su madre.

—¿Le preguntarás al respecto?

—Siento curiosidad —admitió Lucy—, pero no sé si deseo oír las respuestas. Sé que quiere a mamá. Pero no me apetece que me diga que quiso a alguien más que a ella. —Pasó los dedos por la rayada superficie de la mesa—. Papá siempre ha estado distanciado de nosotras. Ha sido reservado. Creo que su primera esposa se quedó con una parte de su corazón que no ha podido entregar a nadie más después de que ella muriera. Creo que quedó irreparablemente herido, pero mamá le quiso de todos modos.

—Debe de ser duro competir con el recuerdo de alguien —observó Sam.

—Sí. Pobre mamá. —Lucy hizo una mueca—. Siento que tengas que conocerles. No es justo para ti. Primero atendiendo a todos mis deseos y después teniendo que soportar una visita de mis padres.

—No pasa nada.

—Papá seguramente te caerá bien. Cuenta chistes de física que no entiende nadie.

—¿Por ejemplo?

—Por ejemplo: «¿Por qué el pollo cruzó la carretera? Porque un pollo en reposo tiende a estar en reposo. Los pollos en movimiento tienden a cruzar la carretera.» —Lucy puso los ojos en blanco cuando él se echó a reír—. Sabía que te parecería divertido. ¿Adónde crees que deberíamos ir a cenar?

—Al Duck Soup —contestó Sam.

Era uno de los mejores restaurantes de la isla, una taberna emparrada que ofrecía verduras locales y productos de su propio huerto, así como marisco fresco. En el vestíbulo había colgado un magnífico retrato de Groucho Marx.

—Me encanta ese lugar —dijo Lucy—. Pero Kevin y yo cenamos con ellos allí una vez.

—¿Y qué importa eso?

Lucy se encogió de hombros, sin saber muy bien por qué lo había mencionado.

Sam la miró fijamente.

—No me preocupa que me comparen con Kevin.

Lucy notó que se sonrojaba.

—No estaba pensando en eso —protestó con irritación.

Después de servir más vino, Sam levantó su copa y dijo:

—Estos son mis principios. Si no te gustan, tengo otros.

Lucy sonrió, reconociendo la cita de Groucho Marx.

—Beberé por eso —repuso, y alzó su copa.

Durante la cena hablaron de películas antiguas y descubrieron un gusto compartido por los clásicos en blanco y negro. Cuando Lucy confesó que no había visto nunca *Historias de Filadelfia,* con Cary Grant y Katharine Hepburn, Sam insistió en que tenía que verla.

—Es una comedia disparatada clásica. No puedes decir que te gustan las películas antiguas sin haberla visto.

—Es una pena que no podamos verla esta noche —se lamentó Lucy.

—¿Por qué no podemos?

—¿La tienes en DVD?

—No, pero puedo descargarla.

—Pero eso tardará muchísimo.

Sam puso cara de engreído.

—Tengo un acelerador de descargas que saca el máximo partido al envío de datos iniciando varias conexiones simultáneas de múltiples servidores. Cinco minutos, como mucho.

—A veces ocultas muy bien el cretino que llevas dentro —se maravilló Lucy—. Y entonces aparece como un rayo.

Después de cenar fueron a la sala de estar a ver la película. Lucy se dejó cautivar enseguida por la historia de la enojadiza y desalmada heredera, su gallardo ex marido y el cínico periodista encarnado por Jimmy Stewart. Los diálogos estaban repletos de un humor elegante y caprichoso, con todas las pausas y reacciones perfectamente sincronizadas.

Mientras las imágenes en blanco y negro parpadeaban en la pantalla, Lucy se inclinó sobre el costado de Sam, medio esperando que se opondría. La relajada velada que pasaban juntos, las tímidas confidencias, habían dado lugar a un clima de intimidad que Sam quizá no querría estimular. Pero él la rodeó con un brazo y le dejó recostar la cabeza contra su hombro. Lucy suspiró, saboreando la firme calidez de su presencia junto a ella, el peso reconfortante de su brazo. A medida que su contacto hervía a fuego lento, se hacía difícil no tocarle, buscarle con las manos.

—No estás mirando la película —advirtió Sam.

—Tú tampoco.

—¿En qué piensas?

En medio del silencio, el diálogo flotó como burbujas de champán.

«No puede ser otra cosa que amor, ¿verdad?»

«No, no puede ser.»

«¿Sería inconveniente?»

«Terriblemente.»

—Estaba pensando —dijo Lucy— que no he probado nunca una relación en la que nadie promete nada. Me gusta esa regla. Porque si no haces promesas, no puedes romperlas.

—Hay otra regla de la que no te he hablado.

Su voz era cautelosa. Su respiración agitaba los pelos de la parte superior de la cabeza de Lucy.

—¿Cuál es?

—Saber cuándo parar. Cuando alguno de los dos diga que ha llegado el momento de dejarlo, el otro tiene que aceptar. Sin argumentos ni discusiones.

Lucy guardó silencio. Le dio un vuelco el estómago cuando cambió de posición en el sofá.

Sam se volvió a mirarla, con la cabeza recortada sobre un fondo de imágenes fantasmales y parpadeantes. El sonido bajo de su voz hendió el torrente sordo de palabras e imágenes a su espalda.

—De todas las personas a las que nunca he querido hacer daño, Lucy... tú eres la primera de la lista.

—Creo que eres el primer hombre que se ha preocupado alguna vez por eso. —Lucy se atrevió a alargar la mano y tocarle el costado del rostro, pasándole los dedos suavemente por la mejilla. Percibió la sutil contracción de la mandíbula, los enérgicos latidos del pulso bajo las yemas de sus dedos—. Démonos una oportunidad —susurró—. No me harás daño, Sam. No lo permitiré.

Tomándose su tiempo, Sam cogió el mando a distancia, lo manejó con torpeza y pulsó el botón de silencio. La película continuó, luces y sombras sin sonido. Su boca encontró la de Lucy en un beso largo y fluido, intercambiando calor por calor, sabor por sabor. Le puso una mano en la nuca y le dio un masaje. La excitación se tornaba algo oscuro e indescriptible, una sensación que ascendía en una oleada lenta desde los pies hasta la cabeza de Lucy. Era más que deseo..., un anhelo tan absoluto que habría hecho cualquier cosa por saciarlo.

Sam sujetó el dobladillo de la camiseta que llevaba Lucy y tiró hacia arriba para despojarla de la tela. Sus dedos recorrieron los tirantes elásticos del sujetador y los hicieron bajar por los hombros antes de pasar al cierre de la parte de atrás. Ella se estremeció al notar que manipulaba los diminutos ganchos. Después de quitarle la prenda, Sam le pasó las manos por los costados de la caja torácica y fue subiendo hasta abarcar sus pechos desnudos. Se inclinó sobre ella. Con diabólica lentitud, tomó un pezón en la boca, lo sostuvo entre los dientes y lo acarició con la lengua. Lucy tuvo que morderse los labios para no suplicarle que la poseyera allí mismo. Él empezó a tirar con suavidad, repetidamente, lamiéndola entre tirón y tirón.

Gimiendo, Lucy agarró la parte de atrás de la camiseta de Sam e intentó quitársela, ávida de sentir el contacto de su piel contra ella. Él se detuvo para despojarse de la prenda y la hizo retroceder hasta que estuvo tendida sobre el sofá. Tenía apuntalada la pierna herida, mientras que la sana se mecía con displicencia a un lado.

Después de bajar sobre ella, Sam estampó la boca contra la suya, con besos bruscos, voluptuosos y dulces. Lucy no acertaba a encontrarse en la repentina llamarada de sensación, no podía controlar nada. Le correspondió, dejándose atrapar como una estrella fugaz, ardiendo por dentro.

Tenuemente le oyó murmurar que debían parar un momento, tenían que usar alguna protección. Ella farfulló unas palabras para darle a entender que no era necesario, que tomaba la píldora para regular su ciclo, y él repuso que la llevaría arriba porque su primera vez no debía ser en el sofá. Pero siguieron besándose compulsivamente, con avidez, y Sam bajó una mano para desabrocharle el pantalón corto. Se lo quitó de un tirón sobre las caderas llevándose consigo la ropa interior. Lucy sintió el frescor del aire contra el ardor de su piel.

Estaba debilitada por el deseo, por el anhelo de que él la tocara, la besara, hiciera cualquier cosa, pero el pantalón corto y las braguitas se habían atascado en el braguero y Sam se había detenido a desenredarlos.

—Déjalo —dijo ella sin aliento—. No pares. —Le miró con el ceño fruncido y la cara sonrojada mientras él insistía en liberar la goma de las braguitas del cierre del braguero—. Sam...

Su impaciencia le hizo soltar una risita sofocada. Sam alargó la mano para cogerla y le pasó un brazo por debajo del cuello. Sus bocas se encontraron en un beso inquisitivo y profundo. La de él se entretuvo a tirarle el labio superior y luego el inferior.

—¿Es esto lo que quieres? —preguntó Sam, deslizando una mano entre sus muslos temblorosos.

Le abrió la dolorida carne, acariciándola en círculos suaves y volubles hasta que se humedeció por completo. Lucy dejó caer la cabeza sobre el brazo de Sam, y este le besó el cuello y exhaló aire caliente contra su piel mientras introducía los dedos en ella.

Lucy se retorció y se levantó torpemente, con la pierna obstaculizada por el braguero. Sam le murmuró dulcemente al oído..., estate quieta, déjame hacer, no te esfuerces..., pero ella no podía evitar levantarse impulsada por el placer.

Jadeando, le atrajo en una súplica tácita y desesperada de más caricias, palpando a tientas la musculosa superficie de su espalda. Sam tenía una piel tersa, dura y sedosa, y la curvatura de su hombro resultaba tan tentadora que Lucy hundió ligeramente los dientes en el robusto músculo, un mordisquito amoroso que le hizo estremecerse.

Sam alargó la mano entre ambos buscando el cierre de sus vaqueros. Lucy era incapaz de moverse, tan solo podía esperar impotente mientras él hurgaba en su interior con un movimiento lento y deslizante. Sintió que se tensaba, se relajaba y volvía a tensarse. Sam entró más adentro. Unos sonidos inarticulados se formaron en la garganta de Lucy. No había palabras para definir lo que necesitaba, lo que le ocurría. Sam retiró la mano y la subió hasta su pecho; las puntas húmedas de sus dedos se posaron con firmeza sobre el pezón duro.

A través del estruendo de sus latidos, le oyó susurrarle que le recibiera, que le dejara entrar. Cuando se estiró agarrada a él, notó su mano deslizándose bajo su trasero para levantarla un poco. Sam empujó de nuevo, y el frotamiento caliente y resbaladizo la hizo gritar como de dolor.

Sam se detuvo en seco y la miró, con los ojos de un azul sobrenatural entre las sombras.

—¿Te he hecho daño? —susurró.

—No. No... —Desbordada de deseo y excitación, Lucy le sujetó las caderas para instarle a apretarse con más fuerza contra ella—. Por favor, no pares.

Sam emprendió un ritmo pausado, que la hacía sacudirse y arquearse como si estuviera en un potro de tortura.

Lucy se impulsó hacia arriba en silenciosa petición, pero no hubo ningún cambio en su ritmo lento pero incesante. La tensión iba en aumento, sus músculos internos se contraían sobre la deliciosa dureza invasora. Las arremetidas de Sam eran cada vez más profundas, y Lucy gemía con cada una de ellas. Todo aquello era demasiado, el cuerpo fornido moviéndose sobre el suyo, el cosquilleo de los pelos del torso contra sus pezones, la mano firme instando a sus caderas a subir con cada embestida calculada. Sintió el placer estallando en sacudidas bruscas y extáticas. Sam silenció sus sollozos con la boca y empujó más adentro, dejando que su cuerpo tembloroso le absorbiera, le vaciara.

Durante un rato, ninguno de los dos se movió ni habló; tan solo respiraron entrecortadamente.

Lucy le pasó los brazos alrededor del cuello y le besó la mandíbula, la barbilla, la comisura de la boca.

—Sam —dijo soñolienta, con la voz ronca de satisfacción—. Gracias.

—Sí.

Él parecía aturdido.

—Ha sido alucinante.

—Sí.

Lucy le susurró al oído:

—Y para que estés tranquilo... no te quiero.

A juzgar por la vibración de la risa que le notó dentro del pecho, había dicho lo correcto. Sam se inclinó sobre ella y rozó con los labios su boca sonriente.

—Yo tampoco te quiero.

Cuando Sam fue capaz de moverse, recogió la ropa del suelo y llevó a Lucy al piso de arriba. Se acostaron juntos en la amplia cama, con la conversación temporalmente latente como ascuas bajo una capa de ceniza fría.

Sam experimentó una sensación incómoda, como si su cuerpo supiera que había cometido un error aunque su cerebro no dejaba de aportar toda clase de razones en sentido contrario. Lucy era una mujer adulta, capaz de tomar sus propias decisiones. Él no la había llevado a engaño, no se había presentado de otra guisa que no fuera como era realmente. Ella parecía conformarse con aquella situación, y Dios sabía que él se sentía satisfecho, colmado, de un modo que no había conocido nunca antes.

Quizás era ese el problema. Había sido demasiado bueno. Había sido distinto. La pregunta de por qué había resultado así con Lucy era algo en lo que debía pensar. Más adelante.

El cuerpo de Lucy en la semioscuridad aparecía algo borroso, como la penumbra de las sombras de un cuadro. La luz de la luna que se filtraba por la ventana confería una tenue luminosidad a su piel, como si fuera una criatura mágica de un cuento de hadas. Sam la contempló fascinado, pasándole una mano por la cadera y el costado.

—¿Qué ocurre al final? —susurró Lucy.

—¿Al final de qué?

—De la película. ¿Con quién se casa Katharine Hepburn?

—No voy a estropeártelo.

—Me gusta que me cuenten el final.

Sam jugueteó con sus cabellos, dejando que unos ríos de seda oscura se derramaran a través de sus dedos.

—Dime qué crees que ocurre.

—Creo que se queda con Jimmy Stewart.

—¿Por qué?

—Bueno, ella y Cary Grant estuvieron casados y se divorciaron. De modo que está cantado.

Sam sonrió ante su tono prosaico.

—Eres un poco cínica.

—Casarse con alguien por segunda vez nunca funciona. Fíjate en Liz Taylor y Richard Burton. O en Melanie Griffith y Don Johnson. Y tú no eres el más indicado para llamarme cínica: ni siquiera crees en casarte con alguien por primera vez.

—Creo en ello para determinadas personas. —Siguió pasándole los dedos por el pelo—. Pero es más romántico no casarse.

Lucy se recostó sobre un codo y le miró.

—¿Por qué piensas eso?

—Sin matrimonio, una pareja solo se junta para los buenos momentos. La mejor parte de la relación. Y luego, cuando empeora, cortas y sigues con tu vida. Sin recuerdos desagradables ni divorcios que destrozan el alma.

Lucy guardó silencio, pensativa.

—Hay un fallo en tu razonamiento.

—¿Cuál es?

—No lo sé. Aún no lo he descubierto.

Sam sonrió y la atrajo debajo de él. Se inclinó sobre su pecho, le lamió el pezón y usó el pulgar para extender la humedad. Su piel parecía de seda pálida, increíblemente tersa contra las yemas de sus dedos. Las texturas de su cuerpo le fascinaban, todo suave, flexible y lustroso. Y su aroma —florido, algodonoso, con un ligerísimo y erótico punto salado y almizcleño— le causaba un clamor encendido en la sangre. Se desplazó sobre ella, pasando la boca lentamente por su cuerpo, saboreándolo. Cuando llegó más abajo, las extremidades de Lucy temblaron bajo sus manos. Notó las de ella acariciándole el pelo, la nuca, y el contacto de sus dedos fríos le endureció enseguida. Siguió el aroma femenino hasta allí donde era más intenso, más tentador, y Lucy emitió un sonido agitado a la vez que sus piernas se abrían con facilidad.

Ella gimoteó cuando Sam le acarició con la nariz la blandura entre los muslos y le lamió la oquedad sedosa y caliente, de un sabor erótico y estupefaciente. Jugó con ella, frotando, chupando suavemente, hasta que Lucy se apretó contra él con un sollozo. Captando cada latido y cada vibración, la indujo mediante sensaciones a la indulgencia, hasta que se quedó relajada e inmóvil debajo de él.

Tras levantarse, la cubrió con su cuerpo y se hundió en las deliciosas profundidades húmedas, empujando despacio para saborear el contacto. Las uñas de Lucy se deslizaron sobre su espalda, unos arañazos delicados y electrizantes que llevaron a Sam a arremetidas más fuertes y más profundas. El éxtasis surgió sin previo aviso, intenso y contundente, extendiéndose por cada centímetro de su piel desde el cuero cabelludo hasta las plantas de los pies.

Rendido y atónito, Sam se dejó caer en su lado de la cama cuando terminó. Lucy se acurrucó junto a él. Sam cerró los ojos, esforzándose por moderar su respiración. Se notaba los miembros increíblemente pesados. Ya había conocido el placer antes, pero nunca con aquella intensidad, aquella profusión. Le invadió el agotamiento, y no le apetecía más que dormir. Así... en su propia cama... con Lucy a su lado.

Pero este último pensamiento le hizo abrir los ojos de par en par.

Jamás dormía con nadie después de tener sexo, lo cual era uno de los motivos por los que prefería que sucediera en casa de la mujer y no en la suya. Resultaba mucho más fácil ser el que se marchaba. En un par de ocasiones, Sam había llegado hasta el punto de cargar a una mujer protestona en su coche y llevarla a casa. La idea de pasar una noche entera con una mujer le había llenado siempre de una aversión que rayaba en el pánico.

Obligándose a salir de la cama, fue a ducharse. Tras ponerse un albornoz, llevó un paño caliente a la cama, se ocupó de Lucy y la tapó con las sábanas hasta los hombros.

—Te veré por la mañana —murmuró, depositándole un fugaz beso en los labios.

—¿Adónde vas?

—A la cama abatible.

—Quédate conmigo.

Lucy dobló una esquina de la sábana de forma incitante. Sam sacudió la cabeza.

—Podría hacerte daño en la pierna..., aplastarla o algo parecido...

—¿Bromeas? —Una sonrisa soñolienta curvó los labios de Lucy—. Este braguero es indestructible. Podrías pasar con tu camioneta por encima.

Sam tardó unos momentos en responder, alarmado por su propio deseo de meterse en la cama con ella.

—Me gusta dormir solo.

—Ah. —Lucy adoptó un tono despreocupado—. Nunca pasas la noche con una mujer.

—No.

—No pasa nada —dijo ella.

—Bien. —Sam carraspeó, sintiéndose inepto. Zafio—. Ya sabes que no es nada personal, ¿verdad?

La tenue risa de Lucy flotó en el aire.

—Buenas noches, Sam. Lo he pasado muy bien. Gracias.

Sam pensó que seguramente era la primera vez que una mujer le daba las gracias por tener sexo con ella.

—El placer ha sido mío.

Y se encaminó hacia la otra habitación con la misma inquietud que había experimentado anteriormente.

Algo había cambiado en su interior y, que Dios le ayudara, no quería saber qué era.

19

La madre de Lucy, naturalmente, se mostró enseguida encantada con Sam. La reacción de su padre fue más precavida, cuando menos al principio. Sin embargo, durante la cena en el Duck Soup encontraron un tema de interés común cuando Sam preguntó sobre la sonda espacial robótica que el padre de Lucy había ayudado a diseñar. Comprendiendo la generosa dosis de interés que afloraba bajo la superficie de Sam, el habitualmente reservado padre de Lucy se puso a hablar como una cotorra.

—... de modo que lo que esperábamos —decía Phillip— era que los cometas constarían de una combinación de partículas presolares y hielo que se había formado en el límite del sistema solar al cero absoluto. —Hizo una pausa—. Por si no estás familiarizado con este término, el cero absoluto es...

—El punto nulo de toda escala de temperatura termodinámica —dijo Sam.

—Eso es. —El padre de Lucy prácticamente le sonrió—. Contrariamente a nuestras suposiciones, la mayor parte de la materia rocosa del cometa se había formado dentro del sistema solar a temperaturas elevadísimas. De manera que los cometas se forman en condiciones de calor extremo y hielo.

—Fascinante —comentó Sam, y era evidente que lo decía de corazón.

Mientras los hombres seguían charlando, la madre de Lucy se inclinó hacia su hija para susurrarle al oído.

—Es maravilloso. Tan guapo y encantador, y a tu padre le cae estupendamente. Tienes que pescarle, cariño.

—No hay nada que pescar —replicó Lucy—. Ya te lo dije. Es un soltero de por vida.

Era obvio que su madre aceptaba el reto de buen grado.

—Puedes hacerle cambiar de opinión. Un hombre como él no debería quedarse soltero. Sería un delito.

—No pienso torturar a un hombre tan majo intentando hacerle cambiar.

—Lucy —susurró su madre con impaciencia—, ¿para qué crees que sirve el matrimonio?

Concluida la cena fueron a la casa de Rainshadow a tomar café. No era ese el plan original, pero después de oír la descripción que hizo Sam del viñedo y de la renovada mansión victoriana, la madre de Lucy no pudo menos que exigir verla. Mark y Holly estaban fuera todo el fin de semana; habían ido con Maggie a ver a los padres de esta en Bellingham. Amablemente, Sam preguntó a Cherise si deseaba hacer la visita comentada de veinticinco centavos.

—Me quedaré en la cocina a preparar café —se ofreció Lucy—. Mamá, no interrogues a Sam mientras te enseña la casa.

Su madre le dirigió una mirada de atónita sorpresa.

—Yo nunca interrogo a nadie.

—Quizá deberías saber que solo contesto preguntas

aprobadas previamente —bromeó Sam—. Pero por ti, Cherise, me permitiré cierta libertad.

La madre de Lucy soltó una risita.

—Yo ayudaré a Lucy con el café —dijo el padre—. No entiendo nada de renovación de casas: no sé distinguir un frontón de una pérgola.

Después de moler un puñado de granos con el molinillo eléctrico, Lucy introdujo el café en la máquina mientras su padre llenaba una jarra con agua del grifo.

—Bueno, ¿qué te parece Sam? —preguntó ella.

—Me cae bien. Un tipo inteligente. Parece sano y autosuficiente, y se ha reído de mi chiste de Heisenberg. No puedo evitar preguntarme por qué un hombre con tanto cerebro debería desperdiciarlo cultivando un viñedo.

—No es ningún desperdicio.

—Miles de personas en todo el mundo hacen vino. No sirve de nada sacar otro más cuando se producen tantos.

—Eso es como decir que nadie debería crear más arte, porque ya tenemos suficiente.

—El arte, o el vino, no beneficia a la gente como lo hace la ciencia.

—Sam diría lo contrario.

Lucy observó a su padre mientras echaba el agua en la cafetera. El aparato hizo un clic y desprendió vapor mientras empezaba a filtrar.

—Una pregunta más importante —planteó su padre— es qué piensas tú de él.

—También me cae simpático. Pero no hay ninguna posibilidad de que la relación vaya en serio. Tanto él como yo tenemos planes para el futuro que no incluyen al otro.

Su padre se encogió de hombros.

—Si disfrutas de su compañía, no hay nada malo en pasar el rato con él.

Permanecieron callados por un momento, escuchando el plácido chisporroteo de la cafetera.

—¿Vais a ir a ver a Alice y Kevin mañana? —preguntó Lucy.

Su padre asintió con la cabeza y su sonrisa se ensombreció.

—Ya sabes que ese matrimonio, si se consuma, tiene tanto futuro como una bola de nieve en el infierno.

—No se puede estar seguro al cien por cien —repuso Lucy, aunque estaba de acuerdo con él—. La gente puede sorprenderte.

—Sí, es cierto —admitió Phillip—. Pero, a mi edad, no ocurre muy a menudo. ¿Dónde están las tazas?

Abrieron un par de armarios hasta encontrarlas.

—Hace poco tu madre y yo estuvimos hablando —declaró Phillip, y la sorprendió al añadir—: Creo que te ha contado que ya estuve casado antes.

—Sí —consiguió articular Lucy—. Me dejó completamente anonadada.

—Toda esta situación entre tú, Alice y Kevin ha removido algunos asuntos que tu madre y yo no hemos abordado en mucho tiempo.

—¿Y eso es malo? —preguntó Lucy con cautela.

—No lo sé. Nunca he tenido la convicción de que deba hablarse de todo en una relación. Hay cosas que una conversación no puede resolver.

—Supongo que esos asuntos tienen que ver con... ¿ella?

Por alguna razón, la frase «tu primera esposa» resultaba demasiado discordante para que Lucy se atreviera a decirla.

—Sí. Quiero a tu madre. Yo nunca haría comparaciones. La otra relación era... —Una pausa, cargada de una tensión pensativa que ella nunca le había visto hasta entonces—. Estaba dentro de su categoría.

—¿Cómo se llamaba? —preguntó Lucy en voz baja.

Phillip separó los labios como para responder, pero sacudió la cabeza y guardó silencio.

Lucy se preguntó qué clase de mujer había sido para que, décadas después de su muerte, él no pudiera pronunciar su nombre.

—Aquella intensidad de emociones... —dijo su padre al cabo de un rato, como hablando para sí—. Aquella sensación de dos personas que están hechas el uno para el otro, como dos mitades de un todo. Era... extraordinario.

—De modo que no te arrepientes —observó Lucy.

—Sí me arrepiento. —Su padre la miró fijamente, con los ojos chispeantes. Su voz sonó ronca cuando agregó—: Más vale no saberlo. Pero yo soy así. Otros podrían decir que merece cualquier precio vivir solo unos momentos lo que yo viví.

Se volvió y procedió a servir el café.

Muda de asombro por aquella insólita manifestación de sentimientos, Lucy fue cojeando a buscar cucharillas en el cajón de la cubertería. De haber sido un hombre más táctil, ella le habría dado un abrazo. Sin embargo, su cortesía anquilosada siempre había sido una especie de armadura que repelía las demostraciones de afecto.

Ahora Lucy comprendió algo de su padre que no había entendido hasta entonces: su calma, su serenidad infinita, no tenían nada que ver con la paz.

Después de que los Marinn regresaran a California, la madre de Lucy la llamó para decirle que el día que habían transcurrido con Alice y Kevin había ido tan bien como cabía esperar. Según Cherise, la pareja había estado apagada. Kevin se había mostrado especialmente callado.

—Pero tuve la impresión —dijo su madre— de que los dos han decidido llevarlo adelante, cueste lo que cueste. Creo que Kevin está siendo presionado por sus padres; parecen muy interesados en casarle.

Lucy sonrió con tristeza. Los padres de Kevin eran una pareja mayor que habían mimado a su único hijo y por lo tanto se habían sentido consternados por su inmadurez y egocentrismo. Pero ya era demasiado tarde para que se replantearan qué habrían tenido que hacer de forma distinta. Quizá creían que el matrimonio sería bueno para él, que le haría más adulto.

—Fuimos a cenar fuera —prosiguió Cherise— y todo el mundo se comportó como Dios manda.

—¿Incluso papá? —preguntó Lucy con ironía.

—Incluso papá. El único momento delicado tuvo lugar cuando Kevin me preguntó por ti.

—¿De veras? —Lucy sintió una sacudida en el vientre—. ¿Delante de todo el mundo?

—Sí. Quería saber cómo tenías la pierna, y cómo te sentías, y luego preguntó hasta qué punto estabas liada con Sam.

—Dios mío. Apuesto a que Alice quiso matarle.

—No fue muy oportuno por su parte —admitió su madre.

—¿Qué le dijiste?

—La verdad: que tienes buen aspecto, estás contenta y pareces muy unida a Sam. Lo cual no podría hacerme más feliz.

—Mamá, ya te he explicado por qué no hay ninguna posibilidad de que mantenga una relación seria con Sam. Así pues, no deposites esperanzas en algo que es imposible.

—No digas que «es imposible» de algo que ya estás haciendo —replicó su madre con irritante optimismo.

Dos días después de la visita de sus padres, Lucy se instaló en el condominio de Friday Harbor. Para su sorpresa, Sam se había opuesto a que abandonara Rainshadow tan pronto, aduciendo que necesitaba más tiempo para descansar y curarse.

—Además —dijo—, no creo que ya le hayas cogido el tranquillo a estas muletas.

—Las domino perfectamente —repuso Lucy—. Hasta sé hacer trucos con ellas. Tendrías que ver mis movimientos de estilo libre.

—Hay muchas escaleras. Hay que andar mucho. Y todavía no puedes conducir. ¿Cómo harás las compras?

—Tengo toda una lista de números de teléfono de la congregación de Hog Heaven.

—No quiero que te juntes con una pandilla de moteros.

—No me juntaré con ellos —prometió Lucy, divertida—. Solo me echarán una mano de tarde en tarde.

Aunque era evidente que a Sam le habría gustado discutir un poco más, murmuró:

—Es tu vida.

Lucy le obsequió una sonrisa traviesa.

—No te preocupes —dijo—. Te dejaré venir a echar un polvo de vez en cuando.

Él la miró con el ceño fruncido.

—Estupendo. Porque el alivio sexual era mi mayor preocupación.

Aunque a Lucy le causaba reparo dejar la casa de Rainshadow, creía que era lo mejor para los dos. Unos días más

de proximidad y estaba segura de que Sam habría empezado a sentir claustrofobia. Y, lo más importante, Lucy se
alegraba de poder regresar a su estudio.

Echaba terriblemente de menos su vidrio, casi podía
sentir que la llamaba.

La primera mañana de vuelta al Columpio sobre una
estrella, Lucy se sintió repleta de genio creativo. Se puso a
trabajar en un diseño de tamaño normal de la vidriera del
árbol para la casa del viñedo de Rainshadow. Utilizando
una combinación de dibujo a mano y software informático,
detalló las líneas de corte y las piezas numeradas para el
coloreado. Cuando estuviera satisfecha del resultado, haría
tres copias del patrón, una de referencia, otra para recortar-
la con tijeras y una tercera sobre la que montaría la ventana.
Entonces comenzaría el meticuloso proceso de marcar y
partir el vidrio, acompañado de la remodelación y el afilado
de los bordes de las piezas.

Aún trabajaba en el diseño cuando Sam entró en el estudio a la hora del almuerzo. Traía dos bolsas de papel blanco
del Market Chef que parecían satisfactoriamente pesadas.

—Bocadillos —anunció.

—No te esperaba —exclamó Lucy. Una sonrisa burlona
apareció en su rostro—. Veo que no puedes estar lejos de
mí.

Sam echó un vistazo al montón de bocetos que había
sobre la mesa.

—¿Prefieres esto a la vida ociosa que tenías conmigo?

Lucy se echó a reír.

—Bueno, sentirme colmada de atenciones estuvo muy
bien..., pero es bueno volver a ser productiva.

Sam dejó las bolsas sobre la mesa de trabajo y le dio la
vuelta para ver el diseño. Observó el dibujo con deteni-
miento.

—Es hermoso.

—Será alucinante —dijo Lucy—. No puedes hacerte una idea de qué le aportará el vidrio.

Sam contrajo la comisura de los labios.

—Conociéndote, estaré preparado para cualquier cosa. —Después de examinar el dibujo un momento, añadió—: Te he traído un regalo de estreno de casa. He pensado que seguramente querrías guardarlo aquí.

—No tenías que traerme ningún regalo.

—No podrás utilizarlo durante algún tiempo.

—¿Dónde está?

—Quédate quieta. Lo entraré.

Lucy esperó con una sonrisa expectante mientras Sam salía. Abrió los ojos como platos al verle entrar una bicicleta con un enorme lazo adornando el centro del manillar.

—No me lo puedo creer. Oh, Sam. Eres el hombre más..., más...

Se interrumpió con una exclamación de deleite mientras contemplaba la antigua bicicleta restaurada, pintada de un intenso verde pino con unos guardabarros blanquísimos.

—Es una Ladies Schwinn Hornet de 1954 —anunció Sam, empujándola hacia ella.

Lucy pasó los dedos por la reluciente pátina, los gruesos neumáticos negros y el sillín de cuero blanco.

—Es perfecta —dijo, sorprendida al comprobar que se le enronquecía la voz y se le empañaban los ojos.

Porque un regalo como ese solo podía venir de alguien que la entendía, que la conocía bien. Y era una señal de que Sam sentía realmente algo por ella, tanto si quería como si no. Se sorprendió de la constatación de cuánto significaba esto para ella, cuánto había deseado que la apreciara hasta cierto punto.

—Gracias. Yo...

Se levantó, le echó los brazos al cuello y apretó la cara contra su hombro.

—De nada. —Sam le dio unas palmaditas en la espalda, incomodado—. No es necesario que actúes como una chiquilla.

Advirtiendo lo tenso que se había puesto y comprendiendo el motivo, Lucy dijo con voz apagada:

—Es un detalle increíble, y seguramente lo más bonito que me han regalado nunca. —Forzó una carcajada y se estiró para besarle en la mejilla—. Relájate. Aún no te quiero.

—Gracias a Dios.

Sam le sonrió, visiblemente relajado.

Durante los dos meses siguientes, Lucy estuvo ocupada en su trabajo. Sam solía dejarse caer con el pretexto de verla, pero sus visitas normalmente acababan cenando juntos. Aunque luego había habido incontables intervalos románticos en el condominio, el sexo no era algo que Sam exigiera o esperara automáticamente. Parecía disfrutar de charlar con ella, estar en su compañía, tanto si terminaban acostándose juntos como si no. Una tarde llevó a Holly al estudio de Lucy, y esta la ayudó a construir un atrapaluz sencillo con vidrio y papel de aluminio. Otro día llevaron a Holly al parque de esculturas, donde Sam no tardó en verse rodeado de por lo menos media docena de niños, todos los cuales se reían como locos mientras él les dirigía para que posaran como estatuas.

Lucy consideraba la conducta de Sam algo más que desconcertante. Para un hombre que estaba tan resuelto a evitar el compromiso emocional, sus actos eran propios de alguien que buscaba intimidad. Sus conversaciones se extraviaban a menudo en territorio personal, en el que compartían sus pensamientos y recuerdos de la niñez. Cuanto más descubría Lucy sobre el pasado de los Nolan, más compasión sentía por Sam. Los hijos de padres alcohólicos solían recelar de las emociones intensas cuando se hacían mayores. Por lo general trataban de aislarse, de defenderse para evitar ser heridos o manipulados, o aún peor, abandonados. Como consecuencia, la intimidad era lo más peligroso de todo, algo que había que evitar a toda costa. Y sin embargo Sam se iba acercando, aprendiendo poco a poco a confiar en ella sin que aparentemente se diera cuenta.

«Eres más de lo que crees ser», deseaba decirle Lucy. No era imposible creer que algún día Sam podría llegar hasta el punto de ser capaz de amar a alguien y ser amado. Por otra parte, esa clase de cambio trascendental, de conocimiento de sí mismo, podía llevar mucho tiempo. Quizá toda una vida. O tal vez no llegaría a darse. La mujer que depositara todas sus ilusiones en Sam casi con toda seguridad terminaría con el corazón roto.

Y, solo para sí misma, Lucy reconoció que estaba peligrosamente cerca de convertirse en esa mujer. Sería muy fácil permitirse querer a Sam. Se sentía tan irresistiblemente atraída por él, era tan feliz cuando estaban juntos, que comprendió que había un plazo límite para su relación que se acercaba velozmente. Si esperaba demasiado a cortar, se haría mucho daño. Mucho más, de hecho, del que le había infligido Kevin.

Entretanto, decidió disfrutar de cada momento que pudiera compartir con Sam. Momentos robados, llenos del conocimiento agridulce de que la felicidad era tan efímera como la luz de la luna.

Aunque Lucy no tenía relación directa con Alice, su madre la había mantenido informada de la evolución de los preparativos de boda. La ceremonia se celebraría en la capilla de Nuestra Señora del Buen Viaje en Roche Harbor, en el sector oeste de la isla. La diminuta capilla blanca, de más de un siglo de antigüedad, estaba situada en la costa dominando el puerto. Posteriormente, el banquete tendría lugar en el patio del McMillin's, un restaurante histórico emplazado frente al mar.

A Lucy le molestaba que, aunque su madre se mostraba tibia con respecto a Kevin, se iba entusiasmando con la boda en sí. Parecía que, una vez más, Alice podría hacer lo que quisiera y salirse con la suya.

El día que llegó la invitación, Lucy la puso en un rincón de la encimera de la cocina y se sintió resentida y molesta cada vez que la miró.

Cuando llegó Sam para cenar con ella, advirtió el sobre cerrado enseguida.

—¿Qué es eso?

Lucy hizo una mueca.

—La invitación a la boda.

—¿No vas a abrirla?

—Confío en que, si lo aplazo y me olvido, de alguna manera desaparecerá.

Se atareó en el fregadero, enjugando hojas de lechuga en un colador.

Sam se le acercó. Le puso las manos en las caderas y se apretó contra su espalda. Esperó con paciencia, una presencia constante detrás de ella. Agachó la cabeza y le rozó con los labios el lóbulo de la oreja.

Lucy cerró el grifo y se secó las manos en un paño de cocina.

—No sé si podré ir —confesó malhumorada—. No

quiero, pero tengo que hacerlo. No veo ninguna alternativa.

Sam la volvió hacia él y plantó las manos en la encimera, a ambos lados de ella.

—¿Crees que te dolerá ver a Kevin acompañando a Alice al altar?

—Un poco. Pero no por Kevin, sino solo por mi hermana. Aún estoy furiosa por el modo en que me traicionó y por cómo me mintieron ambos, y ahora mis padres han vuelto a su conducta anterior y van a pagarlo todo, lo que significa que Alice no cambiará nunca, no aprenderá jamás...

—Respira —le recordó Sam.

Lucy inhaló profundamente y soltó un suspiro explosivo.

—Por más que deteste la idea de asistir a esa boda, no puedo quedarme en casa mientras se celebra. Parecerá que todavía conservo sentimientos por Kevin, que estoy celosa o algo así.

—¿Quieres que te lleve a algún sitio? —preguntó Sam.

Lucy arrugó la frente, confusa.

—¿Mientras se casan, quieres decir?

—Te llevaré a un bonito complejo turístico en México. No podrás pensar mucho en el día de su boda mientras te relajas en una playa de arena blanca tomando mojitos.

Ella le miró con los ojos muy abiertos.

—¿Harías eso por mí?

Sam sonrió.

—Yo también sacaría algo de ello. Para empezar, verte en biquini. Dime adónde te gustaría ir. ¿A Los Cabos? ¿A la Baja California? ¿Quizá a Belice o Costa Rica...?

—Sam. —Lucy le acarició el pecho, algo nerviosa—. Gracias. Te agradezco el ofrecimiento más de lo que puedo decir. Pero no habría suficientes mojitos para hacerme olvidar que es el día de su boda. Tendré que ir. No creo que tú...

Dejó la frase en suspenso, incapaz de preguntárselo.

—Tú has accedido a acompañarme a la boda de Mark y Maggie —dijo Sam—. Es justo que yo te acompañe a la de tu hermana.

—Gracias.

—De nada.

—No..., de verdad —insistió ella muy seria—. Ya me siento mejor, sabiendo que estarás conmigo.

Tan pronto como estas palabras salieron de su boca, quiso retirarlas, temiendo que había revelado demasiado. Cualquier indicio de que necesitaba a Sam, que dependía emocionalmente de él, le ahuyentaría.

Pero él le tomó la cabeza entre sus manos y la besó. Su palma se deslizó por la espalda de Lucy hasta las caderas y la apretó contra él. Ella abrió los ojos como platos al notar la presión de su excitación aumentando contra su cuerpo. Para entonces Sam la conocía ya demasiado bien, sabía dónde era más sensible, qué la excitaba. La besó hasta que ella cerró los ojos y se recostó pesadamente contra él, con el corazón desbocado. Unos besos pausados y ardientes, que le absorbían energía y la llenaban de sensaciones.

Lucy giró la cara solo lo suficiente para farfullar:

—Arriba.

Y él la levantó en sus brazos.

El siguiente fin de semana Mark y Maggie se casaron a bordo del transbordador retirado en Seattle. Hacía un día cálido y hermoso, y las aguas del Lake Union eran una pátina reluciente de color azul zafiro. Una sensación de serenidad presidió la ceremonia. No hubo indicios de nerviosismo ni incertidumbre, de tensión ni alboroto, tan solo una felicidad sin condiciones que emanaba de los novios.

Maggie estaba preciosa con un vestido largo hasta las rodillas hecho de seda de un tono marfil, con el cuello en forma de V y los tirantes bordeados de una gasa delicadamente translúcida de color crema. Llevaba el pelo recogido en un sencillo moño alto adornado con un puñado de rosas blancas. Holly iba ataviada con un vestido similar de color crema y una falda con volantes de tul. Lucy se emocionó cuando Mark y Maggie, de pie con el juez de paz para pronunciar los votos, hicieron un gesto a Holly para que se quedara con ellos. Después de besar a la novia, Mark se inclinó a besar también a la pequeña.

Dentro del transbordador se sirvió un espectacular bufé: fruta en abundancia, un surtido de ensaladas de vivos colores, pasta y arroz, marisco fresco del Pacífico, brioches rellenos de queso, bacon y salsa picante, e hileras de tartas y roulades de verdura. En lugar de la tradicional tarta nupcial, se sirvió una torre de pastelitos individuales sobre pisos de plexiglás. Un cuarteto de jazz tocó «Embraceable You».

—Siento que esta boda no haya acontecido después de la de Alice en lugar de antes —comentó Lucy a Sam.

—¿Por qué?

—Porque todo el mundo está muy feliz, y Mark y Maggie están visiblemente enamorados. Va a hacer que la boda de mi hermana parezca aún peor en comparación.

Sam se echó a reír y le pasó una copa de champán. Estaba increíblemente guapo con un traje oscuro y una corbata estampada, aunque vestía con la impaciencia informal de un hombre al que no le gusta ir ataviado con ropa de etiqueta.

—El ofrecimiento de una escapada mexicana sigue en pie —le recordó él.

—No me tientes.

Después de que los invitados cargaran sus platos en el bufé y ocuparan las mesas, Sam dio un paso al frente para hacer el brindis. Mark se quedó de pie abrazado a Maggie y Holly.

—Si no fuera por los transportes públicos —empezó Sam—, hoy mi hermano no se casaría. Él y Maggie se enamoraron en el trayecto del transbordador de Bellingham a Anacortes..., lo que trae a la mente el viejo dicho de que la vida es un viaje. Hay personas que tienen un sentido natural de la orientación. Se las podría dejar en el centro de un país extranjero y sabrían encontrar el camino. Mi hermano no es una de esas personas. —Sam se interrumpió cuando algunos de los invitados se echaron a reír, y su hermano mayor le dirigió una mirada de advertencia fingida—. Así pues, cuando por obra de algún milagro Mark consigue llegar a su destino, es una grata sorpresa para todos, incluido él mismo. —Más risas entre la concurrencia—. Aun así, a pesar de todos los controles, desvíos y calles de sentido único, Mark logró encontrar el camino hasta Maggie. —Sam levantó su copa—. Por el viaje común de Mark y Maggie. Y por Holly, que es más querida que cualquier otra niña en este ancho mundo.

Todo el mundo aplaudió y jaleó, y el grupo empezó a tocar una versión lenta y romántica de «Fly Me to the Moon». Mark cogió a Maggie entre sus brazos y ambos dieron una vuelta por la pista de baile.

—Ha sido perfecto —susurró Lucy a Sam.

—Gracias. —Le sonrió—. No te vayas. Vuelvo enseguida.

Después de dar su copa de champán vacía a una camarera que pasaba por allí, Sam se acercó a Holly y la llevó a la pista de baile, donde la hizo girar, bailar con los pies sobre los suyos y después cogiéndola en brazos y girando lentamente.

La sonrisa de Lucy se tornó pensativa y distraída mientras les observaba. En el fondo de su mente estaba preocupada por un correo electrónico que había recibido de Alan Spellman, su antiguo profesor, aquella misma mañana. No se lo había dicho a nadie, sintiéndose intranquila y en conflicto cuando debería estar loca de alegría.

Alan había escrito que la comisión del Mitchell Art Center la había elegido para concederle la beca de artista residente de un año. La felicitaba efusivamente. Lo único que tenía que hacer era firmar un documento aceptando las cláusulas y condiciones de la beca, y entonces se haría pública la notificación oficial. «No puedo estar más contento —había escrito—. Tú y el Mitchell Art Center hacéis una pareja perfecta.»

A Lucy le había hecho cierta gracia esta última frase. Era consciente de que, después de todas sus relaciones fracasadas, su pareja perfecta resultaba ser un programa para artistas. Pasaría un año en Nueva York. Obtendría el reconocimiento de la nación. Trabajaría con otros artistas, experimentaría con nuevas técnicas, haría «demostraciones de diseño» esporádicas en el laboratorio de vidriería del centro. Tendría su propia exposición al final de su estancia. Era la oportunidad que Lucy siempre había soñado. Y nada se interponía en su camino.

Excepto Sam.

No había prometido nada. Él tampoco. La gracia de su acuerdo consistía en que cualquiera de ellos podía romperlo y marcharse sin mirar atrás. Una oferta como la del Mitchell Art Center no llegaba todos los días, si es que llegaba alguna vez. Y sabía que Sam jamás querría que hiciera semejante sacrificio por él.

¿Por qué, entonces, estaba tan embargada por la melancolía?

Porque necesitaba pasar más tiempo con Sam. Porque su relación, aun con sus limitaciones, había significado mucho para ella.

Demasiado.

Los pensamientos de Lucy regresaron al presente cuando vio al padre de Maggie solicitar un baile con su hija, a la vez que Mark se dirigía a interrumpir a Sam y Holly. Se les unieron más parejas, bailando al son de una música dulcemente nostálgica.

Sam volvió con Lucy y, sin mediar palabra, le extendió la mano.

—No puedo bailar —protestó Lucy riendo, y señaló el braguero que le ceñía la pierna.

Una lenta sonrisa tensó los labios de Sam.

—Fingiremos.

Lucy se abandonó en sus brazos. Aspiró su aroma, a piel bronceada de varón y frescor de cedro, mezclado con un punto de lana veraniega y algodón almidonado. Como no podía bailar con el braguero, se limitaron a mecerse de un lado a otro, con las cabezas juntas.

Sintió un conflicto formándose en su interior, un anhelo mezclado con un leve pánico. Cayó en la cuenta de que, en cuanto le dejara, ya no podría volver nunca. Le dolería demasiado verle con otras mujeres, presenciar cómo el rumbo de su futuro divergía del suyo... y recordar el verano en el que habían sido amantes. Habían estado a punto de forjar una relación rara y maravillosa, algo más allá de lo físico. Pero al final sus defensas internas se habían mantenido inexpugnables. Habían permanecido separados, sin alcanzar nunca la verdadera intimidad que Lucy siempre había ansiado. Y, con todo, cabía la posibilidad de que eso fuera lo máximo a lo que podían aspirar.

«Más vale no saber», había dicho su padre. Ahora Lucy empezaba a comprender a qué se refería.

—¿Qué ocurre? —susurró Sam.

Lucy esbozó una rápida sonrisa.

—Nada.

Pero Sam no se dejó engañar.

—¿Qué es lo que te preocupa?

—Me... duele un poco la pierna —mintió ella.

Sam la sujetó con más fuerza.

—Sentémonos un rato —propuso, y se la llevó de la pista de baile.

A la mañana siguiente, Lucy despertó más tarde de lo habitual, cuando la luz del sol ya entraba a raudales en el dormitorio del condominio. Después de un estiramiento largo y tembloroso, se giró y parpadeó sorprendida al ver a Sam durmiendo a su lado.

Hurgando entre sus recuerdos de la noche anterior, recordó que Sam la había llevado a casa. Estaba alegremente achispada después de haber bebido demasiadas copas de champán. Él la había desvestido y acostado, y se había reído discretamente cuando ella trató de seducirle.

—Es tarde, Lucy. Tienes que dormir.

—Me deseas —había protestado Lucy—. ¿A que sí? Lo noto.

Le había aflojado el nudo de la corbata de seda y la había utilizado para bajarle la cabeza hacia la suya. Después de un beso abrasador, había logrado liberar la corbata del cuello de la camisa y se la había dado con un gesto triunfal.

—Haz algo perverso —sugirió—. Átame con esto. Te desafío. —Levantó la pierna sana y le envolvió con ella—. A menos que estés demasiado cansado.

—Estaría muerto antes que demasiado cansado para esto —repuso Sam, y la mantuvo entretenida hasta bien entrada la noche.

Al parecer, después de todos aquellos esfuerzos placenteros, la tentación del sueño había vencido la norma que se había impuesto Sam acerca de no dormir nunca toda la noche con una mujer.

Lucy paseó su mirada por los miembros largos y fuertes, la lustrosa extensión de su espalda y sus hombros, el tentador desorden de sus cabellos. Su rostro parecía más joven mientras dormía, con la boca relajada y las espesas pestañas en forma de media luna agitándose ínfimamente mientras las imágenes de los sueños pasaban por su mente. Al ver una leve arruga formándose entre sus cejas, Lucy no pudo evitar alargar la mano para alisársela con la delicada punta de un dedo.

Sam despertó con un sonido tenue, desorientado y soñoliento.

—Lucy —dijo con la voz enronquecida por el sueño.

Extendió un brazo para atraerla hacia sí. Ella se acurrucó contra él, acariciando con la nariz la ligera mata de pelo de su pecho.

Pero, al cabo de un momento, notó una sacudida de alarma que le recorrió todo el cuerpo.

—¿Qué..., dónde...? —Sam levantó la cabeza, y se quedó sin aliento al reconocer el lugar donde se encontraba—. Dios mío.

Saltó de la cama como si estuviera en llamas.

—¿Qué ocurre? —preguntó Lucy, sobresaltada por su reacción.

Sam la miró con una expresión rayana en el horror que a ella le pareció muy poco lisonjera.

—No he regresado a casa esta noche. He dormido aquí.

—Tranquilízate. *Renfield* está en la residencia canina. Holly está con Mark y Maggie. No hay nada de qué preocuparte.

Pero Sam había empezado a recoger su ropa esparcida.

—¿Por qué has dejado que me durmiera?

—Yo también me he quedado dormida —repuso Lucy a la defensiva—. Y de todos modos no te hubiera despertado: estabas rendido, y no me importa compartir mi cama, así que...

—A mí sí me importa —replicó Sam abruptamente—. Yo no hago esto. No me quedo hasta la mañana siguiente.

—¿Acaso eres un vampiro? No pasa nada, Sam. No significa nada.

Pero él no la escuchaba. Llevó su ropa al cuarto de baño y, al cabo de un momento, Lucy oyó el agua de la ducha corriendo.

—... y entonces se ha largado, como un gato escaldado —contaba Lucy a Justine y Zoë aquella misma mañana—. Apenas me ha dicho nada al salir. No sé si estaba cabreado o muerto de miedo, o las dos cosas. Seguramente ambas cosas.

Después de que Sam se marchara, Lucy había acudido a la hostería a ver a sus amigas. Las tres estaban sentadas en la cocina tomando café. Lucy no era la única que tenía problemas. El carácter habitualmente radiante de Zoë aparecía eclipsado por la preocupación por su abuela, que andaba delicada de salud. Justine acababa de romper con Duane y, aunque trataba de mostrarse prosaica, resultaba evidente que la situación era difícil para ella.

Cuando Lucy le preguntó qué había causado la riña entre ellos, Justine contestó evasivamente:

—Yo, esto... le asusté sin querer.

—¿Cómo? ¿Has tenido que hacerte la prueba del embarazo o algo parecido?

—No, por Dios. —Justine agitó la mano en un gesto de impaciencia—. No quiero hablar de mis problemas. Los tuyos son mucho más interesantes.

Después de describirles la conducta de Sam, Lucy apoyó la barbilla sobre una mano y preguntó con el ceño fruncido:

—¿Por qué alguien habría de horrorizarse por pasar una noche en una cama ajena? ¿Por qué a Sam no le importa tener sexo conmigo, pero la idea de dormir literalmente conmigo le saca de quicio?

—Piensa en lo que es una cama —dijo Justine—. El sitio en el que duermes es donde eres más vulnerable. Estás indefensa. Estás inconsciente. Así pues, cuando dos personas duermen en una cama en ese estado extremo de vulnerabilidad, es un acto de confianza enorme. Es una clase de intimidad distinta al sexo, pero igual de profunda.

—Y Sam no se permitiría estar unido a nadie —observó Lucy, tragando saliva para eliminar la punzada de dolor que sentía en la garganta—. Es demasiado peligroso para él. Porque él y sus hermanos fueron heridos reiteradamente por las personas que más deberían quererles.

Justine asintió.

—Nuestros padres nos enseñan cómo tener relaciones. Nos muestran cómo se hace. Cuesta mucho trabajo rehacerse después de eso.

—Quizá deberías hablar con Sam —sugirió Zoë, posando una mano sobre el brazo tenso de Lucy—. A veces, si se saca un tema a colación...

—No. Me prometí a mí misma que no intentaría hacerle cambiar o enderezarle. Sam es responsable de sus problemas. Y yo soy responsable de los míos.

Lucy no era consciente de las lágrimas que le habían resbalado por las mejillas hasta que Justine le pasó un pañuelo de papel. Suspiró, se sonó la nariz y les notificó que le habían concedido la beca del centro de arte.

—La aceptarás, ¿verdad? —preguntó Justine.

—Sí. Me iré unos días después de la boda de Alice.

—¿Cuándo piensas decírselo a Sam?

—En el último momento. Quiero aprovechar al máximo el tiempo que nos queda. Y cuando se lo diga, dirá que debería irme, que me echará de menos... pero en el fondo se sentirá sumamente aliviado. Porque él también se da cuenta de esto..., de lo que le está ocurriendo a nuestra relación. Nos estamos comprometiendo. Y debemos pararlo antes de que llegue demasiado lejos.

—¿Por qué? —preguntó Zoë en voz baja.

—Porque tanto Sam como yo sabemos que me hará daño. Jamás podrá decir «Te quiero» y entregar su corazón a alguien. —Volvió a sonarse la nariz—. Este último paso resulta muy difícil. Lleva a un sitio al que no tiene intención de ir.

—Lo siento, Lucy —murmuró Justine—. No te habría propuesto que te juntaras con Sam de haber sabido que te haría infeliz. Creí que necesitabas un poco de diversión.

—Ha sido divertido —aseguró Lucy, secándose los ojos.

—Ya lo veo —repuso Justine, y Lucy soltó una risita llorosa.

Cuando aquella tarde Lucy trabajaba en su estudio, fue

interrumpida por una llamada a la puerta. Tras dejar a un lado las herramientas de cortar vidrio, se ajustó la coleta y se dispuso a abrir.

Se encontró frente a Sam, con un ramo de flores que contenía rosas anaranjadas, azucenas amarillas, ásteres rosas y gerberas.

Los ojos de Lucy pasaron de su rostro inescrutable al colorido ramo.

—¿Flores de culpabilidad? —preguntó, tratando de reprimir una sonrisa.

—Y bombones de culpabilidad. —Sam le entregó una caja rectangular satinada, que a juzgar por el peso debía de contener casi un kilo de chocolatinas—. Junto con mis más sinceras disculpas. —Animado por la expresión de Lucy, prosiguió—: No ha sido culpa tuya que durmiera contigo. Y después de pensarlo, he llegado a la conclusión de que la experiencia no me ha afectado. De hecho me alegro de que haya ocurrido, porque era la única manera de poder descubrir lo hermosa que eres por la mañana.

Lucy se echó a reír, a la vez que una oleada de rubor se extendía por su rostro.

—Eres muy bueno disculpándote, Sam.

—¿Puedo llevarte a cenar?

—Me gustaría. Pero...

—¿Pero qué?

—He estado pensando. Y me preguntaba si no podríamos mantener la amistad sin los «privilegios». Por lo menos durante unos días.

—Por supuesto —contestó Sam con una mirada inquisitiva. Y añadió en voz baja—: ¿Puedo preguntar por qué?

Lucy fue a dejar las flores y los bombones sobre una mesa.

—Tengo varios asuntos que resolver. Necesito un poco

de espacio personal. Si eso te hace cambiar de opinión sobre la cena, lo entiendo.

Por alguna razón, este comentario pareció molestarle.

—No, no me hace cambiar de opinión sobre la cena. —Hizo una pausa, buscando las palabras apropiadas—. Te quiero para algo más que solo sexo.

Lucy sonrió mientras regresaba a su lado, con una sonrisa cálida y franca que pareció confundirle.

—Gracias.

Permanecieron de pie uno frente al otro, sin tocarse. Lucy sospechó que ambos confrontaban la desconcertante contradicción de que algo fallaba entre ellos y que a la vez algo iba bien.

Sam la miró fijamente, y la intensidad de su mirada hizo que a Lucy se le erizaran los pelos de la nuca. Sus facciones eran austeras, inmóviles, exceptuando la contracción de un músculo de la mejilla. El silencio se agudizó, y Lucy se removió incómoda mientras intentaba pensar en algún modo de romperlo.

—Necesito abrazarte —dijo Sam con voz queda.

Sonrojada, consciente de que su tenue rubor se intensificaba hasta ponerse colorada, Lucy soltó una carcajada nerviosa. Pero Sam no sonreía.

Habían compartido los actos sexuales más íntimos, se habían visto de todas las maneras posibles vestidos y desnudos... pero en ese momento, la mera cuestión de un abrazo fortuito resultaba sumamente desconcertante. Lucy dio un paso adelante. Sam la rodeó con sus brazos despacio, como si cualquier movimiento brusco pudiera asustarla. Se unieron en un abrazo cauteloso y paulatino, curvas amoldándose a superficies duras, miembros encajando, la cabeza de ella encontrando su lugar de reposo natural sobre el hombro de él.

Relajándose del todo, Lucy sintió que cada respiración, cada pensamiento y cada latido se adaptaban a los de Sam, una corriente que se abría entre ellos. Si era posible que el amor se expresara de forma pura entre dos cuerpos, no en una unión sexual sino en algo igualmente auténtico e íntegro, entonces era esto. Allí. Ahora.

Perdió la noción del tiempo allí de pie con él. De hecho, daba la impresión de que hubieran salido fuera del tiempo, absortos el uno en el otro, en aquella misteriosa quintaesencia en la que se habían convertido juntos. Pero finalmente Sam se separó y dijo algo sobre recogerla a la hora de cenar. Lucy asintió a ciegas, sujetándose al marco de la puerta para sostenerse en pie. Sam se marchó sin mirar atrás, andando con la precaución un tanto exagerada de quien no está seguro de dónde pisa.

Cuando Lucy llamó a Alan Spellman para decirle que aceptaría la beca del centro de arte, le pidió que retrasara la notificación hasta finales de agosto. Para entonces Alice y Kevin ya estarían casados, y Lucy habría terminado todos los trabajos que tenía entre manos.

Todos los días reservaba algún rato para trabajar en la vidriera para la casa del viñedo de Rainshadow. Era una obra compleja y ambiciosa, que requería todas sus habilidades técnicas. Lucy estaba poseída por el impulso de cuidar hasta el último detalle. Todo lo que sentía por Sam parecía verterse en el vidrio mientras cortaba y disponía las piezas en un poema visual. Todos los colores eran tonos naturales de tierra, árbol, cielo y luna, vidrio fundido y superpuesto en capas para darle un aspecto tridimensional.

Después de dar forma al vidrio, Lucy extendió el engarce de plomo utilizando un torno de banco y unos alicates.

Armó la ventana con cuidado, insertando las piezas de vidrio en los canales de plomo y luego cortando y ajustando el metal a su alrededor. Una vez terminado todo el emplomado interior, usaría el engarce perimetral en forma de U para acabar todos los bordes exteriores. A continuación vendría la soldadura, y la aplicación de cola para impermeabilizar.

Mientras la vidriera iba tomando forma sobre su mesa de trabajo, Lucy reparó en una calidez peculiar en el vidrio, un fulgor que no tenía nada que ver con el calor transferido del metal soldado. Un atardecer, cuando cerraba el taller, echó una mirada a la ventana sin terminar, que descansaba plana sobre la mesa de trabajo. El vidrio resplandecía con una incandescencia propia.

Su relación con Sam había sido platónica desde la noche que habían dormido juntos en el condominio. Platónica, pero no asexual. Sam había hecho todo lo posible por seducirla, con besos abrasadores y juegos apasionados que calentaban a ambos de deseo insatisfecho. Pero Lucy temía la posibilidad muy real que, si ahora tenía sexo con él, dejaría escapar cuánto le quería. Las palabras estaban allí, en su cabeza, sobre sus labios, desesperadas por ser pronunciadas. Solo su sentido de autopreservación le confería la fuerza necesaria para rechazar a Sam. Y si bien al principio él había aceptado sus negativas con elegancia, resultaba evidente que ahora le costaba más trabajo reprimirse.

—¿Cuándo? —le preguntó Sam después de su última sesión, con el aliento encendido contra la boca de Lucy y un fulgor peligroso en sus ojos.

—No lo sé —contestó Lucy débilmente, temblando mientras las manos de él le acariciaban la espalda y las caderas—. Cuando pueda estar segura de mí misma.

—Déjame poseerte —susurró Sam, apoyando la frente

sobre la de ella—. Déjame hacerte el amor toda la noche. Quiero volver a despertarme a tu lado. Dime qué necesitas, Lucy, y lo haré.

«Hacer el amor.» Nunca lo había llamado así hasta entonces. Aquellas tres palabras habían afianzado el corazón de Lucy como un torno de banco. Tal era el suplicio de amar a Sam: que estaba dispuesto a acercarse mucho, pero no lo suficiente.

Y como aquello que ella más necesitaba —que él la quisiera— resultaba imposible, le rechazó de nuevo.

Lucy terminó la vidriera dos días antes de la boda de Alice. Había empezado a llegar gente de fuera de la ciudad; la mayoría se alojaba en las casitas de campo del complejo de Roche Harbor, o bien en las habitaciones del Hotel de Haro. Los padres de Lucy habían llegado aquella misma mañana y habían pasado el día con Alice y la coordinadora de la ceremonia. Al día siguiente Lucy comería con ellos, pero esa noche saldría a cenar con Sam. Y le anunciaría que iba a dejar Friday Harbor.

Sus pensamientos fueron interrumpidos por una llamada a la puerta del estudio.

—Adelante —dijo—. Está abierto.

Para su sorpresa, era Kevin.

Su ex novio le dirigió una sonrisa ligeramente avergonzada.

—Hola, Luce. ¿Tienes un par de minutos?

A Lucy le dio un vuelco el corazón. Esperaba que aquello no fuera un intento de hacer las paces, de hablar de su pasado compartido y limar las asperezas para que el día de su enlace con Alice fuera intachable. Era del todo innecesario. Lucy lo había superado, gracias a Dios, y estaba dispuesta a olvidar el ayer. Lo último que le apetecía era hacer la autopsia a su pasado.

—Tengo un par de minutos —respondió con cautela—, pero estoy bastante atareada. Y supongo que tú debes de estar aún más ocupado con todos los preparativos de la boda.

—En realidad, el novio no tiene gran cosa que hacer. Tan solo aparecer allí y cuando me dicen.

Kevin estaba tan guapo como siempre, pero tenía un aspecto extraño. Mostraba la expresión ausente y desconcertada de quien acaba de dar un traspié en la acera y se gira para ver qué objeto invisible le ha hecho tropezar.

Cuando se le acercaba, Lucy se sorprendió poniendo hojas de papel sobre la vidriera del árbol, sintiendo la necesidad de ocultarlo a su vista. Se dirigió al lado de la mesa de trabajo y se apoyó en ella.

—Te han quitado el braguero —observó Kevin—. ¿Cómo está la pierna?

—Muy bien —contestó Lucy a la ligera—. Solo debo tener un poco de cuidado con ella. Nada de impactos fuertes durante algún tiempo.

Kevin se detuvo un poco más cerca de lo que Lucy hubiera deseado, pero ella no quiso retroceder.

Al contemplarle, Lucy se preguntó cómo era posible que un hombre al que antes se había sentido tan unida le pareciera un desconocido. Había estado tan segura de que se había enamorado de él..., y había sido una buena aproximación, como las flores de seda podían asemejarse mucho a las naturales o el zirconio cúbico podía relucir como un diamante. Pero su versión del amor había resultado una simple comedia. Todas sus palabras afectuosas y rituales íntimos habían sido un modo de ocultar el vacío que había debajo. Esperaba que hubiera encontrado una relación más profunda y auténtica con Alice, pero lo dudaba. Y esto, en realidad, le hacía sentir lástima por él.

—¿Cómo estás? —preguntó.

Algo en su tono hizo que Kevin encorvara los hombros. Suspiró profundamente.

—Es como estar atrapado en un tornado. El color de las flores, los obsequios para los invitados con lazos personalizados, los reportajes en fotografía y en vídeo y todas esas gilipolleces... Esto resulta mucho más complicado y disparatado de como debería ser. Por el amor de Dios, es solo una boda.

Lucy se permitió sonreírle.

—Pronto habrá terminado. Entonces podrás relajarte.

Kevin empezó a pasearse por el estudio, que era un territorio conocido para él. Había estado allí un sinfín de veces cuando vivían juntos. Incluso había ayudado a instalar los anaqueles verticales para almacenar el vidrio. Pero Lucy se sintió incómoda cuando se adentró más en su estudio. Ya no tenía derecho a deambular por su lugar de trabajo de un modo tan desenvuelto.

—Lo más curioso de todo —dijo Kevin, inspeccionando un estante de pantallas de lámpara terminadas— es que cuanto más se acerca la boda, más me sorprendo tratando de averiguar qué nos ocurrió.

Lucy parpadeó.

—¿Te refieres a... tú y yo?

—Sí.

—Lo que ocurrió fue que me engañaste.

—Ya lo sé. Pero necesito averiguar por qué.

—Eso no importa. Se ha acabado. Pasado mañana te casarás.

—Creo que si me hubieras dado un poco más de espacio —dijo Kevin— no habría acudido nunca a Alice. Creo que la relación con ella empezó como una manera de demostrarte que necesitaba más espacio.

Lucy abrió los ojos como platos.

—Kevin, no quiero hablar de eso, de verdad.

Él regresó junto a ella y se le acercó todavía más que antes.

—Tenía la sensación de que faltaba algo entre tú y yo —explicó— y pensé que lo encontraría con Alice. Pero últimamente me he dado cuenta... de que lo tuve contigo todo el tiempo. Solo que no lo veía.

—Basta —espetó Lucy—. Lo digo de verdad, Kevin. No sirve de nada.

—Pensé que tú y yo estábamos demasiado acomodados, y que la vida se volvía aburrida. Pensé que necesitaba emoción. Fui un idiota, Luce. Era feliz contigo, y lo estropeé. Echo de menos lo que tuvimos. Yo...

—¿Estás loco? —inquirió ella—. ¿Tienes dudas sobre la boda? ¿Ahora, cuando todo está organizado y van llegando los invitados de fuera?

—No quiero a Alice lo suficiente para casarme con ella. Es un error.

—Te prometiste con ella. ¡No puedes echarte atrás! ¿Obtienes algún tipo de placer sádico enamorando a mujeres y dejándolas después?

—Me he visto forzado a esto. Nadie me ha preguntado qué quería. ¿No tengo derecho a decidir qué es lo que me hace feliz?

—Dios mío, Kevin. Esto me suena a algo que me dijo Alice. «Solo quiero ser feliz.» Los dos creéis que la felicidad es algo que hay que perseguir, como un niño con un juguete reluciente. No ocurrirá hasta que empieces a descubrir maneras de cuidar de los demás en lugar de formas de complacerte. Debes irte, Kevin. Tienes que cumplir con el compromiso que ya has adquirido con Alice. Asume alguna responsabilidad. Entonces podrás tener alguna posibilidad de ser feliz.

A juzgar por el ceño de Kevin, opinaba que aquel era un consejo condescendiente. Su voz adoptó un tono brusco y malvado.

—¿Qué te ha convertido en una jodida experta? Precisamente tú, que sale con ese engreído de cuarta categoría, Sam Nolan, el experto en vinos que procede de una familia de mendigos borrachos y terminará como ellos...

—Más vale que te vayas —insistió Lucy, dirigiéndose hacia la mesa de trabajo para interponerla entre los dos.

En el espectro de la autocompasión a la ira, había pasado de un extremo al otro.

—Le convencí de que saliera contigo. Fue un montaje, Luce... Fui yo quien lo hizo. Me debía un favor. Le enseñé tu foto en mi teléfono móvil y le pedí que te sacara de casa. Fue idea de Alice. —Ahora Kevin sonreía como si fuera una broma macabra—. Para impedir que siguieras haciéndote la víctima. Una vez que salieras con alguien y siguieras con tu vida, tus padres nos dejarían en paz.

—¿Es eso lo que has venido a decirme? —Lucy sacudió la cabeza—. Ya lo sabía, Kevin. Sam me lo contó al principio.

Bajó los brazos hacia la mesa de trabajo hasta que sus dedos encontraron la tranquilizante frialdad lisa del vidrio.

—Pero ¿por qué...?

—Eso no importa. Si tratas de sembrar la discordia entre Sam y yo, estás perdiendo el tiempo. Abandonaré la isla justo después de la boda. Me marcho a Nueva York.

Kevin abrió los ojos como platos.

—¿Por qué?

—Me han concedido una beca de artista. Voy a empezar una nueva vida.

Mientras Kevin asimilaba la noticia, un fulgor de entusiasmo apareció en sus ojos al mismo tiempo que le subía el color.

—Iré contigo.

Lucy le miró sin comprender.

—Nada me retiene aquí —explicó Kevin—. Puedo trasladar mi negocio..., puedo dedicarme a la arquitectura paisajista en cualquier parte. ¡Dios mío, Lucy, esta es la solución! Ya sé que te hice daño, ya sé que la cagué, pero te compensaré. Lo juro. Empezaremos una nueva vida juntos. Dejaremos atrás toda esta mierda.

—Estás loco —dijo Lucy, tan asombrada por su comportamiento que apenas le salían las palabras—. Kevin, vas..., vas a casarte con mi hermana...

—No la quiero. Te quiero a ti. No he dejado nunca de quererte. Y sé que tú sientes lo mismo por mí, no ha pasado tanto tiempo. Lo nuestro fue hermoso. Te lo recordaré, tienes que...

Se acercó a ella y le sujetó los brazos.

—¡Kevin, basta!

—Yo me he acostado con Alice y tú te has acostado con Sam, de modo que estamos empatados. Lo pasado, pasado está. Lucy, escúchame...

—Suéltame.

En medio de su indignación, tomó plena conciencia del vidrio que les rodeaba por los cuatro costados: láminas, fragmentos, cuentas, azulejos, frita... Y en una fracción de segundo comprendió que, con su fuerza de voluntad, podía darle la forma que quisiera. Una imagen apareció en su mente, y se concentró en ella.

Kevin la sujetó más fuerte, respirando con aspereza.

—Soy yo, Lucy. Soy yo. Quiero que vuelvas. Quiero que...

Se interrumpió con un juramento apagado, y Lucy se sintió liberada con inesperada brusquedad.

Un chillido estremecedor hendió el aire cuando una pequeña silueta oscura voló alrededor de la cabeza de Kevin. Un murciélago.

—¿Qué diablos...? —Kevin levantó los brazos y trató de ahuyentar a la agresiva criatura alada—. ¿De dónde ha salido eso?

Lucy miró hacia su mesa de soldar. Dos piezas de la esquina que aún no había fijado al resto de la vidriera, recortes de vidrio de obsidiana negra, se enroscaron y se agitaron.

—Adelante —dijo, y al instante despegaron de la mesa, otro par de murciélagos que se sumaron al ataque contra Kevin.

El trío de murciélagos cortaron el aire con alas dentadas y se lanzaron en picado hasta que condujeron a Kevin hasta la puerta. Tropezando y maldiciendo, este salió a la calle. Dos murciélagos le siguieron. El tercero voló hasta un rincón de la estancia, se dejó caer al suelo y correteó a través de la superficie de cemento.

Inspirando profundamente, Lucy fue hasta la ventana y la abrió. El sol declinaba hacia el crepúsculo y el aire pesaba con el calor persistente del día.

—Gracias —dijo Lucy, apartándose de la ventana—. Puedes irte.

Al cabo de un momento el murciélago alzó el vuelo, se escabulló a través de la ventana abierta y desapareció en el cielo.

20

—Tendrás que recoger pronto —dijo Sam.

Se puso en cuclillas y observó cómo Alex trabajaba debajo de una pequeña escalera de caracol que llevaba desde el segundo piso hasta la cúpula central de la casa. Alex había raspado y limpiado todas las grietas que había debajo de la desvencijada escalera, y ahora estaba poniendo calzas en los bordes de todos los peldaños y contraescalones. Para cuando su hermano hubiera terminado, la escalera sería lo bastante firme como para sostener un elefante.

—¿Por qué? —preguntó Alex, dejando de martillear.

—Lucy vendrá a cenar.

—Dame diez minutos y habré terminado con esto.

—Gracias.

Sam contempló a su hermano con el ceño fruncido, preguntándose qué debía decirle, cómo podía ayudarle.

Hacía días que Alex se comportaba de un modo extraño, escabulléndose como un gato nervioso. Sam y Mark confiaban en que la resolución del divorcio hubiera proporcionado cierto alivio a Alex, y sin embargo iba cuesta abajo. Estaba flaco y demacrado, con unos círculos oscuros marcados debajo de los ojos como festones funerarios. Era un testimonio de los beneficios genéticos de Alex que, aun macilento y exhausto, seguía siendo extraordinariamente guapo. En la boda de Mark se había mantenido apartado en un rincón, bebiendo, y aun así las mujeres no habían podido dejarle en paz.

—Al —dijo Sam—, no vas a caer en esa mierda, ¿verdad?

El martillo se detuvo de nuevo.

—No tomo drogas, si te refieres a eso.

—Tienes un aspecto horrible.

—Estoy bien. Mejor que nunca.

Sam le miró con incertidumbre.

—Me alegro.

Al oír el timbre de la puerta de la calle, Sam bajó a ver quién era.

Cuando abrió la puerta comprobó que Lucy había llegado temprano. Supo en el acto que algo malo ocurría: tenía la expresión de alguien que acaba de enterarse de la defunción de un ser querido.

—Lucy.

Alargó una mano hacia ella automáticamente, y Lucy dio un paso atrás. Se apartó de él.

Sam estaba hipnotizado, mirándola con atención.

Lucy tenía los labios resecos y marcados, como si se los hubiera mordido. Entonces forzó una sonrisa.

—Tengo algo que decirte. Por favor, no me interrumpas, o no podré terminar. En realidad es una noticia estupenda.

Sam estaba tan distraído por la falsificada alegría de Lucy y la evidente desdicha que escondía, que le costó trabajo entender lo que le contaba. Algo acerca de una beca o un programa de artistas..., algo sobre un centro de arte de Nueva York. El Mitchell Art Center. Iba a aceptarla. Era una beca de prestigio, la clase de oportunidad que había estado esperando toda su vida. Duraría un año. Después, seguramente ya no volvería a la isla.

Luego guardó silencio y le miró, aguardando su reacción.

Sam buscó las palabras.

—Es una noticia estupenda —farfulló—. Felicidades.

Lucy asintió con la cabeza, exhibiendo una sonrisa que parecía prendida con alfileres. Sam dio un paso adelante para abrazarla, y ella se lo permitió solo un momento, pero tenía todos los músculos agarrotados y rígidos. Era como rodear con los brazos una fría estatua de mármol.

—No la podía rechazar —dijo Lucy contra su hombro—. Una oportunidad así...

—Claro. —Sam la soltó—. Debes aprovecharla. Definitivamente.

Siguió mirándola, tratando de hacer que su cerebro asimilara el hecho de que Lucy le dejaba. Lucy se iba. Esta frase le infundió una sensación vaga y entumecida que suponía era de alivio.

Sí. Había llegado el momento. Su relación había empezado a complicarse. Siempre era mejor cortar la situación cuando todavía era buena.

—Si necesitas que te ayude a almacenar tus cosas... —empezó a decir.

—No, todo está bajo control. —A Lucy se le habían humedecido los ojos pese a que aún sonreía. Le dejó atónito cuando dijo—: Será más fácil si no te veo ni hablo contigo a partir de ahora. Necesito una ruptura limpia.

—Pero la boda de Alice...

—No creo que haya boda. De lo cual me alegro por Alice. El matrimonio ya resulta bastante difícil para las personas que se quieren de veras. No creo que ella y Kevin tuvieran ninguna posibilidad. No creo que...

Se interrumpió y soltó un suspiro tembloroso.

Mientras Lucy estaba allí de pie con lágrimas en los ojos, Sam se sintió invadido por una emoción desconocida, la peor que había sentido en toda su vida adulta. Más intensa que el miedo, más punzante que el dolor, más vacía que la soledad. Era una sensación parecida a la que le habría producido una astilla de hielo clavada en el pecho.

—No te quiero —declaró Lucy con una leve sonrisa. Ante su silencio, añadió—: Dime que tú sientes lo mismo.

Era su ritual habitual. Sam tuvo que carraspear antes de poder hablar.

—Yo tampoco te quiero.

Lucy siguió sonriendo y asintió satisfecha.

—He cumplido mi promesa. Nadie resulta herido. Adiós, Sam.

Se volvió y bajó los escalones del porche, cargando el peso sobre su pierna derecha.

Sam se quedó plantado en el porche, observando cómo Lucy se alejaba en su vehículo. El pánico y el asombro indignado le invadieron a partes iguales.

¿Qué diablos acababa de ocurrir?

Volvió a entrar en la casa despacio. Alex estaba sentado en el primer peldaño de la escalera principal, acariciando a *Renfield*, echado a sus pies.

—¿Qué pasa? —preguntó Alex.

Sam se sentó a su lado y se lo contó todo, oyendo su propia voz como si viniera de fuera.

—Ahora no sé qué hacer —concluyó bruscamente.

—Olvídala y sigue con tu vida —repuso Alex, prosaico—. Es lo que siempre haces, ¿no?

—Sí. Pero nunca es así. —Sam se pasó la mano por el pelo hasta convertirlo en mechones desordenados. Se sentía físicamente mareado, tenía náuseas. Como si tuviera las venas llenas de veneno. Le dolían todos los músculos—. Creo que estoy enfermo.

—Quizá necesitas un trago.

—Si empiezo ahora, es posible que ya no pare —dijo Sam con brusquedad—. Así pues, hazme un favor y no vuelvas a decir eso.

Siguió un breve silencio.

—Puesto que ya estás de un humor de perros, tengo algo que decirte —anunció Alex.

—¿Qué? —preguntó Sam con irritación.

—Necesito mudarme contigo la semana que viene.

—¿Qué? —volvió a decir Sam, en un tono completamente distinto.

—Solo serán un par de meses. Estoy sin blanca, y Darcy se ha quedado con la casa a consecuencia del acuerdo. No quiere que viva allí mientras trata de venderla.

—Santo Dios —murmuró Sam—. Acabo de deshacerme de Mark.

Alex le dirigió una mirada inquietante, con una sombra turbadora en los ojos.

—Tengo que alojarme aquí, Sam. No creo que sea por mucho tiempo. No puedo explicarte el motivo. —Vaciló, y consiguió pronunciar las palabras que solo había usado un puñado de veces en toda su vida—. Por favor.

Sam asintió con la cabeza, helado por la idea de que la última vez que había visto aquella misma mirada en los ojos de alguien, con las pupilas negras como la medianoche y la expresión sombría de un alma perdida, fue cuando vio a su padre justo antes de morir.

Incapaz de dormir, Lucy trabajó en su estudio durante la mayor parte de aquella noche, terminando la vidriera.

No era consciente del paso de las horas, solo reparó en que el cielo clareaba y que comenzaba el ajetreo de Friday Harbor a primera hora de la mañana. La ventana del árbol resplandecía plana e inerte, pero cada vez que ponía encima las puntas de los dedos, sentía una sutil vitalidad emanando del vidrio.

Sintiéndose agotada pero resuelta, Lucy fue andando hasta el condominio y se dio una larga ducha. Era la víspera de la boda de Alice. Aquella noche tendría lugar la cena de ensayo. Se preguntaba si Kevin habría hablado con Alice o roto con ella, o bien se había callado sus dudas.

En realidad Lucy estaba demasiado cansada para que le importara. Se envolvió el pelo en un turbante, se puso unos pantalones de franela viejos y cómodos y un top fino y flexible y se metió en la cama.

Justo cuando empezaba a sumirse en un sueño profundo, sonó el teléfono.

Lucy buscó el auricular a tientas.

—¿Diga?

—Lucy. —Era la voz quebradiza de su madre—. ¿Aún duermes? Creía que Alice estaba contigo.

—¿Por qué debería estar conmigo? —preguntó Lucy, bostezando y frotándose los ojos.

—Nadie sabe dónde está. Me ha llamado hace un momento. Kevin se ha ido.

—¿Se ha ido? —repitió Lucy, confusa.

—Esta mañana ha tomado el primer vuelo. Ese gilipollas ha cambiado los billetes de avión que les regalamos para la luna de miel..., se marcha a West Palm solo. Alice estaba histérica. No se encuentra en su casa, y no quiere responder al teléfono. No sé dónde está, ni dónde buscarla. Algunos de los invitados de fuera ya están aquí, y hoy llegarán más. Es demasiado tarde para anular las flores o la comida. El muy bastardo... ¿por qué tenía que esperar al último momento para hacer esto? Pero lo más importante es Alice. No quiero que haga... ningún disparate.

Lucy se incorporó penosamente y salió de la cama.

—La localizaré.

—¿Necesitas que papá te acompañe? Está loco por hacer algo.

—No, no... Ya me ocuparé yo sola. Te llamaré en cuanto averigüe algo.

Después de colgar, Lucy se recogió el pelo en una coleta, se puso unos vaqueros y una camiseta y manipuló la cafetera hasta obtener un tazón de un líquido negro como la tinta. Era demasiado fuerte..., no lo había medido bien. Ni siquiera rebajándolo con agua consiguió aclarar el color. Hizo una mueca y se lo tomó como si fuera una medicina.

Cogió el teléfono y marcó el número de Alice, disponiéndose a dejarle un mensaje. Casi se sobresaltó al oír la voz de su hermana.

—Hola.

Lucy abrió y cerró la boca, queriendo decir diez cosas distintas a la vez. Finalmente optó por preguntar con brusquedad:

—¿Dónde estás?

—En el mausoleo de McMillin —contestó Alice con voz ronca.

—Quédate ahí.

—No traigas a nadie.

—No lo haré. Quédate ahí.

—De acuerdo.

—Prométemelo.

—Te lo prometo.

El mausoleo, denominado Afterglow Vista, era uno de los lugares más hermosos de la isla. Estaba situado en medio del bosque al norte de Roche Harbor. El fundador de una próspera compañía de cal y cemento, John McMillin, había diseñado personalmente el monumento. Era un enorme obelisco con columnas de estilo masónico en su profusa utilización de símbolos. Unas columnas altísimas rodeaban una mesa y siete sillas de piedra. Una de las columnas estaba inacabada, junto al espacio vacío que debería haber ocupado una octava silla. Según la leyenda local, se habían visto espíritus procedentes de las tumbas vecinas sentados a la mesa después de la medianoche.

Desafortunadamente para Lucy, el sendero del bosque que conducía hasta Afterglow Vista tenía casi un kilómetro de longitud. Se puso a andar con cautela, esperando no dañar sus tendones recién curados. Después de atravesar un pequeño cementerio con muchas de sus lápidas rodeadas por cercas minúsculas, vio el mausoleo.

Alice estaba sentada en la tortuosa escalera, vestida con vaqueros y una camiseta de Henley. Tenía un amasijo de tela blanca vaporosa —de tul o gasa— sobre el regazo.

Lucy no quería sentir lástima por su hermana. Pero Alice tenía cara de infeliz y aparentaba no más de doce años.

Cojeando hacia ella —pues empezaba a dolerle la pierna—, Lucy se sentó junto a Alice sobre los fríos peldaños de piedra. El bosque estaba tranquilo pero para nada silencioso: el aire vibraba con el rumor de hojas, trinos de pájaros, aleteos y zumbidos de insectos.

—¿Qué es eso? —preguntó Lucy al cabo de un rato, mirando la tela blanca que Alice tenía en su regazo.

—El velo.

Alice le mostró la cinta para la cabeza salpicada de perlas a la que estaba sujeto el tul.

—Es precioso.

Alice se volvió hacia ella, sorbiéndose ruidosamente la nariz, y agarró la manga de la camiseta de Lucy con las dos manos, como lo haría una niña.

—Kevin no me quiere —susurró.

—No quiere a nadie —repuso Lucy, rodeándola con un brazo.

Otro susurro afligido.

—Crees que me lo merezco.

—No.

—Tú me odias.

—No.

Lucy se volvió lo suficiente para apoyar la frente contra la de su hermana.

—Me siento fastidiada.

—Lo superarás.

—No sé por qué lo hice. Nada de eso. No debí habértelo robado.

—No habrías podido. Si hubiera sido mío de verdad, no hubiera podido quitármelo nadie.

—Me sabe muy mal. Lo siento mucho.

—No te preocupes.

Alice guardó silencio durante un buen rato, empapando con sus lágrimas la tela de la manga de Lucy.

—No pude hacer nada. Mamá y papá... no me dejaron nunca intentar nada. Me sentía una inútil. Como una fracasada.

—Te refieres a cuando éramos niñas.

Alice asintió.

—Y entonces me acostumbré a que me lo hicieran todo. Si algo se ponía difícil, me rendía y alguien siempre lo terminaba por mí.

Lucy se percató de que, cada vez que ella y sus padres se

habían ofrecido para cuidar de Alice, le habían transmitido el mensaje de que no podía hacerlo por sí misma.

—Siempre he tenido celos de ti —prosiguió Alice—, porque podías hacer todo lo que querías. No tienes miedo a nada. No necesitas a nadie que cuide de ti.

—Alice —dijo Lucy—, tú no necesitas el permiso de mamá y papá para hacerte cargo de tu vida. Encuentra algo que quieras hacer y no te rindas. Puedes empezar mañana.

—Y entonces me caeré de bruces —repuso Alice sin entusiasmo.

—Sí, y después de caerte, te levantarás del suelo y te sostendrás sobre los dos pies sin ayuda de nadie..., y entonces sabrás que puedes cuidar de ti misma.

—Oh, vete al cuerno —espetó Alice.

Lucy sonrió y la abrazó.

21

Todos los habitantes de la isla, incluidos los trabajadores del viñedo de Sam, se habían enterado de la anulación de la boda de Kevin y Alice y de sus repercusiones. Todo el mundo hablaba de ello. La única razón por la que Sam había escuchado las habladurías residía en la esperanza de recoger alguna migaja de información sobre Lucy. Pero apenas se mencionaba su nombre. Había oído decir que los Marinn habían seguido adelante con sus planes y celebrado la cena de ensayo, y al día siguiente habían ofrecido la recepción prevista para después de la boda, con música, comida y bebida. Sam también se había enterado de que los Marinn se planteaban demandar a Kevin por al menos una parte de los gastos, incluido el billete de avión que había utilizado para irse de vacaciones.

Habían transcurrido tres días desde la última visita de Lucy a Rainshadow. Mark, Maggie y Holly acababan de regresar de la luna de miel, y Sam y Alex les habían ayudado a mudarse a su nuevo hogar, una granja remodelada con tres habitaciones y un estanque.

Cuando Sam ya no podía aguantar más, llamó a Lucy y

le dejó un breve mensaje, preguntando si podía hablar con ella. No le devolvió la llamada.

Sam estaba desesperado. Era incapaz de comer y dormir. No pensar en Lucy requería más energía que pensar en ella.

Mark había mantenido una larga conversación con él sobre la situación.

—Ese Mitchell Art Center parece importante.

—Tiene un prestigio del copón.

—Entonces no quieres pedirle a Lucy que rechace la oferta.

—No. No querría que hiciera ese sacrificio. De hecho, me alegro de que se vaya. Es positivo para los dos.

Mark le dirigió una mirada sarcástica.

—¿En qué es positivo para ti, exactamente?

—En que no me comprometo.

—¿Por qué?

—Porque no puedo —le espetó Sam—. Yo no soy como tú.

—Tú eres idéntico a mí, idiota. Tratas de evitar a toda costa volver a caer en lo que vivimos cuando éramos niños. ¿Crees que me resultó fácil admitir que estaba enamorado de Maggie? ¿Pedirle que se casara conmigo?

—No.

—Pues lo fue. —Mark sonrió ante la expresión desconcertada de su hermano—. Encuentra a la persona adecuada, Sam, y lo más difícil del mundo se convierte en lo más fácil del mundo. Tuve los mismos problemas que tú. Nadie de la familia Nolan puede evitarlo. Pero te diré una cosa: era imposible que dejara escapar a Maggie sin decirle por lo menos que la quería. Y en cuanto lo hice… no tuve más remedio que aguantar la respiración y dar el salto.

Aproximadamente ochenta y cinco horas y media después de que Sam hubiera visto a Lucy por última vez —y no es que él las contara—, llegó un envío a la casa del viñedo de Rainshadow. Un par de tipos descargaron cuidadosamente de una furgoneta un enorme objeto plano y lo subieron al porche. Sam llegó a la casa procedente del viñedo justo cuando los dos hombres se marchaban. Alex se encontraba en el vestíbulo, contemplando el objeto a medio desembalar.

Era la vidriera del árbol.

—¿Hay alguna nota? —preguntó Sam.

—No.

—¿Han dicho algo los tipos que lo han traído?

—Solo que costará un huevo instalarla. —Alex se puso en cuclillas para examinar la ventana—. ¿Qué te parece? Me esperaba algo floreado y victoriano. No esto.

La vidriera era firme, llamativa y delicada, capas de vidrio fundidas en colores naturales y texturas jaspeadas. El tronco y las ramas del árbol, hechos de plomo, se habían incorporado a la ventana de un modo que Sam no había visto nunca. La luna parecía brillar como si tuviera luz propia.

Alex se incorporó y sacó el teléfono del bolsillo posterior.

—Llamaré a algunos de mis chicos para que me ayuden a poner la ventana. Hoy, si es posible.

—No lo sé —repuso Sam.

—¿Qué es lo que no sabes?

—Si quiero instalarla.

Alex respondió con un mohín de impaciencia.

—No me vengas con chorradas. Esta ventana tiene que estar en esta casa. Este lugar la necesita. Hubo una igual hace mucho tiempo.

Sam le miró inquisitivamente.

—¿Cómo lo sabes?

El rostro de Alex permaneció impasible.

—Solo he querido decir que parece indicada para esta casa. —Se alejó, marcando su teléfono—. Yo me ocuparé.

Gracias a la precisión de las medidas de Lucy, Alex y sus operarios pudieron encajar la vidriera en el marco existente y sellar los bordes con calafateado de silicona transparente. A media tarde, la mayor parte de la instalación ya estaba concluida. Después de esperar veinticuatro horas a que la silicona se secara, terminarían la ventana con un ribete de madera alrededor de los bordes.

«Acaban de instalar la ventana —escribió Sam a Lucy en un mensaje de texto—. Deberías venir a verla.»

No recibió respuesta.

Por lo general Sam tardaba en desperezarse, pero aquella mañana abrió los ojos y se levantó a la velocidad del rayo. Se sentía molesto, inquieto, como si quisiera sacudirse la piel de encima. Entró en el cuarto de baño, se afeitó y se dio una ducha. Una inspección rutinaria en el espejo le hizo descubrir una expresión tensa y amargada que no parecía propia de él, pero le resultaba curiosamente familiar. Entonces cayó en la cuenta de que era la expresión que solía mostrar Alex.

Se vistió con vaqueros y una camiseta negra y bajó a la cocina a tomar café y desayunar. Pero, por el camino, vio la vidriera en el rellano del segundo piso y se quedó de una pieza.

La ventana había cambiado. El cielo de vidrio estaba ahora teñido de un amanecer de color rosa y albaricoque, y las oscuras ramas estaban cubiertas de exuberantes hojas verdes. Los tonos apagados de la vidriera habían dado paso a un colorido radiante. El vidrio estaba impregnado de vivos colores y la imagen le entraba por los ojos como música visual, hasta alcanzar un lugar en su interior donde residía el instinto más profundo. El efecto de aquella ventana era algo más que belleza. Era una forma de verdad que no podía negar. Una verdad que echaba abajo sus defensas y le hacía parpadear como si acabara de salir de un cuarto oscuro a la luz del sol.

Sam salió despacio al tranquilo viñedo, para ver qué clase de magia había obrado Lucy para él. En el aire flotaba el perfume de plantas en crecimiento y la sal del océano. Para los agudizados sentidos de Sam, las vides eran más verdes que de costumbre y el suelo, más rico. Delante de sus propios ojos, el cielo se volvió de un tono azul tan radiante que tuvo que esforzarse para combatir el escozor de las lágrimas. El paisaje estaba idealizado tal como lo habría concebido un pintor, salvo que era real, arte a través del cual se podía andar, que se podía tocar y saborear.

Algo actuaba en el viñedo..., alguna fuerza de la naturaleza o un embrujo, un lenguaje sin palabras que hechizaba las vides con un cántico de respiración.

Como en sueños, Sam deambuló hasta la vid trasplantada que nadie había conseguido identificar. Sintió su energía incluso antes de tocarla, con el tronco y las parras vibrando, floreciendo de vida. Percibió lo profundo que había arraigado el cepellón en el suelo, afianzando la planta hasta el punto de que nadie habría podido moverla. Al pasar las manos por las hojas, sintió que le susurraban, notó cómo su piel absorbía el secreto de la vid. Después de arrancar un grano azul oscuro, Sam se lo puso entre los dientes y mordió. El sabor era intenso y complejo, evocando la superficialidad agridulce del pasado, y transformándose luego en el misterio rico y siniestro de las cosas que seguían fuera de su alcance.

Al oír el ruido de un motor que se acercaba, se volvió y vio el BMW de Alex avanzando por el camino de acceso. Alex nunca llegaba tan temprano. Su hermano se detuvo, bajó la ventanilla del coche y preguntó:

—¿Quieres que te lleve?

Sam, como en trance, negó con la cabeza y le indicó que siguiera adelante. No sabía explicar qué había sucedido, no podía encontrar las palabras... y Alex no tardaría en descubrirlo.

Para cuando Sam regresó a la casa, Alex ya había llegado al rellano del segundo piso.

Sam subió y encontró a su hermano mirando fijamente la ventana. No había asombro en su cara, tan solo la tensión desconcertada de quien se relacionaba con el mundo a su manera visceral. Alex esperaba una explicación cuando era evidente que no había ninguna. O por lo menos ninguna que fuera capaz de aceptar.

—¿Qué le has hecho? —preguntó Alex.

—Nada.

—¿Cómo...?

—No lo sé.

Ambos contemplaron la vidriera, que había seguido transformándose en ausencia de Sam: la luna cenicienta había desaparecido, y el cielo de vidrio se había vuelto dorado y azul, embriagado de sol. Las hojas eran todavía más profusas, esmeraldas incrustadas en rocío del mar que casi ocultaba las ramas.

—¿Qué significa esto? —se preguntó Alex en voz alta.

«Emoción hecha visible», había dicho Lucy una vez sobre su vidrio de colores.

Esto, pensó Sam, era amor hecho visible. Todo ello. El viñedo, la casa, la ventana, la vid.

Esa constatación era tan simple que muchos la descartarían por no estar a la altura de mentes más sofisticadas. Solo aquellos con algún resto de capacidad para maravillarse la entenderían. El amor era el secreto que se ocultaba detrás de todo..., el amor era lo que hacía crecer los viñedos, llenaba los espacios entre las estrellas y fijaba el suelo bajo sus pies. No importaba si se reconocía o no. No se podía detener el movimiento de la tierra, contener las mareas oceánicas ni romper la atracción de la luna. No era posible parar la luna ni hacer sombra al sol. Y un corazón humano no dejaba de ser una fuerza como las demás.

El pasado siempre le había encerrado como los barrotes de una celda, y nunca había entendido que tenía la facultad de salir en cualquier momento. No solo había sufrido las consecuencias de los pecados de sus padres, sino que además había cargado voluntariamente con ellos. Pero ¿por qué debía pasar el resto de su vida atenazado por miedos, heridas y secretos cuando, solo con soltarse, sería libre de alcanzar lo que más quería? Podría tener a Lucy. Podría amarla con locura, con regocijo, sin límites.

Todo lo que debía hacer era aguantar la respiración y dar el salto.

Sin decir una palabra a su hermano, Sam bajó brincando la escalera y cogió las llaves de su camioneta.

Tanto el condominio como el estudio de Lucy estaban inquietantemente silenciosos y oscuros, con el aspecto de un lugar que estará desocupado mucho tiempo.

Una sensación de frío se instaló en el pecho y la nuca de Sam. La urgencia que le había llevado a la ciudad se había recogido en un nudo desesperado que le oprimía el corazón.

Lucy no podía haberse marchado ya. Era demasiado pronto.

Impulsivamente, Sam fue al Artist's Point, buscando a Justine. Cuando entró en la hostería, le envolvieron unos reconfortantes aromas de desayuno: galletas calientes rebozadas en harina, pastas, bacon ahumado, huevos fritos...

Justine se encontraba en el comedor, portando un montón de platos y cubiertos sucios. Sonrió al verle.

—Hola, Sam.

—¿Puedo hablar contigo un momento?

—Claro.

Después de dejar los platos en la cocina, Justine regresó y le acompañó a un rincón de la recepción.

—¿Cómo te va?

Sam sacudió la cabeza con impaciencia.

—Estoy buscando a Lucy. No está en el condominio ni en su estudio. He pensado que tal vez tú tendrías alguna idea de su paradero.

—Se ha ido a Nueva York —contestó Justine.

—Es demasiado pronto —objetó Sam secamente—. No debía hacerlo hasta mañana.

—Ya lo sé, pero llamó su profesor para decirle que fuera para asistir a una reunión y una gran fiesta...

—¿Cuándo se ha marchado?

—La he dejado en el aeropuerto hace un ratito. Coge el vuelo de las ocho.

Sam sacó su teléfono y miró la hora. Las ocho menos diez.

—Gracias.

—Sam, es demasiado tarde para que...

Pero ya había salido de la hostería antes de que Justine pudiera terminar la frase.

Sam subió a la camioneta, se dirigió hacia el aeropuerto y llamó a Lucy con su teléfono móvil. La llamada fue a parar a un buzón de voz automático. Maldiciendo, Sam detuvo el vehículo en el arcén y le escribió un mensaje de texto.

no te vayas

Volvió a la carretera y pisó el acelerador a fondo, mientras aquellas palabras giraban sin parar dentro de su cabeza.

No te vayas. No te vayas.

El Aeropuerto Roy Franklin, así llamado por el piloto de caza de la Segunda Guerra Mundial que lo había fundado, se hallaba en el sector occidental de Friday Harbor. De la única pista del aeródromo despegaban vuelos regulares y chárteres. Los pasajeros y visitantes que se veían obligados a esperar por algún motivo solían encontrarse en Ernie's, una cafetería pintada de azul que había justo al lado del campo de aviación.

Sam aparcó junto a la terminal y se encaminó hacia la puerta a grandes zancadas. Pero antes de que llegara a entrar, el rugido de un motor de turbina Cessna se extendió por el aire. Protegiéndose los ojos con una mano, Sam levantó la vista hacia el aparato amarillo y blanco con capacidad para nueve pasajeros que se elevaba a toda prisa rumbo a Seattle.

Lucy se había marchado.

Le dolió más de lo que había esperado ver cómo el avión

se la llevaba lejos de él. Le dolía tanto que tuvo ganas de dirigirse a un rincón oscuro en el que no pensar, hablar ni moverse.

Sam volvió al edificio de la terminal y se apoyó junto a la puerta de entrada. Trató de ordenar sus pensamientos, pensar qué podía hacer. Le escocían los ojos. Los cerró un momento, dejando que los fluidos aliviaran el picor.

La puerta de la terminal se abrió, seguida por el traqueteo de las ruedecillas de una maleta. A través de sus ojos empañados, Sam distinguió la silueta menuda de una mujer y se le paró el corazón. Pronunció su nombre en voz baja.

Lucy se volvió hacia él.

Por un momento Sam creyó que era un producto de su imaginación, evocado por la magnitud de su necesidad de verla. Durante los últimos minutos, había pasado por una eternidad.

La alcanzó en tres zancadas y la atrajo hacia sí. El impacto les hizo girar a ambos. Antes de que Lucy pudiera articular palabra, Sam le cubrió la boca con la suya y devoró cada palabra y cada respiración hasta que el asa se escapó de los dedos de ella y la maleta cayó ruidosamente sobre el pavimento.

La boca de Lucy cedió y se unió a la de Sam, a la vez que le echaba los brazos al cuello. Se estrechó contra él como si sus cuerpos estuvieran hechos el uno para el otro, perfectamente unidos y al mismo tiempo separados. Sam quiso absorberla en su interior, convertirse en un solo ser. La besó con más intensidad, de un modo casi salvaje, hasta que ella apartó el rostro jadeando. Le puso los dedos en la nuca y le acarició como para tranquilizarle.

Sam le tomó la cara entre unas manos que no podían dejar de temblar. Lucy tenía las mejillas febriles y los ojos nublados por la perplejidad.

—¿Por qué no estás en el avión? —preguntó él con voz ronca.

Lucy parpadeó.

—Me..., me has mandado un mensaje de texto.

—¿Y ha bastado con eso? —Deslizando los brazos alrededor de ella, Sam preguntó—: ¿Has bajado del avión por esas tres palabras?

Ella le miró como nadie lo había hecho nunca, con los ojos iluminados por una ternura brillante.

—Eran las tres palabras exactas.

—Te quiero —dijo Sam, y apretó la boca contra la de ella. Interrumpió el beso porque tuvo que repetirlo—. Te quiero.

Lucy le puso unos dedos temblorosos sobre los labios y se los acarició con dulzura.

—¿Estás seguro? ¿Cómo sabes que no se trata solo de sexo?

—Se trata de sexo... Sexo con tu mente, sexo con tu alma, sexo con el color de tus ojos, el olor de tu piel. Quiero dormir en tu cama. Quiero que seas lo primero que vea cada mañana y lo último que vea cada noche. Te quiero como nunca creí que podría querer a alguien.

Los ojos de Lucy se anegaron de lágrimas.

—Yo también te quiero, Sam... No quería dejarte, pero...

—Espera. Déjame decirte algo primero... Te esperaré. No tengo elección. Puedo esperar eternamente. No tienes que renunciar a Nueva York. Haré todo lo necesario para que funcione. Llamadas de larga distancia, ciber-lo-que-sea. Quiero que cumplas tu sueño. No quiero que renuncies a él ni vivas menos experiencias por mí.

Lucy sonrió a través de sus lágrimas.

—Pero tú formas parte de mi sueño.

Sam la envolvió en sus brazos y apoyó la mejilla contra su pelo.

—Ahora no importa adónde vayas —murmuró—. Sea como sea, estamos juntos. Una estrella binaria puede tener una órbita lejana, pero sigue manteniéndose unida por la gravedad.

La risita de Lucy sonó apagada contra su camiseta.

—Qué cursilerías amorosas.

—Ve acostumbrándote —le advirtió él, y le robó un beso. Miró hacia la terminal—. ¿Quieres entrar a cambiar la hora de tu vuelo?

Lucy sacudió la cabeza con decisión.

—Me quedo aquí. Renunciaré a la beca de artista. Puedo dedicarme a la vidriería aquí tan bien como allí.

—Ni hablar. Irás a Nueva York, para convertirte en la artista que aspirabas ser. Y yo me gastaré una fortuna en billetes de avión para ir a verte tan a menudo como sea posible. Y, cuando haya transcurrido el año, volverás aquí y te casarás conmigo.

Lucy le miró con los ojos desorbitados.

—Casarme contigo —dijo con voz queda.

—La proposición oficial vendrá más adelante —prometió Sam—. Solo quería que supieras mis honradas intenciones.

—Pero... tú no crees en el matrimonio...

—He cambiado de opinión. He encontrado el fallo en mi razonamiento. Te dije que era más romántico no casarse, porque una pareja solo está unida para los buenos momentos. Pero me equivocaba. Solo significa algo cuando se comparten los malos momentos. Para mejor o para peor.

Lucy le bajó la cabeza para darle otro beso. Fue un beso de confianza y rendición..., un beso de vino, estrellas y magia..., un beso de despertar segura en los brazos de un amante cuando la mañana ascendía más alto que el vuelo de las águilas y el sol extendía cintas de plata sobre False Bay.

—Ya hablaremos de Nueva York más tarde —dijo Lucy cuando sus labios se hubieron separado—. Todavía no sé si iré. Ni siquiera estoy segura de que deba hacerlo ahora. El arte puede darse en cualquier lugar. —Le chispearon los ojos como si meditara algún conocimiento secreto—. Pero ahora mismo... ¿me llevarías a Rainshadow Road?

Como respuesta, Sam le cogió la maleta y la rodeó con un brazo mientras se dirigían hacia la camioneta.

—Algo le ha ocurrido a esa ventana que hiciste para mí —le dijo al cabo de un momento—. El viñedo está cambiando. Todo cambia.

Lucy sonrió, aparentemente nada sorprendida.

—Cuéntame.

—Tienes que verlo por ti misma.

Y la llevó a casa, el primero de muchos trayectos que recorrerían juntos.

Epílogo

El corazón de un colibrí no habría podido latir más deprisa que el de Lucy cuando el taxi giró en False Bay Drive y se dirigió hacia Rainshadow Road.

Durante el último año había hecho el viaje entre Nueva York y Friday Harbor incontables veces, y Sam había ido a verla con la misma frecuencia. Pero este viaje, a diferencia de todos los demás, no terminaría en un adiós.

Lucy había regresado a la isla dos días antes de lo que había previsto en un principio. Al cabo de un año de vivir separados, ya no podía estar lejos de Sam por más tiempo.

Habían llegado a dominar el arte de la relación a larga distancia. Habían vivido en función del calendario, organizando visitas y vuelos. Habían mandado tarjetas, mensajes de texto, correos electrónicos y se habían hablado por Skype. «¿Crees que hablaremos tanto cuando estemos juntos?», había preguntado Lucy, y la respuesta de Sam había sido un claramente lascivo «No».

Si era posible cambiar juntos viviendo separados, Lucy creía que lo habían hecho. Y el esfuerzo requerido para mantener una relación a larga distancia le había hecho percatarse de que demasiada gente daba por sentado el tiempo que pasaban con su ser amado. Cada precioso minuto juntos era algo que se habían ganado.

Durante su residencia como artista en el Mitchell Art Center, Lucy había trabajado con otros artistas para crear obras conceptuales con técnicas como la pintura de vidrio —aplicación de una mezcla de vidrio molido y pigmento al cristal— o la superposición de capas de piezas multimedia con fragmentos de vidrio. Su actividad principal, por supuesto, eran las vidrieras, utilizando motivos naturales y experimentando con formas de manipular el color con la luz y la refracción. Un respetado crítico de arte había escrito que el trabajo de vidriería de Lucy era una «revelación de luz, animando imágenes de vidrio con colores estimulantes y energía tangible». Hacia el final de su estancia, Lucy había recibido encargos para crear vidrieras para edificios públicos e iglesias, e incluso una petición de diseñar escenarios y trajes de teatro para una representación del Pacific Northwest Ballet.

Mientras tanto, el viñedo de Sam había prosperado hasta el punto de alcanzar su cosecha objetivo de dos toneladas de uva por acre por lo menos un año antes de lo previsto. La calidad del fruto, había dicho a Lucy, prometía ser incluso mejor de lo que había podido esperar. Entrado el verano, Rainshadow Vineyard instalaría su primera planta embotelladora in situ.

—Bonito lugar —comentó el taxista cuando enfilaron Rainshadow Road y se acercaban al viñedo encendido con tonos anaranjados y dorados.

—Sí que lo es —murmuró Lucy.

Se empapó de la vista de la casa coloreada por la puesta de sol, los gabletes y las balaustradas dorados por la luz, los rosales y las hortensias blancas derramándose con una profusión de flores. Y las hileras de vides, exuberantes de fruta. El aire que entraba por las ventanillas del coche era fresco y dulce, brisas del océano filtrándose a través de parras jóvenes y sanas.

Aunque Lucy habría podido pedir a Justine o Zoë que fueran a recogerla al aeropuerto, no había querido pasar tiempo hablando con nadie: quería ver a Sam lo antes posible.

Desde luego, pensó con una sonrisa de reproche, puesto que Sam no la esperaba, tal vez no estuviera en casa. Pero cuando se acercaban al edificio, vio la silueta familiar de Sam mientras regresaba del viñedo con dos de sus trabajadores. Una sonrisa se formó en los labios de Lucy cuando Sam vio el taxi y se quedó inmóvil.

Para cuando el vehículo se detuvo, Sam ya lo había alcanzado y abierto la puerta. Antes de que Lucy pudiera decir media palabra, la había sacado del taxi. Estaba sudado de trabajar fuera, todo testosterona y calor masculino cuando su boca cubrió la de ella en un beso devorador. Durante las últimas semanas había echado unos gramos más de músculo nuevo, y su bronceado era tan oscuro que sus ojos azul verdosos parecían llamativamente vivos en contraste.

—Llegas pronto —observó Sam, besándole las mejillas, la barbilla y la punta de la nariz.

—Rascas —repuso Lucy con una risa entrecortada, poniéndole la palma de la mano sobre el rostro erizado.

—Iba a lavarme para ti —dijo Sam.

—Te ayudaré a ducharte. —Poniéndose de puntillas, Lucy añadió junto a su oído—: Me ocuparé incluso de tus sitios inaccesibles.

Sam la soltó solo lo suficiente para pagar al taxista. A los pocos minutos, se había despedido de los sonrientes miembros de su brigada y les había advertido que no aparecieran antes del mediodía del día siguiente.

Después de entrar la maleta de Lucy en la casa, Sam la cogió de la mano y la condujo al piso de arriba.

—¿Algún motivo especial por el que estás aquí dos días antes de cuando te esperaba?

—Conseguí terminar mis asuntos y recoger mis cosas más deprisa de lo que creía. Y luego, cuando llamé a la compañía aérea para cambiar mi vuelo, me exoneraron de la tarifa de cambio porque les dije que era una emergencia.

—¿Qué emergencia?

—Les dije que mi novio había prometido pedirme la mano tan pronto como llegara a Friday Harbor.

—Eso no es una emergencia —señaló Sam.

—Una emergencia es una ocasión que requiere una acción inmediata —le informó Lucy.

Sam se detuvo en el segundo rellano y volvió a besarla.

—Así pues, ¿lo harás? —insistió Lucy.

—¿Pedir tu mano? —Sus labios se curvaron contra los de ella—. Puede. Pero no antes de tomar una ducha.

A primera hora de la mañana Lucy despertó con la cabeza acurrucada contra un duro hombro masculino y el cosquilleo de la ligera mata de pelo del pecho en su nariz. Las manos calientes de Sam recorrieron su cuerpo y le pusieron piel de gallina.

—Lucy —susurró él—, no creo que pueda permitirte dejarme otra vez. Tendrás que llevarme contigo.

—No me iré —repuso ella. Deslizó la palma de la mano hasta el centro del pecho de Sam, y la luz de la mañana captó el fulgor de un anillo de compromiso y proyectó motitas brillantes sobre la pared—. Sé cuál es mi sitio.

Recostada sobre Sam, cuyo corazón latía con fuerza y con un ritmo constante bajo su mano, Lucy se sintió como si fueran un par de estrellas lejanas, interceptadas en sus respectivas órbitas por una fuerza mayor que la suerte, el destino o incluso el amor. No había ninguna palabra para describir aquella sensación... pero debería existir.

Mientras Lucy permanecía allí, encaramada a la cúspide de la felicidad y meditando prodigios sin nombre, los batientes de una ventana cercana salieron despacio de su marco de madera, sus bordes se enroscaron y el vidrio se tornó de un azul luminoso.

Y si algún transeúnte hubiera mirado en dirección a la bahía a aquella hora tan temprana, habría visto una hilera de mariposas danzando hacia el cielo desde la blanca casa victoriana situada al final de Rainshadow Road.